U0091229

藥香襲人

上

風 文創 246

維西樂樂 著

目錄

序

維西樂樂

當你的指尖觸過這段文字，我們的緣分就從此開始。

我們都有過肆意的歲月，以青春為飾品，踏過無數春花秋月。

天空中最璀璨的星星也不過是我們長髮邊的一朵雛菊，彩霞滿天也不過裁作舞衣，閃亮無數愛戀的眼睛，就是那最晶瑩剔透的心也不過裝飾了我們的虛榮。

笑語如泉水瀉過，歲月總會無情流走，當繁華落盡一切變得雲淡風輕，我們握一杯紅酒看銀河兩岸牽牛織女，也不過是唇邊清淺一笑。

當一切都遠去只留下了無數遺憾，凝結成心底深處那抹微微的不甘。

如果可以穿越時空之門，你是否會以月亮的瑩輝為筆，畫出彩虹一般的天空；如果可以穿越時空之門，你是否會採擷天地的靈氣，將夢幻變成現實；如果可以穿越時空，我們的人生是否將再沒有遺憾？

小時候聽過瑤草仙子的故事，天上看管百草園的瑤草仙子，不忍看人間疾病肆虐，攜百草園降臨人間，解除人們的疾苦，卻因此觸犯天條被斬成七段，化作了北斗七星。

每次遙望北斗七星的時候，心總有些疼，於是就寫了這本《藥香襲人》，不過書中的主人公卻比瑤草仙子幸運許多許多。

第一章　穿越

初春的傍晚，夕陽餘暉打在穿著白大褂的喬梓瑞身上，將櫃檯上的藥單整理了一下，她環顧這個自己工作了三年的診所，心滿意足的笑著鎖門下班。

三年前，喬梓瑞在江城最負盛名的中醫學院畢業後一直沒找到合適的工作，一次偶然的閒逛，發現在這個復古的里弄裡，居然開著一家很雅致的中藥診所，出於好奇走進來，就這樣在這個小診所找到了自己的第一份工作。

喬梓瑞很喜歡這份工作，恬淡安靜，還是自己喜歡的專業，就這樣一直做了下來。

江城四月的傍晚，天氣微涼，關好店門，朝離這裡不遠的家走去。一百六十五公分的喬梓瑞不是那種讓人驚豔的類型，兩道一字眉，一雙清澈的杏眼，白皙的皮膚，整個人有一種淡淡的書卷氣，讓人感覺很舒服。

輕快的走進家裡那條弄堂，一道光線從身後射過來，回頭一看，是一輛小車，可能是因為在弄堂裡車速並不是很快，喬梓瑞下意識的往路邊靠了靠繼續往家走，對面不知道怎麼突然就竄出一條白色的小京巴狗，對著喬梓瑞使勁搖尾巴。

她看看後面的車，離自己還有幾公尺遠，車速好像也還不是很快，便蹲下去把小京巴狗抱起來，以免可愛的小東西萬一被車撞傷，可是就在剛站起來的一剎那，覺得身後傳來一種異樣的感覺，剛想抱著小京巴狗閃躲一下，只聽見「砰」的一聲，喬梓瑞感覺自己飛了起來，最後下意識的看了一下那隻小京巴，還好沒事。

喬梓瑞覺得自己好像掉進了一個黑暗的漩渦，不停的旋轉翻滾拉扯，終於落到了實處，使勁睜開眼睛——啊?!我這是到了哪裡呀?!

她躺在一張古色古香的床上，淡紫煙色的蚊帳攏在床的四周，身上蓋著一床鴨蛋青的被子，房間不大，床的對面是一個臨窗大炕，炕上放著一張炕桌，正面也是鴨蛋青的靠背，兩邊散落著幾個半舊引枕。地上是兩張靠背椅子，也搭著椅搭（注），炕的邊上是一個只有在江城古玩店見過的洗臉架，上面架著一個盆子，邊上掛著的，是塊白布吧，好吧，就算是洗臉毛巾吧。在洗臉架的邊上有個碎花漆的好像是梳妝檯的東西，靠床的那邊放著一張碎花漆的五屜桌子，桌子邊上有幾個同樣漆色的箱子。

喬梓瑞悲催的想——我一定是死了，但這也太倒楣了點，就為了抱隻狗，被一輛發了瘋的車給撞飛了，這應該不是閻羅殿吧？難道現在的閻羅殿也開始流行復古裝修了，還是我已經到了某處仙山？

「咳咳！」喬梓瑞覺得頭很痛，嗓子也很難受。

剛咳嗽完，就見外面碎步跑進來一個穿著綠綾襖的丫頭，明快的五官，親和的笑容，大約十四、五歲的樣子，急忙過來，輕聲道：「姑娘您醒了，太好了，老爺和太太這兩天都急死了。」

喬梓瑞看著她沒有說話。

那丫頭又道：「姑娘，喝點水嗎？」

喬梓瑞點點頭。

那丫頭走到炕桌邊倒了一杯水，輕輕的吹了吹，用勺子小心翼翼的餵給喬梓瑞喝。

喝完水，她拿起枕邊的帕子幫喬梓瑞擦了擦嘴，然後道：「姑娘，您現在可有覺得哪裡不適？」

喬梓瑞覺得自己現在可以肯定不是到了哪座仙山，應該是狗血的穿越了，自己現在的這具身體比自己原來的小一號，看來還是最通常的魂穿，喬梓瑞這下不淡定了──死老天、臭老天，我很喜歡我原來的身體好不好，我也很喜歡我的工作好不好，這次也不知道祢給我發了具什麼身體，還這麼小。

看著那個丫頭，腦子裡閃過一個名字──「穀雨」，難道是那個丫頭的名字，喬梓瑞試探的開口。「穀雨。」

那丫頭果然笑著道：「奴婢在，姑娘有什麼吩咐？」

看來這具身體還是殘留了原宿主的記憶。喬梓瑞想了想道：「我現在只是覺得有些頭疼，其他倒也沒有哪裡不適，老爺和太太呢？」

穀雨邊把茶杯放回炕桌上邊道：「自從姑娘摔倒昏迷了，老爺和太太可急壞了，特別是

注：椅搭，即椅披，披在椅子上的一種長方形裝飾織物。

太太，一直守著姑娘不吃不喝。」穀雨說著眼眶都紅了。

喬錦書看得出這個丫頭很爽直，也是真的關心自己。

「這不，錢嬤嬤勸了半天，太太好不容易才肯去吃點東西，換身衣服，太太剛走開一炷香的工夫，姑娘就醒了，可真是老天保佑。」穀雨擦擦眼角的眼淚道：「姑娘要沒有哪裡不適，就先躺著歇會兒，奴婢去回了老爺、太太，他們不知道得多高興呢！」

喬梓瑞看著穀雨，心裡也沒來由的有些感動，前世自從外婆離世就是一個人生活，從來沒有人關心自己，看著穀雨為自己或悲或喜，也不由得對這個才來的世界和家生出一分親切感。就拉著穀雨的手道：「我沒事了，妳去告訴老爺和太太吧。」

穀雨幫喬梓瑞掖掖被角就出去了。

想著穀雨的話，腦中又閃過一些畫面，在一棵大柳樹下，有一塊半人高的石頭，石頭旁邊站著一個身穿半舊鵝黃褂子，下穿灰綠色棉裙的小姑娘，踮著腳，想去折柳枝，不遠處的小石子路上，猛的竄出來一個穿著紫色棉袍、和小姑娘差不多大的男孩，把穿鵝黃褂子的小姑娘一把推倒，那小姑娘冷不防被推，朝後仰倒，頭直接撞上了身後的大石頭。在那小男孩身後不遠處站著一個穿紅著綠的婦人，看著撞向石頭的小姑娘，冷冷的陰笑。

小姑娘躺在床上，旁邊有一個溫柔婉約、雙眉入鬢的婦人，和一個留著鬍鬚、長相精明的男人，那溫柔的婦人抓著小姑娘的手，哀哀悲泣，聲聲喚著。「錦兒、錦兒，妳醒醒啊！」

喬梓瑞霎時都明白了，自己這具身體的原主人叫喬錦書，那個留著鬍鬚的男人是自己的父親，自己的母親是正室，生了自己，那個推倒自己的男孩應該是自己同父異母的弟弟，那個他身後穿紅著綠的婦人，應該就是生下那個男孩的宋姨娘，看來他們是故意推倒了自己。

聽著門外有腳步聲，喬錦書靠著枕頭半坐起來。門口懸著的桃紅碎花軟簾一動，穀雨掀起門簾，那個溫柔婉約的喬太太吳氏，帶著一個嬤嬤和一個丫鬟走進來。

吳氏頭綰墜馬髻，斜插著根碧綠翠玉簪，身穿藍色銀絲褂子，急匆匆的走過來道：「錦兒，妳可醒了，急死娘了。」

看著吳氏一臉憔悴，雙眼含淚，不知道是這具身體的緣故，還是感受到那種源自心底的親情，喬錦書沒來由的一陣心酸，眼淚也不由得落下，伸出手拉著吳氏道：「娘。」卻是喊了一聲，便再也不知道該說什麼，只是靠進婦人的懷裡輕聲哽咽著。

吳氏輕輕拍著喬錦書的背，哄著。「錦兒乖，不哭啊，都是十一歲的大姑娘了，哪裡不舒服告訴娘。」

喬錦書抽泣著抬起頭噘著嘴道：「娘，錦兒哪裡都沒有不適，就是醒不來的時候，好像作了個好長的噩夢，錦兒好怕見不到爹和娘了。」

一聽錦兒說沒有哪裡不適，吳氏立馬鬆了口氣。

母女兩個正依偎著說體己話，門外又進來了幾個人，穀雨等忙見禮。

喬錦書看著進來的男人，自己的爹——喬楠楓。一身冰藍色長棉袍，腰繫銀灰錦帶，五官俊朗而透著幾分商人的精明，姿態閒雅，手裡牽著那個推她的男孩，那個男孩子的另外一隻手牽在緊隨其後的宋姨娘手裡，十足是相親相愛的一家三口，而走在後面的宋姨娘，臉上雖帶著謙卑的表情，眼裡卻透著得意，示威的看著吳氏和喬錦書。

喬楠楓邊走邊道：「錦兒，妳可醒了，爹這兩天都急死了，妳看看妳這麼大的孩子了，真不小心呢，我總要多找幾個人跟著妳才是。」

喬錦書偎在吳氏懷裡看了一眼宋姨娘沒動，只是欠身彎腰道：「錦兒見過爹，讓爹娘擔心了，都是錦兒的不是。」說著又朝喬楠楓伸出手道：「爹，錦兒這兩天昏迷著一直作噩夢，夢裡都找不到爹娘了，錦兒好害怕。」

看著錦兒，一張小巧的瓜子臉上，兩道彎彎的眉毛，一雙水汪汪的杏眼，清澈透明，眼裡泛著淚光，淡粉色的嘴唇就像天然的花瓣，微微嘟著，因為受傷，齊眉勒著一條粉色的絲巾，喬楠楓看得心裡一片柔軟，這是自己的掌上明珠啊，有多久沒這樣和自己撒嬌了，嘴裡卻笑著看了吳氏道：「咱們的錦兒摔了一跤，倒摔小了，還和爹撒嬌了。」

說著大步向錦兒的床榻走來，坐在錦兒身邊，用自己的大手握住吳氏和錦兒握在一起的手，道：「錦兒可有什麼想吃想玩的，只管告訴爹，爹讓人給妳買去。」

喬錦書依偎在爹娘身邊，挑釁的看著宋姨娘，宋姨娘眼裡快速的閃過一陣陰冷，要不是喬錦書一直觀察著宋姨娘，根本就不可能發現那一閃而逝的陰狠表情，再仔細一看，宋姨娘還是一臉謙卑的看著他們。

喬錦書看著宋姨娘的掩飾功夫就斷定這女人絕不是省油的燈，心裡暗暗發狠——不論妳是誰，要想破壞我好不容易才有的家，姊就絕不放過妳。

喬錦書帶著幾分天真的看了喬楠楓道：「看姨娘是不是也高興傻了，都忘記向我娘行禮了呢。」

宋姨娘聽了這話極不甘的看了喬楠楓一眼，卻見喬楠楓只看著喬錦書，根本沒有看她，便無奈的帶著那個男孩一起移步上前向吳氏施禮。

「見過太太。」

「見過娘。」

吳氏伸手虛扶一把，道：「起來吧，一家人不必客氣。」

宋姨娘笑著推了喬仲青一把道：「仲青去見過你姊姊。」

喬仲青嫉妒的看了眼喬錦書，直接走過去想拉開喬楠楓握著喬錦書母女的手。

喬錦書看著喬仲青的小動作，眼睛一轉，看著喬仲青走近，她故作害怕的靠近喬楠楓懷裡道：「爹，那天是仲青弟弟推我的。」

宋姨娘臉色一下子白了，慌忙道：「錦兒，妳看錯了吧，那天是妳自己不小心摔倒，仲青是去扶妳的。」

錦兒？喬錦書心裡冷笑，姨娘不過是半個奴才的身分，對自己所生的兒子尚且要稱少爺，更何況對自己這個嫡出的姑娘，由此可見這個宋姨娘平日的張狂。

喬仲青畢竟也只是個十歲的孩子，比喬錦書只小幾個月，也心虛的道：「姊姊，我不是推妳，是想拉住妳。」

喬楠楓看著兩個小孩皺了皺眉頭，剛想說話，吳氏眼底閃過一絲精光，伸手把喬仲青拉到自己身邊，摸了摸喬仲青的頭，道：「仲青，姊姊是摔到頭，受了很重的傷，不記得那天的事了，你別著急，姊姊醒來了，也沒大礙，你安心唸書就是。這幾天錦兒就好好休息，妳祖母和叔叔去廟裡還願還要幾天才回來，這幾天妳的請安就免了，仲青的也免了，都好好休息。」

喬楠楓笑著看了眼吳氏，眼裡都是讚許，對著喬仲青心疼的安慰道：「是啊，你姊姊傷了頭，才會誤會你的，你別害怕，大家都知道你是個孝順的好孩子，沒人說你推姊姊的。」

喬仲青乖巧的看著喬楠楓點點頭，然後又挑釁的看了喬錦書一眼。

喬錦書只作不見。

這幾天吳氏不許她出門，喬錦書就待在屋裡，喝了幾天的苦藥，倒也恢復得很快，悶在屋裡無事可做，就把前主人的書翻出來看了一下，大多是史書和詩詞歌賦類的，對於這個朝代的歷史倒是有了一些瞭解，

這是一個不存在於中國歷史的架空朝代，這個朝代已經歷了五朝皇帝，現在的皇帝是聖安帝，年號是啟源八年，至於禮儀風俗倒與中國歷史大致相同，等級嚴格，男尊女卑，嫡庶分明。

屋裡沒有一本醫書，可見這個前主人是從不看醫書的，心裡便盤算著總要找個藉口看些醫書，這樣以後自己的醫術才有用武之地。

再說喬錦書在屋子裡悶了幾天，和穀雨聊天也知道了家裡的大概狀況，這個家是在遠離京城西南面的慶陽縣，因為靠近口岸倒也算是富庶之地。喬楠楓早年中了個秀才，因為父親去世就沒有繼續科考了，繼承了祖業開始經商，家裡開著一間名叫松鶴樓的酒樓，一間慶餘堂藥鋪，外帶一間米鋪和幾百畝地，算不上大富之家，只是小康倒也衣食無憂，使奴喚婢，日子悠閒。

喬錦書還有祖母和小叔，祖母卻不是親生的，喬錦書的親祖母在生小叔時難產了，為了照顧年幼的小叔，祖父便續娶了現在的祖母，因小叔身體不好，祖母帶小叔拜佛還願去了。

清晨，窗外的小鳥驚醒了喬錦書，睜開眼睛看著周圍陌生的一切，懵懂中有著片刻的不適應，然後輕嘆一聲，披衣起床，走到炕前看著窗外，小鳥在剛抽出新芽的枝椏間蹦跳，遠處的青山、房屋都似籠在一片雲霧中模糊不清，清新的空氣中彷彿有著清甜的味道。

二十一世紀的江城，自己大概是永遠都回不去了吧，電腦、電視所有的電器，還有琳瑯滿目的化妝品和衣服，香醇的咖啡和才認識的令自己心動的「他」，此景大概從此夢中尋了。以後再沒有喬梓瑞，只有啟源八年的喬錦書了，呵呵，喬梓瑞，喬錦書，也許曾幾何時她們原本就是一人吧，又有誰知道呢？

「姑娘，您怎麼下床了，天氣還冷著呢，快去床上偎著，我伺候姑娘穿衣，昨兒個晚上太太身邊的春分來傳話，明天初五，雖說老太太和二爺不在家，但一家人還是要一起早膳的，叫我們不要去晚了，老爺會不高興的。」穀雨端著盆熱水邊走邊道，放好洗臉水，取了套嫩粉色的裙褂過來。

喬錦書看著窗外的新綠道：「穀雨取套淺綠色的衣服吧。」

「是，姑娘。」穀雨邊走還邊自言自語道，不是最不喜歡綠色衣服嗎？今兒個倒想起要穿了，還是取了套嫩綠得幾乎鵝黃的顏色，恰似樹上剛抽出的新芽，倒合了喬錦書的心意。

穀雨伺候著洗漱更衣後，扶著喬錦書坐到梳妝檯前，穀雨看著喬錦書額頭上淺粉色的疤痕，心裡一疼，並沒說話，只是不作聲的拿起梳子，分了一些稍長的頭髮下來做劉海，然後俐落的梳了個雙丫髻。

喬錦書看著鏡子，雖然沒有現代的清晰，但是已經能很清楚的看見人的五官了，鏡中的女孩，一張巴掌大的小臉，讓過長的劉海遮去了一半，顯得嬌弱而無神，讓人憐惜也讓人覺得可欺，這大概就是以前的喬錦書吧。

喬錦書心中唸著——

喬錦書，這是我最後一次這樣稱呼妳了，以後這個名字就屬於我了，我會在這個世界好好的、認真的、精彩的活著，妳安心的去吧！

想著隨手撥開頭上的劉海，她看著自己額前的疤痕。

穀雨見了連忙道：「姑娘，且別著急，大夫說了這疤痕很淺，勤著點上藥，過個十天半月就會好的。」

喬錦書歪著頭看著穀雨俏皮的道：「我怎麼會怕小小一個疤痕呢？就算有，我也會讓它消失的，我只是不喜歡這個劉海，妳幫我梳上去，然後給我找一條鵝黃色的絲帶來便好，其他交給我。」

穀雨只當小孩說話，也沒當真，只回道：「姑娘不會覺得疤痕不好看嗎？」

「妳梳上去，我有辦法。」喬錦書道。

穀雨便依著喬錦書梳好了頭，就去找絲帶了。

喬錦書拿起描唇筆，沾了點粉色的胭脂，細細的沿著那疤痕，畫出了一朵梅花。

穀雨回來看著鏡中的那張臉，整個人一呆，鏡中的人沒有了劉海，露出了整張精緻的瓜子臉，兩道新月似的眉毛，一雙顧盼生輝的杏眼，秋水粼粼，像花瓣一樣的淡粉色的唇，額間飄著一朵梅花。

「姑娘，您今天像畫裡的仙子一樣。」穀雨驚詫的道。

呵呵，喬錦書笑著教穀雨將絲帶穿過頭上雙丫髻，在後面繫個蝴蝶結，和頭髮一起披散在肩上。

看著那個靈動飄逸，超凡脫俗的小女孩，喬錦書得意的笑了笑道：「穀雨，咱們給我爹娘請安去。」

第二章　和好

喬錦書的房門外是一條抄手遊廊，沿臺階下去便是一個小院子，院子裡有一棵白玉蘭樹，中間一條小石子路直通院中的後門，帶著穀雨朝著小門走去，穿過去便到了喬家的正廳。

穀雨見門掩著就伸手去拉，誰知怎麼使勁都拉不開，穀雨甚感奇怪，怕耽誤了請安便想大聲喊人開門。

喬錦書敏感的覺得有些不對，這門穀雨說從來不關，今兒個自己病癒後第一次請安就關上了，這事蹊蹺，那人八成是希望自己喊人開門，驚動爹娘。

想到這裡喬錦書的臉色有些凝重起來，在那猶顯稚嫩的臉上有些不協調，好在穀雨也是不理會這些的。

喬錦書制止穀雨道：「別喊，可還有近路不用繞到院子外面便可去廳堂的？」

穀雨不解的看了喬錦書道：「有啊，從我們丫頭住的屋子穿過老太太的房間亦可到堂屋，只比這兒便稍遠，也不耽誤請安。」

喬錦書沈默片刻覺得若走那邊必定還是不妥的，遂道：「穀雨，我屋子裡有兩個淡青色的花瓶妳給我取來。」

喬家廳堂正面設著一張古樸的紅木几案，旁邊是兩張紅木椅子，喬楠楓坐在右邊，吳氏坐在左邊，地上兩溜六張椅子，都搭著椅搭，喬仲青坐在右邊下首第一張椅子，宋姨娘和錢嬤嬤分站在吳氏身邊。

喬楠楓端起茶盞用茶杯蓋撥著茶，眼睛看著吳氏下首的椅子沒說話，吳氏見這樣，知道喬楠楓有些不高興了。喬楠楓一直是喜歡讀書科舉，不喜從商的，父親早亡，弟弟年幼才不得已做了商人，平時總怕人看不起自己商人的身分，向來是以讀書人自居，因此對於一些禮儀規矩格外講究，不容家人錯失。

今兒個是錦兒病癒後第一天請安，自己昨天已經讓春分提醒過穀雨了，穀雨人雖是急躁些，但是做事心細，又很善良忠心，不然自己也不會把她給了錦兒的，想著看了一眼錢嬤嬤，錢嬤嬤會意，便想出去看看。

一直注意吳氏動靜的宋姨娘，看錢嬤嬤要出去，連忙道：「錢嬤嬤不用出去看姑娘了，我昨兒個讓喬管家買了些少爺和姑娘愛吃的喜悅樓的點心，便讓立夏給姑娘送了些去，也是看看姑娘好利索沒有，不然總是不安心的，立夏回來就告訴我，姑娘全好了，還在那院子裡給花澆水呢。」然後又嬌媚的對著喬楠楓道：「老爺您再等等，姑娘是才生了病，難免嬌氣了些，過一會兒一準來給老爺太太請安的。」

喬楠楓聽了宋姨娘的話，臉越發的黑了。

吳氏看得心裡一急，正想說話，卻見喬錦書從正院門走進來，一身嫩綠色裙褂，鵝黃色絲帶飄在髮間，雙手捧著一瓶迎春花，那張精緻的笑臉藏在迎春花中間，因走得快，衣裙絲帶飄飄，額間的梅花襯得一張臉格外粉嫩，宛若花中仙子一般超凡脫俗。

喬楠楓看著走過來的喬錦書也是一愣，女兒啥時候長這麼大了，已經出落得這般漂亮。

喬錦書把手裡的花遞給錢嬤嬤，然後也不叫人拿墊子便直接跪倒在地板上，彎腰施禮道：「爹娘，錦兒今兒個請安來晚了，請爹娘恕罪。」

喬楠楓看著到底是有些心疼的，忙不迭的喊起。

喬錦書笑著起身走到喬楠楓身邊，愛嬌的道：「錦兒今兒個本來準備早早過來給爹娘請安，卻聽說院子裡的迎春花開了，便想著這迎春花雖說不起眼，可它是萬物始發之花，萬物生春代表萬事興隆，錦兒希望爹爹生意興隆，便去摘了一些來給爹娘賞玩。」說著接過錢嬤嬤手裡的迎春花，抬起小臉，雙手捧給喬楠楓。

喬楠楓聽了喬錦書的話心裡越發的歡喜，便忙接過花，溫和的笑道：「錦兒摘的這花很好，爹喜歡。」

喬錦書笑著轉身接過穀雨手裡的那瓶，又捧給吳氏道：「願娘如這迎春花般年年美麗，青春常駐。」

吳氏看著病好了後變得乖巧懂事的女兒，高興得眼睛都紅了，命錢嬤嬤接過花。

喬楠楓趁人不注意，狠狠瞪了宋姨娘一眼。

宋姨娘想起自己費心思設在老太太屋裡的陷阱，卻讓喬錦書逃過了，心裡恨恨的卻不敢再說什麼，只得悻悻的低了頭，心道——小蹄子，這次運氣好，讓妳逃過了，下次一定不會放過妳的。

喬錦書看著宋姨娘變色的臉，心裡冷冷一笑。

吳氏見人都來了，連忙吩咐錢嬤嬤擺飯，一家人便起身往偏廳走去。

喬楠楓先在主位坐下，吳氏在喬楠楓的右手邊坐下，而喬仲青理所當然在喬楠楓的左手邊坐下，喬錦書靠著吳氏落坐，宋姨娘則在末座坐下。

喬家的家規是，食不言，寢不語，一家四、五個人，只聞筷箸之聲。

喬錦書看著坐在喬楠楓左邊比自己的位置還要高一些的的喬仲青，心裡忖道——還是得讓娘給我生個弟弟才行，只是娘生下我也這麼多年了，怎麼就沒有再生孩子呢，宋姨娘也沒有生孩子，這其中有什麼緣故呢？

且不說喬錦書這邊胡思亂想，一頓飯吃得沒滋沒味的，這邊大家都陸陸續續的吃完了。

喬錦書看著窗外暮黑的天色，手裡拿著近日給吳氏新製的玉蘭花薰香發呆。

自己的娘吳氏出身學士府第，雖說是庶女，但卻有著官家女的自尊和驕傲，而宋姨娘是老太太的姪女，出身小門小戶一味的會伏低做小，恰巧迎合了喬楠楓自卑又自傲的性格，再加上宋姨娘的挑唆，使得喬楠楓和吳氏之間日漸疏遠。現在除了年節，喬楠楓已經不去吳氏的屋裡留宿了。

所以宋姨娘母子才這般囂張跋扈，竟然已經到了謀害嫡女的境地，所有這些不過是仗著宋姨娘生了喬家唯一的兒子喬仲青的緣故，若想最快的解開這個結，只有讓自己的娘吳氏懷孕才是最好的法子。

喬錦書正在這裡苦思冥想，就見縠雨端著幾個糕點盒子，沈著張臉嘀嘀咕咕的往外走，喬錦書見了有些好笑，這個丫頭雖然是十四、五歲了，可是喜怒哀樂全在一張臉上。

「妳做什麼去？」喬錦書道。

縠雨聽了噘著嘴道：「姑娘，今天真是驚險，奴婢偷偷去老太太的屋裡看了下，老太太最喜歡的陪嫁花瓶被挪到了靠近門邊的几案上，咱們要是從老太太的屋子穿過去請安準會砸了那花瓶，那可不得了了。」

喬錦書一聽心下便明白了，若是自己砸了這個花瓶，自己肯定會受罰不說，娘必定會為自己和爹起爭執，原本就疏遠的關係豈不是雪上加霜？宋姨娘真是心思歹毒。

她想著必得想個法子讓爹娘的關係和緩些才好，一時又沒有好的主意，心裡難免煩躁，便隨意指了縠雨手裡的東西道：「什麼東西？」

縠雨道：「這是前兩日宋姨娘讓立夏送來的糕點，這些年只要是他們那屋子送來的東西，姑娘但凡是嚐了一口都要拉肚子的，姑娘又怕太太知道要和老爺爭吵，只好一味的忍了，奴婢還是趁著天黑扔了出去的好。」

喬錦書一聽頓時眼睛一亮，可不是正想睡覺便有人送枕頭，忙道：「拿過來我看看。」

轂雨聽了忙把盒子打開放在喬錦書跟前，杏仁豬油糕、桂花藕糖糕、冬瓜棗泥糕，喬錦書每樣糕點都拈起來仔細的看，細細的聞了聞，搖了搖頭道：「這裡面並沒有什麼不妥的東西呀。」

轂雨見了有些著急的道：「姑娘又不是大夫怎知好壞，還是別吃了，扔了才是。」

喬錦書心裡一陣好笑，也不說什麼，只吩咐道：「妳去給我泡一盞濃濃的菊花蜂蜜茶來，多多的放菊花和蜂蜜。」

轂雨聽了忙下去泡茶，又不放心的回頭道：「姑娘您看看就好，可千萬別吃啊。」

喬錦書忙應付的連連點頭。看轂雨的身影遠了，隨手拈了塊杏仁豬油糕放進嘴裡，嘴角微翹，杏仁豬油糕加菊花蜂蜜茶，她今晚想不上吐下瀉都不可能了。

等轂雨端著茶進來看見那個空了的盒子，急白了一張臉道：「姑娘，您怎麼就不聽奴婢的勸呢，這才剛好些又要受罪可怎麼好呢？」

喬錦書剛才硬塞進了幾塊膩膩的杏仁豬油糕，這會兒卡在嗓子眼正難受，看見轂雨端著茶進來，忙招手讓她端過來。

接了茶忙喝了幾口甜得發苦的菊花蜂蜜茶，這才總算是嚥下去了。

這油得發膩的杏仁豬油糕，加上甜得發苦的菊花蜂蜜茶，吃得喬錦書雙眉深蹙，一張臉就像個小苦瓜一樣。

轂雨看了又好笑，又好氣，忙上前輕輕的給喬錦書撫背。

等舒服了些，喬錦書一雙清澈的杏仁眼亮晶晶的看著穀雨，伸手把穀雨的頭拉低了在她耳邊低語，穀雨聽得臉色變化莫測，最後狐疑的看著喬錦書道：「姑娘這些話可當真？」

喬錦書繃著一張小臉，認真的點頭。

穀雨見了咬牙道：「好，奴婢就聽姑娘的，這就和春分商量去。」邊走還邊嘀咕道：「這次姑娘病好了，怎麼就像換了個人一樣呢？」

喬楠楓今日又是宿在宋姨娘屋裡的，二人正在床上擁作一團難捨難分之際，猛的就聽錢嬤嬤在外面大聲道：「老爺，不好了，姑娘又病了。」

若是換了別的事只怕喬楠楓就要打人了，只是耳邊聽得是自己的女兒病了，只得咬牙推開在自己懷裡已軟作一團面色緋紅的宋姨娘，起身穿好衣服，又回頭對床帳裡的宋姨娘道：「妳也快些穿衣服起來，也不知錦兒又是怎樣了。」說完急匆匆的朝喬錦書的屋子裡走去。

宋姨娘滿臉春色的看著喬楠楓離開的身影，渾身不自在，把正房的人都恨了個遍，想起喬楠楓臨走前的話，不得不起身穿衣服也往喬錦書屋裡去。

等喬楠楓過來的時候，喬錦書正吐得天翻天覆、臉色蒼白，吳氏在一邊六神無主的抱著喬錦書眼淚滿腮，穀雨跪在邊上伺候著喬錦書，喬楠楓看著這一幕著實心疼，抬腳便往穀雨身上踹去。「妳這奴才，妳怎麼伺候妳家姑娘的。」

穀雨並未躲閃，生生的挨了一腳，顫抖著道：「奴婢冤枉呀，不關奴婢的事，是姑娘吃了——」

喬錦書聽了急忙抬起一張蒼白的小臉道：「穀雨不許亂說。」

穀雨看看喬錦書又看了看剛進門的宋姨娘，閃躲的欲言又止。

喬楠楓和吳氏哪裡肯甘休，吳氏忙喝道：「說實話，不然立刻發賣了妳。」

穀雨聽了真有些害怕，忙衝著喬錦書磕了個頭道：「姑娘，奴婢想伺候您，不想離開喬家。」這才衝著喬楠楓和吳氏連連磕頭道：「姑娘是吃了宋姨娘送來的喜悅樓的糕點才這樣的。」

吳氏一聽，抬手狠狠的指著宋姨娘，渾身顫篤簌（注）終是一語未發，只是幽怨的看了喬楠楓一眼，轉身伏在喬錦書的床上嚎啕大哭起來。

喬錦書猶自抬起一張慘白的小臉看了喬楠楓道：「爹，都是錦兒不好，錦兒貪吃才會這樣的，不怪宋姨娘。」

見她們母女這般模樣，喬楠楓的心裡五味雜陳，這些年他對宋姨娘母子多有偏袒，也不過是憐惜宋姨娘原是好人家的女兒，青春少艾時跟了自己為妾，又給自己生了個孝順的兒子，且這個兒子還是喬家唯一的男丁。

此刻見自己的嫡妻嫡女這般模樣，心裡也生出了些內疚，對著剛進門的宋姨娘就不由得添了幾分厭惡，衝過去打開炕桌上未吃完的糕點看了看，狠狠擲在宋姨娘跟前道：「妳不知道姑娘才好，不能吃油膩之物嗎？買這樣的糕點送到她屋裡，妳真是昏了頭了。」

宋姨娘也是個極聰明的，知道此刻是辯駁不得的，便只磕頭認錯，並不反駁一句。心裡想著只要這事過了，有喬仲青在手還怕哄不轉喬楠楓嗎？

吳氏厭惡的看著宋姨娘，喬楠楓便揮手令宋姨娘退下，宋姨娘心裡極不甘心但也只得退下。

等錢嬤嬤煎好了藥端上來，餵給喬錦書喝了，又吐了幾次方慢慢止住，這時喬楠楓和吳氏才算鬆了口氣。

經過這番掙扎，喬錦書早已經渾身無力，快快的靠著床頭道：「爹、娘去歇著吧，錦兒喝了藥沒事了，這裡有穀雨伺候便可。」

吳氏猶自不肯離開，喬錦書便勸道：「娘您若在這裡，錦兒怎能安心歇息呢。」

看著喬錦書眼裡的執著，喬楠楓便勸吳氏道：「罷了，這是錦兒孝心，妳若不聽她便休息不好，反倒不好了。」

吳氏聽了只得點點頭，準備起身和喬楠楓出去。

喬錦書見了又吩咐穀雨道：「錢嬤嬤去給我熬粥了，妳去送娘回屋了再過來伺候我。」

喬楠楓聽了忙道：「乖錦兒，妳這裡離不得人，穀雨在這裡伺候妳，我送妳娘回屋，妳放心便是。」

喬錦書這才心滿意足的點點頭，合眼躺了下去。

注：顫篤簌，形容因驚悸而打寒顫、發抖。

喬楠楓陪吳氏出了喬錦書的屋子，往吳氏的正屋走去，進了屋子，昏黃的燭光襯著淺黃色的垂地紗帳，屋裡有一種溫馨的甜美，一股淡淡的玉蘭花香縈繞鼻間，朦朧中看著眼前的吳氏，一套牙白色的睡衣，果綠色布滾著襟邊，袖口領口都用淺綠色的絲線繡著玉蘭花，頭上鬆鬆的綰著個髮髻，插著根珍珠銀簪，恍若神仙妃子。

喬楠楓扶著吳氏在炕沿坐了，卻又見炕桌上一壺一杯，壺中的酒還略有餘溫，酒杯邊放著自己以前送吳氏的白玉蘭花玉珮，見此情景喬楠楓好像看見了吳氏深夜獨飲，手舉玉珮思念自己的模樣。

其實喬楠楓心裡並不厭惡吳氏，吳氏溫柔婉約，氣質如蘭，比起宋姨娘的嫵媚更令愛讀書的喬楠楓心動，不過因他棄宦經商，總怕官家出身的吳氏瞧不起他，又加上宋姨娘的挑唆才會疏遠吳氏。

現在發現吳氏其實心裡還是一直喜歡著自己的，喬楠楓難免也有些心潮起伏，遂柔聲道：「煙兒有多久沒喚過為夫夫君了？」

看著與自己離開時大相逕庭的臥室，吳氏心裡也是狐疑不定，但此刻並不容她多思，聽了喬楠楓的話，她便低低的喚了一聲：「夫君。」

喬楠楓動情的道：「煙兒身上還是那般清清幽幽的白玉蘭香，真香，為夫多久沒聞到這玉蘭花香了？」

吳氏道：「夫君太忙，恐早已經忘了這白玉蘭花香了。」

喬楠楓道：「煙兒是否怨為夫冷落了妳？」

吳氏道：「夫君，煙兒怨過的，可是能如此這般天天看到夫君，煙兒知足了。」

喬楠楓道：「煙兒可曾怪夫君從商不能繼續科舉，讓煙兒在家人面前失了面子？」

吳氏聽到這兒心中一驚，難道喬楠楓竟是因覺得自己有此等想法才疏遠了自己，轉而道：「夫君，煙兒絕無此意，煙兒從來都是愛重夫君人品貴重，而非其他，不會因地位、疾病、貧富而有任何改變的。」

喬楠楓今日才知是自己誤解妻子了，便動情的喊道：「煙兒。」抬起吳氏的臉吻了上去，輾轉吮吸，舌頭探入嘴裡嬉戲舞動，一時二人均是情難自禁。

滿室安靜，只聞女人婉轉低吟，嬌媚動人，聲聲喚著夫君。男人軟語溫存，穿門入戶，嬌喘聲、粗吼聲相交，芙蓉帳內暖意融融，正是人間春光無限好。

錢嬤嬤站在外間的門前，看著裡間微弱的燭光，傳來細微的聲音，欣慰的流淚，春分亦不作聲。

三月的夜晚，夜風微涼，天空中浮雲時卷時舒，院子裡的草叢中鳥兒低鳴吟唱，隔壁院子飄過來的花香若有若無。現世安穩，歲月靜好。

過了這一日，喬楠楓和吳氏再也不像以前的漠然，那吳氏在端莊持重外，眼角眉梢也難免有了幾分女人家的溫情，喜得喬楠楓流連不已。

喬錦書見到這樣，心裡終是大大的鬆了口氣，每日裡便只抱著些醫書看，或者教穀雨做些新奇的小食往喬楠楓的書房和吳氏那裡送去，二人均是歡喜不已，見喬錦書自病癒後便喜歡上醫書的事也都聽之任之並不反對。喬楠楓因為家裡是開藥鋪的，對喬錦書愛看醫書倒添了幾分樂見其成的意思。

喬錦書見這樣便也找機會玩笑一般給喬楠楓和吳氏把了幾次脈，卻發現吳氏有宮寒之症，宮寒症在現代並不算大事，調理一段時間也都可以治癒，因此喬錦書並沒有聲張，只是找藉口給吳氏調理著。吳氏見喬錦書每日給自己送的補藥都是些平日裡女人家常用之物，便不忍心違逆她，也就樂呵呵的都喝了。過了一段時間卻發現自己的身體好像真的有些變化，心裡也是欣喜不已。

穀雨見自己的姑娘自病癒後，做事再不像以前一般懦弱無主見，老受宋姨娘母子欺負，心裡也更加歡喜，自從那次糕點事件後更是對喬錦書言聽計從。

喬錦書也感受到穀雨的心意，自己在心裡更是拿定主意，以後定是要護著穀雨，讓她過上好日子。

日子就在這般溫馨中不緊不慢的流去，轉眼便是喬錦書的生辰了。

第三章　生辰

過了幾日正是喬錦書的十二週歲生辰，這種小生辰並不操辦，只是家人吃飯慶賀。一大早，穀雨便叫醒喬錦書，梳洗打扮去給喬楠楓、吳氏請安。

廳堂裡，錢嬤嬤早已經準備好了墊子，喬錦書盈盈而拜，規規矩矩的磕了三個頭，喬楠楓拿出一個木質的大盒子給了喬錦書，喬錦書雙手接過來又道了謝。吳氏也從錢嬤嬤手中接過一個綠色緞面的錦盒遞給喬錦書，喬錦書同樣道了謝。喬仲青送的是一幅自己寫的字，宋姨娘送了一雙粉色的緞面繡花鞋，倒也做工精巧。其餘婢僕都上來道賀，也有送各色禮物的，便不一一細說。

大家道賀完各自退下，宋姨娘看著喬楠楓和吳氏送禮物的盒子都精緻非常，便想知道裡面到底是什麼，遂笑著道：「姑娘，今日收了這麼多禮物，也打開讓我們長長見識吧。」

喬錦書看了看喬老爺和吳氏，見二人均點了頭，便轉身拿起喬楠楓送的木盒，打開來，見是一套醫書，心裡很是喜歡。

喬楠楓道：「錦兒，爹知道妳喜歡醫書，便找套古籍醫典，咱們家裡現開著藥鋪呢，妳也算繼承家業了。」

看著喬楠楓用心找來的書，喬錦書說不感動是假的，便道：「錦兒一定好好研習，不辜負爹的期望。」說著又拿起醫書旁的一個小盒子打開，喬錦書見了一陣驚喜，那是一只晶瑩翠綠的鐲子，那綠色特別通透，喬錦書前世也是很喜歡玉器的，如今見到這古玉，自然是歡喜異常，道：「謝謝爹，讓爹破費了。」又打開吳氏送的盒子，那是一套紫粉色珍珠頭面，就算在日光下也閃著粉色的瑩輝，一看便不是一般人家的東西。

喬楠楓看了那套首飾道：「煙兒，這套紫粉色的珍珠首飾可是妳出嫁前，岳父親自交給妳的，因妳閨名裡帶個紫字（吳氏閨名紫煙），好不容易找來這套首飾，妳怎地就給了錦兒呢？」

吳氏道：「這個顏色我如今戴著也不適合了，這東西總都是錦兒的，如今她金釵之年（注）戴這些正好。」

喬錦書也忙趕著道了謝。

宋姨娘看著那些首飾，眼裡放出嫉妒的光，恨不能伸出手搶了過來，心裡恨恨的道——怎不等我兒子成親時送我兒媳婦呢？女兒終究是外人，給她不也是別人家的嗎？等我兒子承繼了家業，這些東西通通要還回來的。

那邊喬仲青也看得心裡咬牙。且讓妳們高興一時，以後都是我的！

且不說這邊這母子倆都在心裡發狠，那邊喬楠楓已經起身道：「我今日事多，午膳便不回來了，晚上多加幾個菜給錦兒慶祝吧。」

吳氏應了，喬楠楓離開後大家也就散了，各自準備晚上的事。

宋姨娘和喬仲青回到自己屋子，喬仲青到底沈不住氣，拿起茶杯便亂砸一氣，道：「如今爹心裡便只有那個丫頭，都恨不能她是兒子，好把家業都給了她，哪裡還有我的位置呢？」

宋姨娘也狠狠的道：「現在就給她那麼多好東西，到時候出嫁還不帶走一半家業呀，我絕不能讓她得逞，這些都是我兒的。」

喬仲青陰沈著臉想了一陣道：「我今兒個就不能讓她痛快過壽。」說著便道：「立夏給我提一桶冷水進來備著。」

宋姨娘一聽便知道喬仲青要做什麼，便道：「仲青不可，不能糟蹋自己身體，娘幫你。」眼珠一轉，咬咬牙便拉過立夏，在立夏耳邊嘀咕了幾句。

立夏嚇得連忙跪下道：「姨娘，立夏不敢。」

宋姨娘冷冷的哼了一聲道：「不論妳敢不敢，妳且說妳願不願，若是這次不願，以後便不會再給妳機會了，妳也休得怨怪。」

立夏垂下頭，片刻便道：「奴婢性命皆是姨娘的，一切聽姨娘吩咐。」

宋姨娘這才點點頭，從床上隱蔽的格子裡拿出個小紙包遞給立夏道：「妳先去準備吧，到時間，按我吩咐的做便可。」

注：金釵之年，即年齡代稱，古人指女子十二歲的年齡。女子十二歲稱金釵之年。

酉時一刻，喬楠楓一進門，便看見喬仲青的小廝艾葉前來稟報喬仲青病了。

喬楠楓雙眉微蹙，隨著艾葉往喬仲青的屋裡去，問道：「可要緊？」

艾葉忙道：「不是很要緊，只是發燒。」

喬楠楓進了屋子，看到宋姨娘和立夏圍在床前，便道：「仲青怎麼了？」

宋姨娘道：「大概今兒個早起穿得少了些，便有些發熱，吃了點藥發了汗，如今倒是好很多，就是說要找爹，看他平時大人一樣，病了便變了個樣。」

喬楠楓道：「才多大的孩子呀，病了吵吵也很正常，爹這就陪你。」說著上前摸了摸喬仲青的額頭，是有些熱，但也不很嚴重，便放心下來，陪著喬仲青坐在床邊。

過了半個時辰，看著快要晚膳了，宋姨娘看了立夏一眼，立夏紅著臉點點頭，宋姨娘便道：「老爺，今兒個是姑娘的壽辰，仲青已經沒事，大概也能起身去吃飯了，我便給他換身衣服，讓立夏伺候著您去我屋裡也換身衣服吧。」

喬楠楓低頭看了看自己的衣服，好像是有些灰塵，想著今天是錦兒的生辰，便應道：「也好。」

進了屋子，立夏伺候著喬楠楓脫了長衫，坐在炕上休息，又上了茶，才去擰熱毛巾準備給喬楠楓擦洗一下好更衣。

喬楠楓因今天是喬錦書的生辰，想著要趕回來晚膳，白天便忙得腳不沾地，連水也沒喝上一口，現在這杯茶水溫度正好，也顧不得什麼禮儀端起來喝了個底朝天，剛喝完便覺得身體有些異樣，頭暈乎乎的，喬楠楓以為是累了，也沒在意。

立夏在邊上看喬楠楓喝完了茶水，越發的臉紅心跳緊張不已，忙走過去輕聲細語道：「老爺，奴婢伺候您擦把臉吧。」

喬楠楓嗯了一聲，立夏便把自己才發育成熟的身體緊緊的貼著喬楠楓，輕輕的給喬楠楓擦臉。

要說喬楠楓雖然有些勢利，但在女色上卻並不著緊，自己家裡的幾個丫鬟穀雨、春分、立夏、大寒、小寒雖說不上天姿國色，但都是有幾分姿色，他倒從來也沒打過主意。

平日這立夏也不是沒有近身伺候過，喬楠楓也沒在意，不知怎的今日立夏一靠過來，鼻間聞著少女特有的馨香，身體裡就升起一股邪火，身體也緊繃了起來，喬楠楓呼吸也有些異常。

立夏想著宋姨娘的交代，咬咬牙道：「老爺，您累了一天，奴婢給您按摩一下解解乏可好？」說完也不待喬楠楓說話，便整個身體偎進喬楠楓的懷裡，一雙手在喬楠楓的身上遊走。

喬楠楓雖不好色可也是個正常的男子，喝了那杯茶水後，此刻又軟玉溫香抱滿懷，哪裡還忍得？一翻身便把立夏推倒在炕上，三兩下褪了立夏的衫裙壓了上去，狂亂中早已經不記得今天是自己女兒的生辰了。

等喬楠楓一覺醒來，看著身邊一絲不掛的立夏，又看了看炕桌上的茶杯，腦中一下清明起來，屋裡的沙漏顯示此刻是子時了，錦兒生辰怕是過完了，想著聰明慧黠的女兒、溫柔的妻子，心裡好一陣內疚，也不好意思去見她們了。再看身邊的立夏便覺得一陣厭煩，也不叫人，自己起身穿衣回了書房安寢。

一直注意著這邊動靜的宋姨娘走了進來，推推炕上的立夏。

其實立夏早在喬楠楓醒來時便已經醒了，只是羞澀得不敢動罷了，看著喬楠楓沈著臉不發一言的走了，心裡正難過呢。如今宋姨娘推她，便起身著衣給宋姨娘施禮。

宋姨娘心裡冷笑著忖道——老爺現在正看重正房那對母女呢，這小蹄子今日做的事，老爺此刻心裡肯定明白了的，今日這事既打發了這人長大了，心思也開始活絡的立夏，也膈應了那對母女。

心裡這般想著，宋姨娘嘴裡卻道：「立夏累了吧，回妳自己屋子收拾收拾，老爺今日是累了，沒發話，過幾日得了空，我會提醒老爺把妳收房的。」

果然過了一段時間，喬楠楓找了個時間和吳氏說了，把立夏收了房，還是在宋姨娘那裡伺候著。只是對立夏，喬楠楓終是冷冷的不大喜歡，至此立夏知道是當日的事做得不妥，惹了老爺厭惡，也明白自己是著了宋姨娘的道，和宋姨娘生了嫌隙，這是後話暫且不提。

這邊錢嬤嬤已經指揮著下人擺好碗碟，只等喬楠楓來了上菜，酉時末刻了還不見喬楠楓回家，吳氏有些著急了，正想讓春分去外院看看，只見喬仲青施施然的走了進來，給吳氏見了禮道：「娘，我姨娘有些不舒服，爹陪著她呢，說不過來吃飯了，讓太太也不用過去探視，讓我們自便就是。」

吳氏聽後臉色一陣青白，放在桌子下的手緊緊握成拳，指甲都掐進掌心了，喬錦書一時衝動，剛想起身，被吳氏拉住了道：「既如此我們吃飯吧，錢嬤嬤上菜。」

吳氏和喬錦書是食不滋味的做著樣子，喬仲青倒是高高興興的挑著自己喜歡吃的吃，看著臉色難看的母女倆心裡越發的高興，倒盡興的吃了個飽，吃完飯也沒人說話，大家便散了。

吳氏坐在裡間炕上，眼淚終於忍不住從眼角滑落，雙肩無聲的抽動著。錢嬤嬤和喬錦書也是一陣傷心，奈何也只能忍著眼淚勸著吳氏。

過了好一陣，三人默默的收拾著睡下了，喬錦書今日不肯走，也就陪著吳氏歇下了。

自從來到這個世界，大概是對陌生環境的懼怕，喬錦書一直淺眠，稍有動靜便醒了。錢嬤嬤儘管壓低了聲音，還是驚醒了喬錦書，喬錦書看見錢嬤嬤伺候著吳氏吃東西，便道：「娘，一大早的吃什麼呢？」

這錢嬤嬤原本是吳氏的親生姨娘的陪房，當日吳氏遠嫁慶陽縣，吳氏的姨娘不放心，便把自己最親信的錢嬤嬤給了吳氏，這錢嬤嬤也是個實心的，伺候吳氏的姨娘時，心裡便只有吳氏的姨娘一個，如今伺候了吳氏，又是一門心思的對吳氏忠心耿耿的，就連喬楠楓也比不上吳氏和喬錦書。

錢嬤嬤見喬錦書問便道：「這是前幾年咱們家藥鋪的坐診大夫李大夫給的一個方子，紅豆茯苓炒熟了磨成粉，每日清晨空腹用開水沖了吃，說是對體質寒涼的人是極好的，妳娘得了這個方子便一直吃著。」

喬錦書聽了，心道紅豆茯苓現代人拿來養生倒是不錯，可是要扭轉寒性體質就難了，看來古代的中醫實在一般。

走過去坐在吳氏對面坐了，看著吳氏吃，聞到一股細細的酸澀味，喬錦書讀了五年中醫學院，又當了三年坐診中醫大夫，加上天生對中藥的敏感，那些中藥無論怎麼變化，她都是能分辨清楚的，眼前的碗裡分明有著赤小豆的味道。喬錦書蹙著眉道：「娘，且別吃了，給錦兒看看。」

吳氏抬起頭看了喬錦書一眼，便把碗推了過去，喬錦書接過來，先聞聞，又拿過勺子嚐了嚐，她可以確定碗裡絕對不是什麼紅豆茯苓，而是赤小豆薏米，這兩樣東西給寒涼體質的人吃，只會雪上加霜，引起宮寒導致無法生育，看來吳氏宮寒的原因找到了。

吳氏看喬錦書眉頭緊鎖著，表情有些凝重，不禁道：「錦兒，怎麼了，這藥有什麼不對嗎？」

喬錦書斟酌了下，該怎樣說才能不引起吳氏的疑慮，沈默了一會兒道：「娘，依我看，這碗裡不是紅豆茯苓，大約像是赤小豆薏米，這兩味藥性皆寒涼，寒性體質的女子吃了容易引起宮寒導致不孕。」

吳氏聽了如被雷擊，腦中一片空白，千迴百轉之後很多事頓時明白過來道：「這李大夫與老太太的關係極不一般，想來這裡大約少不了老太太的事，我原以為老太太和宋姨娘兩人原本出身小門小戶，不過是貪些錢財，就連宋姨娘的弟弟要去我陪嫁鋪子做掌櫃，每年貪墨大半的收入我都懶得計較，誰知她們這般歹毒。」

喬錦書見吳氏這樣便道：「娘，這事如今先不宜聲張，最好是找個可靠又醫術高超的大夫先確定一下，看娘如今身體怎樣了，就算真是宮寒了，也能調理好，再給我生個弟弟，讓那些黑心人的划算落空。」

吳氏難過的道：「錦兒妳還小不懂，若娘真的已經有了宮寒之症便是醫不好了的，如今沒有哪個大夫醫好過。」

錢嬤嬤在旁邊著急的道：「不如找一品大師看看吧，無論醫術人品，一品大師都是最可靠的。」

喬錦書看著吳氏道：「一品大師是誰？」

吳氏道：「在出了縣城十里有座齊雲山，那裡山清水秀，長年霧氣，上面有座百年寺廟，一品大師就是現在的住持。有一年妳那二叔喬楠柏在山腳下暈倒了，恰好被下山的一品大師所救，從此和我們家就結下了善緣，妳二叔每年都要到山上休養一段時間，老太太也陪著去住些日子，一來禮佛，二來也有不放心妳二叔的意思。如今既有了這事，我們便和妳爹說是上山給老太太請安，他也不好駁回。」

第四章 拜師

過幾日回過了喬楠楓，吳氏帶著喬錦書，由錢嬤嬤和穀雨伺候著往齊雲山去。

三月的陽光和煦溫暖，湛藍的天空乾淨得彷彿可以看到神仙洞府，綠色灑滿每一處，路上行人的臉上也都好像帶著喜悅。

喬錦書看著這若干年前的春天，歡喜又帶著一些不捨的憂傷，想著若干年後那個江城的春天，只是默默無語。吳氏和錢嬤嬤心裡有事也都不說話。

一路走上來都是人工的石梯，滿眼都是綠色，鬱鬱蔥蔥，太陽照射下散發出草木的清香，鳥在樹間跳躍，蟲在草叢鳴叫，山頂上還有未散去的雲霧，那黃色的廟宇坐落其間，真的是個莊嚴肅穆的神仙所在。

剛到寺門外，就見喬二爺喬楠柏的小廝柴胡已經等在門外，給吳氏和喬錦書見了禮道：「太太，昨日二爺犯病了，老太太和二爺都沒有休息好，此時正睡著呢。」

吳氏道：「既如此便不打擾老太太和二爺休息，我先去拜見一品大師。」對身旁的喬錦書道：「我和錢嬤嬤去見一品大師，妳是小孩子不宜同去，且先讓穀雨陪著妳在此歇息片刻，待為娘出來再說。」

喬錦書道：「是。」便走到旁邊石桌邊的石凳上坐下。

喬太太和錢嬤嬤走了片刻，穀雨脹紅了臉對喬錦書道：「姑娘您自己在這兒稍待片刻，穀雨方便了就來可好？」

喬錦書看著穀雨著急的樣子，笑了笑道：「妳快去吧，我自己待著便是。」

穀雨邊走還回頭道：「姑娘，別走開啊，我很快便回來的。」

喬錦書笑道：「快去吧，真囉嗦，我又不是小孩子。」

穀雨邊走還自言自語道：「就是小孩子才愛說自己不是小孩子的。」

喬錦書看見左邊有條小路蜿蜒而下，看不到盡頭，就有些好奇的沿著小路往下走去，走了不遠聽見水聲，飄蕩在林間讓人異常舒服，接著便看見一條清泉繞山而下，滴落在山底的低窪處，形成了一汪泉眼，清澈透亮。旁邊是一塊平地，開著幾塊菜地，瓜藤木架，清幽閒適，再往菜地看，卻見一個身著灰色粗布僧衣的老和尚倒在地上。

醫生的天性讓喬錦書顧不得怕醫術被人知道的事，飛快的走到老和尚身邊，一手使勁掐老和尚的人中，一手拿過老和尚的手把脈。片刻，老和尚呻吟了一聲，但仍然昏迷著，喬錦書鬆了口氣，在老和尚的背後找到穴位以食指按壓，喬錦書年幼力氣不夠，一會兒額頭已見薄汗，過了片刻才見老和尚醒轉過來。

喬錦書把老和尚扶著坐好，道：「老和尚您沒事了吧？」

老和尚醒過來，看了喬錦書一眼道：「小姑娘是妳救了我，妳餵我吃的藥吧？」抬手摸摸自己的袖袋，藥卻沒有動過，便道：「小姑娘妳沒給我吃藥，是怎麼救我的？」

喬錦書見這老和尚醒過來，也不說謝謝自己，卻問怎麼救的，喬錦書自從來到這個世界便小心翼翼的隱藏自己的醫術從不敢讓人知道，今日救人心切，也顧不得這些，她不知道怎麼回答就起身朝那泉水邊走去。

老和尚又追問道：「小姑娘妳師從何人，幾歲學醫？」

喬錦書不耐道：「老和尚我救了您，您不說謝謝我，卻一直囉嗦，好煩人。告訴您，我沒有師傅，是自己看書學的，剛才只是按壓了您背後的穴位。」

老和尚一聽說，生氣的道：「小姑娘，穴位一事差之毫釐便是生死攸關，妳沒學過怎麼輕易動手。」

喬錦書一聽更生氣了，心道——姊沒學？姊學了多少年，治好過多少人，就你這心臟病急救的辦法，姊有無數種法子，小菜一碟，這和尚囉嗦一堆真煩人。

轉過身來她對著老和尚道：「老和尚我可曾傷了您？」

老和尚看著眼前的小姑娘，眉目如畫，站在山間，清幽美麗，若仙子臨塵，不染一絲凡俗之氣。老和尚死死的盯著喬錦書看著，眼裡射出一道精光，躬身合十道：「阿彌陀佛，敢問姑娘來自何處？」

喬錦書亦彎腰回禮道：「小女子喬錦書，是慶陽縣松鶴樓喬楠楓之女。」

老和尚仍是盯著喬錦書道：「姑娘，老衲問的是，姑娘原本來自何處？」

喬錦書聽了渾身一個激靈，穩了穩心神道：「老和尚此話何意？」

老和尚道：「姑娘自當明白，老衲為何有此一問。」

喬錦書聽了眼圈一紅，看著眼前這個老和尚，白眉白鬚，面相慈愛溫暖，眼神深遠好像能看透一切般，忍不住流下了來到這個世界的第一滴眼淚，低泣道：「老和尚，我……」

「姑娘且慢——」老和尚打斷了她的話。「姑娘，老衲看明白了，無須姑娘多言，老衲今日有一言望姑娘切記，剛才姑娘想和老衲說的話，從此後無論對任何人都不可說出口，無論是妳現在的父母，或者妳以後的夫君兒女都不可，甚至於無人處亦不可說，要知道一樹一木皆有靈性，否則必給姑娘招致殺身之禍，可記住了？」

喬錦書立即覺悟，肅然恭謹道：「謝大師指點，錦兒受教了。」

老和尚點點頭道：「姑娘是否擁有絕世醫術？」

喬錦書笑道：「錦兒是身懷醫術，能治病救人，可絕世卻稱不上。」

老和尚搖搖頭道：「就憑姑娘剛才沒有用藥能救老衲，老衲自己都無法做到，這世間比老衲醫術高超的並不多，可見姑娘醫術在這世間已是屈指可數了。只是，匹夫無罪，懷璧其罪，姑娘要謹慎了。」

喬錦書聽了老和尚的話，低頭想了想，跪下道：「大師，佛家有云，一飲一啄，莫非前定，上天讓錦兒來到這世間，給了錦兒一個家，一雙慈愛的父母，解錦兒無父無母之苦，錦兒希望有所報答。錦兒身無長物，只有一身醫術，願為這世間人解疾苦、活性命，可錦兒無根無憑無法完成心願，今日得見大師，望大師收錦兒為徒，讓錦兒完成心願。」

老和尚凝眉片刻，道：「也罷，今日妳救我性命便是一種緣分，老衲便收下妳為徒。」

喬錦書聽了，便恭恭敬敬的磕了三個頭。

老和尚受了，扶起喬錦書道：「錦兒，今日老衲既收妳為徒，便可護妳安然，只是妳要謹記，為醫者要執善念，存大愛，不可妄動邪念。」

喬錦書恭謹道是。

老和尚便道：「錦兒是來看祖母的嗎？」

喬錦書便把赤小豆薏米替換紅豆茯苓一事說了，這才知道自己的師傅就是一品大師，便道：「師傅，徒兒剛才冒犯了。」

一品大師笑呵呵道：「老和尚很喜歡聽妳叫我老和尚，哈哈。」

喬錦書嗔道：「師傅就笑話徒兒吧。」說著兩人便走了回去。

到了寺前的石桌旁，見穀雨亂竄著找姑娘，都快急哭了，看見他們便衝了上來抱住喬錦書道：「姑娘去了哪兒呢？急死奴婢了。」

喬錦書笑著安撫了穀雨，便和一品大師往禪房去見吳氏。

吳氏看到一品大師帶著喬錦書走過來，忙上來給一品大師見禮，一品大師把吳氏讓進禪房，喬錦書覺得有些事以穀雨的性子還是不知道為好，便讓穀雨守在門外。

禪房內，吳氏拿出一包包好的粉末，請一品大師辨認，一品大師接過，仔細看了看，確實是赤小豆和薏米，暗道錦兒醫術果然了得，自己幾十年的醫術修為才能做到的事，她小小年紀已達到這個程度，假以時日成就未可限量。

其實剛才自己也只是看到兩個片段，一個是她的神髓在一間精緻的藥鋪裡坐診，穿著外貌都不同於這個世界，只是自己可以確認那確實是如今喬錦書的神髓。另一個便是她為了救一隻小狗被一個自己也不識得、速度快如閃電的物件撞飛，神髓便落在了撞頭而亡的喬錦書身體裡。

這是一個心地善良的好孩子，在喬楠楓無法保護她的時候自己一定要護住她。

想到此，一品大師道：「太太，這是赤小豆和薏米，少量食用對身體有益，長期食用對女子有害，易引起宮寒之症。」

吳氏聽後，連忙請一品大師給自己把脈，果然如喬錦書所說已是宮寒入體，一品大師便搖搖頭對吳氏道：「太太已經是宮寒入體了。」

吳氏聽後面色如土，萬念俱灰，自己再也不能生育了，心裡燃起熊熊的恨意。

喬錦書見吳氏面色慘澹，趕緊安慰道：「娘且別氣苦，錦兒一定可以治好娘的病的。」

聽到這兒，一品大師詫異的看著喬錦書。喬錦書肯定的點點頭，一品大師便道：「太太且莫著急，我今日與令嬡一見便覺有緣，且得知她酷愛醫術，是以在未徵求貴夫婦同意的情況下便自作主張的收下令嬡為徒，萬望見諒。因她為女子，我會指導她研習婦科之症，太太這個病症也不是不可治癒的。」

吳氏聽說，如聞仙樂，頓時高興了，看著喬錦書，喬錦書鄭重的點點頭。吳氏道：「大師何出此言，多少人希望拜入大師門下而不可得，大師願意收錦兒為徒，是錦兒幾世修來的福氣，我們夫妻倆感激不盡。」

這邊說著話，門外穀雨回稟道：「太太，柴胡來說老太太起了。」

吳氏帶著喬錦書走出禪房，往老太太住的地方走去。

白色的牆，木紋長廊在這廟宇邊顯得簡單清雅，只見一間房門前站著個丫鬟，十八、九歲的年紀，眉眼清秀，精明幹練，看見吳氏一行人過來忙上前見禮，道：「見過太太、姑娘，老太太知道太太和姑娘來了，高興得不得了，讓我在這兒等著呢。」

吳氏道：「大寒，老太太身體可好，二爺的病可好了些？」

大寒道：「老太太身體健朗，只二爺昨日犯病了，大師給開了藥方吃了藥，睡了一覺也已經好多了，此刻也在老太太屋裡等著太太呢。」說著便把吳氏一行人引到老太太屋子裡。

一間簡單的起居室，老太太坐在炕上正和喬家二爺喬楠柏說著話。吳氏進去便給老太太請安，喬楠柏也起身見過嫂子。

喬錦書這才上前給老太太見禮，原本以為一定是一個年過半百的刻薄老太太，誰知卻是一個年過四十的婦人，身形消瘦，穿一身淺棕色裙褂，頭髮都往後梳成回心髻，髮間插著幾根金簪，臉色有些萎黃，眼神銳利，雖滿臉笑容，那笑意卻不達眼底，觀之生畏。

喬錦書見過禮後退到喬楠柏身邊，給喬楠柏見禮，只見一個二十上下的青年，一身寶藍色長衫，眉目清秀，身形略瘦，舉止文雅，透著書卷氣，觀之可親。

喬錦書覺得自己對這個初次見面的二叔有一種天生的親近感，坐下便道：「二叔，您的病好些了嗎，昨日怎麼又犯了？」

喬楠柏笑著道：「錦兒無須擔心，我這是老毛病了，沒事的。只是錦兒過生辰二叔也沒能回去，錦兒可生氣了？」

喬錦書道：「錦兒知道二叔在養病，哪會生氣呢。」

喬楠柏道：「錦兒是真長大懂事了，以前二叔若是沒陪錦兒過生辰，錦兒見到二叔總是不依不饒一番才罷的。」說著從袖袋裡取出一枚小印章道：「二叔在山上也沒給錦兒準備什麼禮物，便抽時間刻了枚印章當生辰禮物了。」

喬錦書接過一看，是一塊晶瑩透明的青田石，上頭簡單刻著篆體的「錦書」二字，小巧可愛，喬錦書很喜歡，便歡快的道：「謝謝二叔，錦兒很喜歡呢。」

因著喬楠柏的病還需要養幾天才好，一家人便商量著一起在山上住幾天再一起回家。

這幾日，喬錦書每日請完安便去一品大師的禪房裡，開始是喬錦書向一品大師求教，慢慢的二人便就一些醫術的問題討論了起來，幾天下來，彼此間都覺得獲益匪淺，這一老一少也覺得越發的投緣了。聊得高興了，喬錦書便又開始叫老和尚，一品大師不以為忤，反而哈哈大笑。

這天，喬錦書來向一品大師辭行，她拿出寫好的一張藥方遞了過去道：「這方子可治宮寒之症，但不可一概而論，及致每個人卻要有不同的調整，留給師傅比我有用。」

一品大師接過方子，肅然看著喬錦書，慎重的點頭又囑咐了她幾句，拿出一個早準備好的包袱道：「這裡是一些我給妳挑選的醫書，主要是女子疾病方面的，還有我這幾年的出診手箚，妳好好研習，下次見面我要考妳的。」

喬錦書恭敬的接過來應了。

一家人高高興興的回了家，家裡自然又是一番噓寒問暖，興高采烈，且不一一細說。

晚間，喬楠楓來了吳氏的屋子裡，幾日沒見自是好一番親熱，喬楠楓揀了個機會訕訕的把立夏的事說了，吳氏細想恐怕喬楠楓也是著了道，便也不再說什麼。吳氏乘機又把一品大師收錦兒為徒的事說給喬楠楓聽，喬楠楓聽了，自然是驚喜異常，此後對錦兒更是看重。

隔一日，下午老太太午睡起來後，廚房的徐嬤嬤便進了老太太屋子。

徐嬤嬤見老太太正在唸佛，便諂媚的跪下磕了個頭笑道：「請老太太安，老太太去還願的這些日子，太太都是按時服用著李大夫開的『紅豆茯苓粉』的，那『紅豆茯苓粉』也是老奴按老太太的吩咐按時給太太送的。」

老太太聽了那枯黃的臉上浮現一絲滿意的笑容，朝身後的李嬤嬤示意，李嬤嬤會意的遞過一個荷包，徐嬤嬤看著那鼓鼓囊囊的荷包，眼裡射出一絲貪婪，歡喜的接了躬身告退。

看著徐嬤嬤微胖的身影出了房門，老太太放下手裡的念珠接過李嬤嬤手裡的茶啜了一口，深深的嘆了口氣，想起自己嫁到喬家不過一年，那喬老太爺就仙去了，自己並未生下一兒半女。那喬楠楓和吳氏都是厲害的，家裡的錢財生意自己是一點也插不進手，雖說他們也還算敬重自己，可是這樣的日子又豈是自己願意過的。

趁著吳氏有孕，接了自己的嫡親姪女宋秋蓮過來，設計喬楠楓收了秋蓮為妾，秋蓮倒是個爭氣的，一舉得男，生了喬仲青這個喬家如今唯一的男丁。喬楠楓對自己倒是又多了些恭敬，就連自己在內院打壓吳氏只要不過分，他也不甚作聲。

即便如此家裡的錢財生意也還是到不了自己手裡，只有等喬仲青當了家，這個家才是自己說了算。

幾乎花了所有的陪嫁，才讓藥鋪的李大夫答應幫自己做事，李大夫給吳氏開了個紅豆茯苓的方子，又想出用赤小豆薏米代替的主意，才讓吳氏這些年也沒能懷孕。

大寒進屋，看見老太太只管看著手裡的茶盞不作聲，便小聲道：「老太太，宋姨娘來了。」

老太太聽了笑道：「讓她進來吧。」

不一刻，宋姨娘進了老太太的屋子裡，道：「姑母近來身體可好？」

老太太點點頭道：「秋蓮來了，坐吧。」

宋姨娘坐下了，看了看窗戶外道：「姑母，那件事沒辦好，本是萬無一失的事，誰知道，那丫頭命硬。」

老太太點點頭道：「成事在天，且不急，有的是時間。我看立夏眉眼間有些不同，妳把她給了妳老爺嗎？」

宋姨娘便說了喬錦書生辰的事。

老太太道：「錦兒這丫頭平時我看著甚是聰明，這一病倒越發的靈巧了，以後妳可要好好的仔細著點，立夏這事妳做得好，有長進了。」

宋姨娘欣喜的點頭。

喬楠柏由著柴胡和小寒把自己扶到炕上，小寒拿起一個軟枕仔細的墊在喬楠柏的腰間，然後道：「柴胡，去廚房提桶熱水來，我給二爺擦洗下。」柴胡應著去了。

喬楠柏看著這個眼角眉梢帶著溫柔笑意，仔仔細細為自己忙碌的丫鬟，對她說不上喜歡，亦沒有不喜，如今心裡也不由得一陣感動道：「這麼多年妳伺候爺也只掙了個通房的名分，爺的身體妳是知道的，別說為人夫、為人父，便是如常人一般奔跑行走亦是做不到的，以後恐怕也給不了妳更多，妳今年才十六吧，就這樣下去可會後悔？」

小寒抬起那張清秀的小臉，一臉堅決的看著喬楠柏道：「二爺，小寒不會後悔的，小寒只要能伺候二爺就很知足了。」

看著小寒眼裡的情意，喬楠柏都是弱冠之年的人了，豈有不知道的，只嘆了口氣道：「妳既這樣說，如今且這樣吧，日後妳若有了嫁人的念頭只管和我說，我周全妳便是。」

小寒聽了嚇得一下跪倒在地上道：「二爺，可是小寒做錯了什麼，任二爺責罰便是，二爺不要趕小寒走。」

喬楠柏拉起小寒道：「沒有的事，爺不會趕妳走，妳去吧。」

小寒擦了擦眼淚便出去了。

喬楠柏透過窗臺上種著的一盆側柏葉，望著窗外的香樟樹，兄長說這棵香樟樹和自己一樣大，是自己出生時父親種下的，如今它早已成參天大樹，而自己卻只能靠在床上看著它。自己都不記得有多久沒有肆無忌憚的行走奔跑了，那應該是十年前的事吧，自己那時頑皮異常，雖然總是很怕繼母，躲著她卻很調皮，總是偷偷去兄長書房玩耍，把兄長的書房弄得亂七八糟，然後自己就躲起來，兄長氣得咬牙切齒的看著自己，卻沒捨得罵過自己一句、打過自己一回，總是寵著自己。

自從十歲那年得了場大病，好了以後自己便成了廢人，好的時候只能在院子裡有人陪著走走，不好的時候便要躺在床上要人伺候著，這樣的日子著實難熬，早生了輕生的念頭。可是每每看著兄長有時疼愛，有時又好像明白什麼一樣乞求的眼神，實在下不去狠心。

後來又有了錦兒，那丫頭也不知道為什麼，對自己是依賴非常，小的時候，一日不見到自己便吵鬧，嫂嫂也沒辦法，每日總是讓人帶著她來自己的屋子裡，她才甘休，大了，雖說好些，但還是依賴著的。

對著自己這兩個最親的人，自己又怎能捨得讓他們傷心，就這樣撐著吧，讓他們開心一日便一日，到自己實在撐不下去時，便由不得自己了。

第五章　興家

喬錦書每日裡便是潛心的研習醫術，看著一品大師的手劄，對照著自己以前所學，醫術更是上了一層，每日裡有所得也記了下來，一月裡總有幾天是要到齊雲山去見一品大師學習討教的。

對於吳氏和喬二爺的身體更是盡心盡力的調理，隔幾天便把脈，調整藥方，每日裡又是弄合適的藥膳讓廚房做著給吳氏和喬二爺吃，當然該給老太太和喬仲青送的也是照顧到的。吳氏的宮寒之症日見好轉，只是喬二爺的病症仍是找不到原因，身體倒是比以前大有起色，有時候竟能到喬楠楓的書房裡和喬楠楓坐會子，說些生意上的事，有些意見對喬楠楓的生意竟是大有裨益，喜得喬楠楓不知如何是好，竟是巴不得這幼弟快快的好了來幫自己，於是對喬錦書這個拜在一品大師門下學醫的女兒也更是喜歡了。

轉眼就進入了深秋，天氣已經寒涼了。這日初十，大家都在廳堂等著晚膳，過了酉時，喬楠楓仍不見回來，老太太讓李嬤嬤出去看了幾次都不見人，喬楠楓沒有回來是不能擺飯的，即便老太太在也不行。這點老太太自己也知道，自己再怎樣也不能開罪喬楠楓的，畢竟他才是一家之主、經濟來源，且喬楠楓是個精明而世故的人，若果真損傷了他的利益或者底線，他也是不會手軟的。因此老太太在後院雖然打壓吳氏，但對喬楠楓這個繼子一直是有些敬畏的。

這邊大家正閒聊著，就見喬楠楓陰著一張臉走了進來，到飯廳主位上坐下，大家也依次坐了下來，都沒有出聲。

李嬤嬤忙吩咐上菜，大寒端著一盤紅燒鯉魚上來，老太太示意她放到喬楠楓面前，大寒點點頭，把魚放到了喬楠楓面前。

喬楠楓一看到放在自己跟前的魚，便拍著桌子大發脾氣道：「誰讓你們做魚的，不愛吃，端走！」

一時間大家都不知道為何，看著喬楠楓沒人敢說話。

吳氏悄悄給喬錦書使了個眼色。

喬錦書見這樣，便起身走到喬楠楓身邊道：「爹呀，那魚是二叔今兒個想吃，娘便讓人做了，沒有只給二叔做卻不讓大家嚐嚐的理，便做了兩份，二叔的那份已經送去了。」

喬楠楓聽了喬錦書的解釋，又聽說是自己最疼的幼弟要吃的，也覺得自己剛才因生意上的事發脾氣是有些過分了，便道：「沒事了，大寒把魚端上來。」

大寒應了，把魚依然放在了喬楠楓面前。

喬楠楓先挾了一筷子嚐了道：「這魚做得不錯，今兒個二爺要是也喜歡的話，那就賞賞蔡嬤嬤。」

吳氏忙應了，見喬楠楓態度緩和了，才道：「老爺今兒個有什麼煩心的事嗎？」

喬楠楓看著小心翼翼的家人，嘆了口氣，知道自己要不解釋一下，也說不過去，便道：「這不天冷了嗎？漁民也不大出海打漁了，魚會越來越少，各酒樓都在囤魚，我也讓掌櫃的囤點。誰知道新來的夥計走了眼，把草魚當鯉魚給買了回來，這草魚雖說刺少但肉粗，咱們慶陽的人都不愛吃，根本賣不出去的，損失了銀兩不說，酒樓裡眼看著就沒魚了，沒有魚這生意就沒法做了。我正找人去買魚，還沒信兒呢，這不就著急嗎？」

這個朝代肉食主要是雞鴨魚肉，其中又以豬肉和魚為主，而慶陽這裡的人，嫌草魚肉粗糙，只吃鯉魚和鯿魚，草魚大多是那些貧窮人家買去吃了。如今酒樓沒有了魚，這生意確實不好做，難怪爹著急上火，有什麼辦法呢？喬錦書皺著眉頭看著桌子，看到那鍋紅辣椒燉煮的牛肉，突然想到了自己前世最愛吃的一道菜水煮魚，便和這牛肉的做法有異曲同工之妙，這樣說出來也不致太突兀。

想到這裡便笑著對喬楠楓道：「爹爹且安心吃飯，錦兒想到辦法幫爹爹了。」

喬楠楓一聽眼睛一亮，當即便讓喬錦書說。

喬錦書笑著道：「爹呀，老太太等了您好久，也餓了，吃完飯我們再細說呀，這法子也跑不了的。」

喬楠楓也覺得自己太著急了，也笑著舉起筷子道：「那吃飯吧。」

等晚膳完了，喬楠楓坐到炕上喝了口錢嬤嬤剛泡的茶道：「丫頭，別賣關子了，快說，妳爹我急著呢。」

喬錦書笑呵呵的道：「爹，如果我能有法子把草魚做得大家愛吃，這問題不就解決了？既不損失銀兩，也不會沒魚下鍋了。」

喬楠楓道：「快說。」

喬錦書道：「我是晚上看著蔡嬤嬤做的牛肉想到的，您看牛肉也粗糙，但大家都愛吃，無非就是因為把牛肉削成了薄片並放了辛辣鮮香的香料，便不就不覺得粗了？這草魚刺少，現在我們也讓廚師細細的切片了，再多放各種香料辣椒做出來，正適合冬天吃。我覺著最好用個小鍋子樣的東西盛著，下面要是再能放個小爐子慢慢的加熱著，人們邊吃還可以邊把青菜加進去一起煮著吃，這樣更好。」

喬楠楓聽著也覺得這主意很是不錯，心裡安心了些，道：「妳說的這些，廚師都沒做過，不如明天跟爹去酒樓和廚師細細的說，再教他們做了妥當。」

喬錦書高興的道：「當然好，錦兒也可出去玩玩，娘都好長時間沒帶錦兒出去玩了。」

喬楠楓道：「明日就帶著妳娘和妳先去酒樓做魚，若是好了，便帶著妳們好好的玩上一天可好？」

喬錦書一聽更是高興，便道：「謝謝爹。」

次日一家人便齊齊往松鶴樓去，慶陽縣不大，一炷香的工夫，李伯便拉著三人到了松鶴樓。

喬錦書看著四周，各處都是擺攤小販的吆喝聲，路上人來人往，也有不少戴著帷帽的女子，端的一派人煙阜盛，平安祥和。

一轉眼看到旁邊牆上貼了個紅招書，便走近了細看，是一家當鋪急著要出售，要價八百兩紋銀。喬錦書想著自己以後要買花園小樓的夢想，便想先瞭解一下這裡的房價，拉著喬楠楓指著招書道：「爹，這個房子您知道嗎，賣得貴不貴？」

喬楠楓隨便看了一眼道：「這個就在咱家酒樓後面，是一家當鋪，店家老家有事，急著賣了回老家，因此價錢還算公道。」

喬錦書聽了點點頭，便不再多問，隨著喬楠楓和吳氏進了酒樓。

看見喬楠楓一行人進來，酒樓掌櫃的旺伯迎了上來，旺伯姓王，名來旺，和喬管家一樣是喬楠楓父親留下的老人，一直忠心耿耿的跟著喬楠楓父子幾十年了，見過喬楠楓和吳氏便站在一邊。

喬楠楓指著喬錦書道：「這是姑娘，今日來酒樓有些事情，你帶我們去廚房看看吧。」

旺伯又見過喬錦書，然後帶著大家去了廚房。

廚房不大，但是乾淨整潔，有條有理，喬楠楓帶著喬錦書來到一個三十來歲，敦實穩重的人跟前道：「這位是魚師傅，他極愛吃魚，便閒了沒事自己就琢磨著各種魚的做法，現在當了廚師專門做魚，魚師傅做的魚可是一絕，在咱們慶陽縣都是有名的。」

魚師傅笑著也不說話，喬楠楓指著喬錦書道：「這是咱們家大姑娘，她有一種做草魚的新法子，想請魚師傅試試看成不成。」

這魚師傅倒真是個愛做魚吃魚的，一聽說有做魚的新法子，便熱烈起來，趕緊笑著道：「見過姑娘，姑娘有什麼新法子只管說，我定能做出來的。」

喬錦書便把和喬楠楓說的法子又更加詳盡的和魚師傅說了一遍，魚師傅聽了琢磨了一下，連連點頭，便動手做了起來。

過沒一會兒那魚的鮮香味便飄滿整個廚房，魚師傅見沒什麼要做的了，只需看火候便道：「姑娘稍等，我做好請姑娘試味。」

喬楠楓見沒事了，便帶著二人上樓，吩咐人泡茶。

喬錦書見樓上沒人，便取了帷帽，走到窗前看外面景色。站在窗前，街道兩邊的景色盡收眼底，各處招幌林立，熱鬧非常。

後面都是高低錯落的房屋，與自家酒樓最近的是隔著兩人寬的一條巷子的兩層小樓，有些舊了，遠處好像又有很多招幌，大概是另一條街了，也看不很清。

正看著喬楠楓走到身邊，指了後面離自家最近的那個兩層樓道：「這個便是妳早上問爹的那個要出售的樓房了，就跟咱家隔著一條巷子，位置很好，若不是老闆急著回鄉，怕是要上千兩銀子呢。」

喬錦書聽了心裡一動，正想試探一下喬楠楓。

魚師傅帶著兩個夥計端著鍋子爐子，滿臉激動的走了上來，指揮著夥計擺好爐子鍋子，便滿臉通紅的對喬楠楓道：「老爺，您先嚐嚐。」

喬楠楓也不說話，挾起一片就放進嘴裡，然後猛的點頭道：「不錯不錯，冬天吃這個很舒服，錦兒這主意可真不錯。」

喬錦書見了，心裡的石頭也落了地，道：「我只是瞎想著罷了，主要是魚師傅的手藝好，不然不就是紙上談兵，一點用也沒有。」

喬楠楓連連點頭道：「是，主要是魚師傅的功勞，今日大家都有賞。」

喬錦書想了想道：「爹，咱們慶陽草魚貨源多嗎？」

喬楠楓是個精明的生意人，馬上明白了喬錦書的意思，立時叫旺伯上來，吩咐他快去大量採買草魚，這個魚明天再推出。

魚師傅激動的對喬錦書道：「姑娘這主意真是不錯，平日裡草魚肉粗，不易入味，大家都不愛吃，現在片薄了一煮，肉質鬆軟滑溜，且極是入味可口，明日一定是大賣的。」

喬錦書道：「魚師傅我再告訴你一個法子，如果有這不吃辣的人，你也可照這個法子做不辣的或者是把片好的魚，細細剁碎了做成魚丸子，做湯或者紅燒也應該是極好的。」

魚師傅聽了又是一喜道：「姑娘說的是，我這便下去做。」轉身就下樓去了，連禮也忘記了行。

喬楠楓看著急趕著下樓便埋頭往廚房走的魚師傅也不以為怪，道：「這個魚師傅便是這樣，有了好的做魚法子是一刻也等不得的。」又高興的道：「錦兒若是又有什麼好法子，一定要和爹說。」

喬錦書道：「爹，錦兒如今有個法子卻是要花大本錢的，就不知道爹捨得不捨得。」

喬楠楓聽了哈哈大笑道：「到底還是個孩子，做生意妳便不懂了，這做生意是不怕花本錢的，本錢大意味著賺得也多，只是要量力而行便可。」

喬錦書聽了便引著喬楠楓和吳氏到後窗邊道：「爹，錦兒想著要爹買下這個鋪子，可行？」

喬楠楓道：「買下這個鋪子並不是什麼難事，只是如今咱們家的酒樓就算再擴張也賺不了更多的分額了。」

「我說的是買下這當鋪，裝修成客棧，你想那些生意人風塵僕僕的來了，吃了飯便想休息，咱家這兒既有吃的，又可以馬上休息，他們哪裡還會去別處找客棧呢？

「這如果是要動手裝修的話，我看爹不如連著這樓上的雅間一併重新裝修。這樓上的小圓桌大約是給那三五好友聚會用的，也就最多坐五個人，不如改成可坐四人的方桌，這一排就可多擺兩、三張桌子呢，這臨街的窗前就擺方桌，每桌之間以半人高的木板隔開，既相對私人又熱鬧。那邊臨著客棧的窗前就隔成一個個小房間，裡面放圓桌，裝修精緻些，給那些講究私密的或者談生意的人用。」

喬楠楓聽了，眼睛頓時亮了，如果如錦兒所說自家的酒樓在慶陽雖說比不上梧桐苑，那也是說得上的了。這賺錢且不說，對自己的身分也是一個很大程度的提高。

便高興的道：「太太，錦兒這主意著實可行，且花錢並不是很多，這錦兒我是越來越喜歡了。」又低聲在吳氏耳邊道：「煙兒什麼時候再給為夫生個這般的兒子，為夫這便了無遺憾了。」說完自己竟是先笑了起來，饒是吳氏知道沒人聽見亦嗔怪的瞪了他一眼。

喬楠楓哈哈大笑道：「錦兒妳這主意，爹明日便和喬管家、旺伯商量著開始做了。今日我既是早就答應妳和妳娘陪妳們一天的，就不食言了，爹也好長時間沒陪妳娘去過廟裡了，今日就陪妳娘去左近的小廟上香祈福，也求菩薩保佑咱們的計劃順利實行。」

吳氏自是高興異常。

一路走一路停，喬錦書買了一堆吃的玩的，都是些小東西，就看她自己擺弄著，給家裡人的都備齊了，吳氏看著別的都是木頭泥瓦，唯有中間雜著一支銀簪子，便道：「這簪子雖精巧，可比不上咱家的呢，妳買了做甚？」

喬錦書道：「別人我都是買我喜歡的，有爹和二叔的竹根雕塑，擺在書桌上極是雅致，老太太的是個核桃雕的佛珠手串，娘的是桃木簪子，仲青的是一套泥人，連丫鬟們都有了，只宋姨娘怕是不喜歡這些東西的，我便買了支銀簪子給她，這個她應喜歡的。」

吳氏聽了就不說話了，喬楠楓心裡免不了嘀咕，這宋氏確實不會喜錦兒買的那些木頭、竹子、泥瓦，到底出身低了些還是落於俗流。

那水煮魚讓喬楠楓的松鶴樓著實的火了一把，把喬楠楓樂得眉開眼笑，等那客棧裝修好開業時，又聽喬錦書的改名松鶴會所，喬錦書又把「會員制」教給喬楠楓，喬楠楓也是個有魄力的，從喬錦書的會員制中看到了極大的商機，雖然從未見人如此做過，也毫不遲疑的在松鶴會所推行會員制。

很快喬楠楓的松鶴會所在慶陽縣眾所周知起來，除了韓家、趙家還有那縣令大人大兒子開的梧桐苑是鐵桶江山外，也就數喬家了。短短時日就讓喬家躋身慶陽富戶之列，喬楠楓志得意滿，也更加重視喬錦書了。

第六章 有孕

轉眼就是大年三十了，老天爺很賞臉的下了場大雪，樹枝上、房屋上到處白茫茫的一片，各處都傳來熱火朝天的炮竹聲，下人們忙進忙出的準備著年夜飯。喬錦書看著熱鬧的家，想著這大概是自己兩世為人最熱鬧的年吧，看著穀雨忙著給自己準備等下要用的衣服首飾，心裡也不由得熱乎起來，那夢裡的江城也慢慢的遠了。

各家都是點炮竹、拿紅包，熱熱鬧鬧圍著吃團圓飯，喬家自然也不能免俗的要團圓一番。

過完年後，這一天到了酉時，大家都早早的在廳堂等著用膳。下人們擺好了飯，大家都過去依次坐了下來。見喬楠楓端起酒杯，大家也都跟著舉杯，吳氏這裡剛一端起杯子，沒來由的一陣噁心反胃，一下乾嘔了起來，錢嬤嬤一看，忙驚疑的端過茶水來伺候，春分在旁邊拍著背，過了好一陣才好。

老太太和宋姨娘看著吳氏，眼裡閃過一陣驚疑不定，喬錦書一陣驚喜，剛想說話，喬楠楓已經道：「錦兒快看看妳娘怎麼了，怕不是前陣子累著她了。」

喬錦書道：「是，爹，我這就給娘把把脈。」

喬錦書說著將手搭在吳氏的手上，細細的把起脈來，凝神片刻也不說話，嘴角微微上翹，然後起身向老太太和喬楠楓、吳氏蹲身行禮道：「恭喜老太太、爹、娘，我娘有孕了，我要有小弟弟了。」

喬楠楓聽了，激動得滿臉脹紅，站了起來道：「錦兒可當真?!」

喬錦書斂了笑臉認真的道：「爹，自然是真的，這樣的事錦兒豈會玩笑。」

若說喬楠楓還有懷疑的話，吳氏聽喬錦書說了便是確信無疑了，她知道自己的宮寒之症就是錦兒治好的，錦兒說是那就一定是了，心裡像吃了蜜一樣甜透了，連喬楠柏聽了也是高興得不知道如何是好。

喬楠楓環顧周圍歡喜的家僕，興奮的道：「大家都辛苦了，這個月的月例翻倍。」下人們都高興的道謝。喬楠楓才又道：「日後更要小心的伺候著，別惹太太生氣，不然可不是罰月例了，直接去喬管家那兒領板子。」下人們也齊聲應了。

宋姨娘自聽到吳氏懷孕，心裡既是懷疑又是酸溜溜的五味雜陳，臉上還強忍的笑著、奉承著，著實難受。

喬仲青這裡可沒那麼好的功夫，一聽喬錦書說要有小弟弟了，那臉色便難看至極，忖道——要是吳氏生了弟弟，自己這個姨娘生的兒子，便再也不會得爹爹看重了，以後喬家也不會是自己的了。想著他一雙手在桌下互掐著。

老太太更是心事重重的不知道想著什麼，聽著錦兒一直說著弟弟，便皺了眉道：「錦兒是個小孩子且又是女孩知道什麼，你們大人怎麼也跟著起鬨呢?兒媳婦既是身體不舒服，明日就找了李大夫來看看再做道理，不要誤診惹了笑話便不好了。」

宋姨娘聽了也忙著說道：「老太太說的是。」

喬仲青更是一臉希冀的看著老太太。

吳氏自從知道紅豆茯苓被換了的事，對李大夫就起了疑心，如今又聽老太太說起要李大夫來看診的事，便一陣驚心的對喬楠楓道：「老太太說的原是不錯的，只是錦兒如今是跟著一品大師學醫，主要研習的又是女子一科。過年前，一品大師親口對我說，錦兒如今的醫術大有所成，完全可以獨立行醫了，特別是在女子一科上竟是不在他之下呢。我想一品大師如此德高望重的人，自是不會亂說的。」

喬楠楓驚喜的道：「一品大師竟然這樣說我家錦兒的嗎?!」

吳氏道：「老爺，自然是真的，這種事豈有胡說的理。」

喬楠楓聽了心裡越發的高興，一是自己的女兒得了大師的肯定，二是既然錦兒醫術不差，那她說吳氏懷孕的事自然是不會錯的。

老太太聽吳氏說起了一品大師，自然不能再一味的說不信了，便又算計的道：「既然兒媳婦是真的有孕了，以後就該好好的養著，不能過於辛苦勞累了，這管家的事便換個人吧。」

吳氏聽了也顧不得禮儀急忙打斷道：「老爺，老太太說的是，如今我這樣是顧不過來了，錦兒跟著我學了半年的管家，我看也是不錯的，如今正好讓她練練手，由錢嬤嬤幫襯，我在旁邊看著，應該是不會出大錯的。」

喬楠楓現在是吳氏就算想要天上的星星，他也會想辦法搭個梯子去摘，何況不過是讓自己女兒管家這等事，自是一口應下了，道：「太太說的極是，就這樣定下來吧。」然後才轉過頭來看著老太太道：「老太太您看怎樣？」

老太太心裡簡直氣極了，吳氏竟搶了自己的話，這才懷孕就不把自己放在眼裡，要真是讓她生下兒子，以後這個家哪還有自己的位置，這回定要小心籌謀。看來自己想管家或者至少讓秋蓮幫著管家的事是不成了，以後再做打算吧，想到這裡道：「楠楓說的有理，就依楠楓的。」

喬楠楓便親自扶著吳氏回屋子去，這裡眾人也歡喜的散了。

喬仲青也不回自己的屋子，走到宋姨娘的裡間炕上坐了，陰著臉也不說話。

宋姨娘看著自己的兒子小小年紀便心事重重的，心裡也是難過得不得了。「老太太一門心思盼著仲青你掌家呢，是不會輕易讓這個孩子生下來的。」

喬仲青這才點點頭。

老太太今兒個也是頭疼病犯了，大寒跪在地上給老太太敲著腿，李嬤嬤邊按摩邊道：「老太太也別著急了，這小人兒從十月懷胎到長成大人理事得要經過多少曲折呀，這次也許是徐嬤嬤關照得不夠仔細，可是還早著呢。」

老太太聽了點點頭道：「還是妳知道我的心，我今兒個是著急了點。」又想起什麼道：

「大寒，小寒那邊伺候二爺伺候得還妥貼吧？」

大寒的手忍不住顫抖了一下，穩穩神道：「回老太太，小寒按照老太太的吩咐伺候著呢，您放心吧。」

老太太點點頭道：「嗯，如今妳們忠心伺候著，將來仲青掌了家，少不了妳們的好處的。妳先下去吧，留李嬤嬤就行了。」

大寒和小寒是親姊妹，一起被喬楠楓買進府裡伺候了老太太，後來老太太便把小寒給了二爺喬楠柏。

想起這些年自己瞞著小寒為老太太做的事，大寒只覺得渾身透涼，勉強應著退下了。

喬楠楓一生最大的驕傲就是自己娶了吳氏這個四品學士府的姑娘，最大的遺憾就是這個出身良好的太太沒能給自己生下個嫡子，現如今自己多年的心願有可能成真，讓他怎麼不歡喜異常。

自知道吳氏懷孕了便盤算著要買處新宅子，一來算是送給自己嫡子的禮物，二來如今自己在慶陽也算是個名人了，現在的宅子有些襯不上身分，還是要趕在吳氏生產前買個新宅子搬了才好。

昨日管家打聽到中元街有一處鬧中取靜，極是清幽雅致的園子要出售，好像還是一個姓張的大人的府第，喬楠楓聽了極動心，想著抽空過去看看，如是真好就買下來。

翌日，喬楠楓巡視完店鋪，就讓李伯先回去了，自己隨意朝中元街走去。走了一刻鐘便看見一片竹林，鬱鬱蔥蔥，幽靜宜人，最是稀罕的是那竹林中竟然還種著幾株紫竹。

正想走過去細細打聽一下，就聽見後面有人喊道：「前面的是喬老弟嗎？」

喬楠楓聞聲回頭一看，見來人正是慶陽首富韓毅非，雖是年近四十，仍是身形高大結實，五官俊朗。

喬楠楓聽聞過此人，知道是個粗中有細，重情重義的人，便拱手應道：「韓老爺有禮了。」

韓毅非朗聲笑道：「喬老弟的松鶴會所如今在慶陽可是赫赫有名了，現在這麼生疏可是瞧不上哥哥我呀。」

喬楠楓也不是拘謹的人，見韓毅非這麼說，知道對方是著意結交，便也大方的道：「如此，小弟我就冒昧的尊稱一聲韓大哥了。」

韓毅非笑道：「這才是正理嘛。」又道：「喬老弟也是看上這園子了嗎？」

喬楠楓點頭道：「正是，拙荊不久就要給家裡添丁了，我想著買下這園子一家人搬過來，也好給她安靜養胎。韓兄也是？」

韓毅非道：「如此恭喜喬老弟了。」又道：「我那次子今年十五，請了先生在家讀書，前幾日也不知道從哪兒知道了這處園子，便要我買下來給他讀書，我拗不過他便隨意來看看。」

二人在園子前面敘話，早已經驚動了守園子的管家，老管家迎出來道：「二位老爺可是要看園子呀？」

二人俱點頭稱是。老管家道：「如此裡面請吧，我給二位介紹一下，這宅子是新升任大理寺卿的張大人父親的宅子，張大人想接爹娘去京城養老，便想把這宅子出售了。」

園子一色的白牆青瓦，並無繁複之處，青石地板，白石臺階，抄手遊廊相連，大氣簡約，然後又各有四、五處院子。

喬楠楓看了極是喜歡，便動了買的念頭，又怕韓毅非也喜歡就有些躊躇。

韓毅非是個見慣場面的，早就看出喬楠楓的心意，便笑哈哈的道：「這處宅子太大了，給我那小兒子唸書著實浪費，如果喬老弟喜歡就下手吧，我看著極是不錯。」

喬楠楓一聽，忙高興的道謝了，和管家商議起來，二人商議定了便簽了合約，韓毅非樂得做了現成的保人。

二人辭別管家出了園子，喬楠楓道：「今日韓兄承讓了，相請不如偶遇，不如讓小弟作東去小弟的會所小酌兩杯，不知道小弟有沒有這個榮幸？」

韓毅非也不是拘泥的人，再說也是有心結交喬楠楓的，便哈哈一笑道：「不敢請耳，固所願也。」

到了松鶴會所門前下了車，眼見門前車水馬龍，熱鬧非凡，小二迎來送往有條不紊，韓毅非不由得暗自點頭。

看自家老闆來了，小二忙迎上來，把二人領到一間精巧的雅間，韓毅非對松鶴會所的裝修讚不絕口。

二人正談得投機，堂倌進來彎腰施禮道：「老爺，家裡的張叔來了，說是要見老爺。」

喬楠楓一聽忙喚張叔進來。

張叔進門給二人見禮道：「我今日拉著姑娘到咱家的慶餘堂給太太取藥，誰知道到了藥鋪門前時，遇到一群難民，說是咱們隔壁縣的三江口縣被沖了幾個村子，從那裡逃難過來的。有個小男孩中暑昏迷了，沒人肯救，就求到咱們家藥鋪，正好碰上姑娘，姑娘心善便救了那小男孩，還把幾個病得重的讓進了藥鋪，這才讓奴才來找老爺，說是讓老爺找人搭個棚子給難民休息，還要老爺這幾天給難民施粥。」

喬楠楓聽了無奈的笑著道：「小女無狀，讓韓兄笑話了。」

韓毅非哈哈一笑道：「反正我下午也沒事，不如陪喬老弟走一躺。」

喬楠楓笑道：「如此有勞韓兄了。」二人下樓各自坐上自己的車往慶餘堂去。

喬錦書看見喬楠楓與一個年齡與他相仿氣度非凡的男子走來，便上前行禮。

喬楠楓扶起她，介紹完韓毅非便溫和的道：「錦兒出了什麼事？莫慌，有爹呢。」

喬錦書便又細說了一遍，喬楠楓點頭道：「好，這事都依錦兒的，爹這就給這些災民搭棚、施粥、捨藥，保證一應俱全，就當給妳未出生的弟弟或者妹妹積福。」

旁邊的老者聽到喬楠楓要為他們搭棚子施粥，忙上來道謝道：「多謝老爺，多謝姑娘的大恩大德，小老兒沒齒難忘。」

喬楠楓道：「老人家不必太客氣了，天災人禍誰能預料，我們力所能及，焉能不救呢？」

喬楠楓猛然發現沒看到李大夫，便道：「今日下午李大夫不是在我們藥鋪坐診的嗎，怎地不見人呢？」

見自家老爺問起李大夫，藥鋪裡的夥計撇撇嘴看著樓上。

這時李大夫正從樓上施施然的下來，看見喬楠楓忙上前見禮道：「喬老爺來了。」

喬楠楓皺著眉問道：「李大夫，藥鋪裡這麼多病人，李大夫怎麼不問診呢？」

李大夫瞥了那些災民一眼，拂了拂長衫道：「喬老爺有所不知，這些災民既沒有診金藥費，也延誤了就診時間，這樣的病人會誤了我的聲譽，也會給藥鋪帶來許多麻煩，別家的藥鋪都不敢管，喬老爺還是打發他們去別處的好。」

那些遭災的難民一聽，七嘴八舌道：「你這個黑心的大夫，我們不要你救治，這位善良的姑娘已經救活了我們的小魚兒，我們吃了這位姑娘的藥丸，病也都好多了，那位姑娘的藥丸簡直就像仙藥一樣靈驗。」

李大夫在慶陽也是個小有名氣的大夫，見這麼多人說自己不如一個小姑娘，頓時惱羞成怒道：「喬姑娘，妳問診可通過醫師協會准許了？私自問診是要受到醫師協會懲處的。」

喬錦書自從娘親的紅豆茯苓被調換一事，已經懷疑這位李大夫的醫德了，今日見他又見死不救極是厭惡他，見他這樣說便不急不忙的道：「小女子並不曾收診金，何須醫師協會准許呢？」

李大夫一聽這話越發羞惱道：「好個不知禮的丫頭，老夫懶得和妳說，妳只說妳是誰的徒弟，我去和妳師傅理論。」說完又陰陰的笑道：「妳可別說妳沒有師傅，只是自己看了幾本醫書而已。」

喬錦書坦然一笑道：「我師傅是一品大師，你想見我師傅，我師傅未必想見你。」

李大夫一聽喬錦書竟然說她是一品大師的徒弟，不由狂肆的大笑起來，他覺得一品大師是不可能收一個小女孩當徒弟的，顯見得是喬錦書撒謊了，頓時惡向膽邊生，冷笑道：「既然妳非要說自己是一品大師的弟子，我便按醫師協會的規矩，以一個大夫之名向妳挑戰。」

喬錦書一時沒明白挑戰的具體意思，便愣在當場。

李大夫以為她怕了，便道：「哼，妳若怕了，現在就跪下向我磕頭認錯，說妳自己醫術不如老夫。」又想著剛才那些難民說她的藥丸靈驗，便接著道：「還有那些藥丸也是參考了我的脈案才製作出來的，現在把藥方還給老夫，老夫就算了。」

喬錦書從沒見過這般無恥的人，尚未說話，喬楠楓原本並不想這事鬧大，可是見李大夫這般行徑實在不齒，便高聲道：「既然李大夫非要挑戰我喬門嫡長女，我喬楠楓就代女兒接下這戰書了。」

李大夫見喬楠楓這樣倒出乎他意料，但一想到不過是個乳臭未乾的小女孩，且自己的師傅又是醫師協會的副會長，便得意的笑道：「既如此三日後咱們醫師協會見，到時老夫要看你們喬家是怎麼死的。」說完揚長而去。

韓毅非在一邊看著，倒覺得喬楠楓這個人很不錯，值得深交，雖有商人的精明算計，但也有讀書人的氣度。

喬楠楓和喬錦書剛進門便被春分請去了大廳。

廳堂裡老太太沈著一張臉坐在主位的左邊，喬仲青、宋姨娘坐在老太太下首，二人都是一臉春風，笑得喜氣洋洋的。

看到喬楠楓進來，除了老太太大家都站了起來。

喬楠楓看見錢嬷嬷扶著吳氏要站起來，連看也沒看笑得像花一樣的宋姨娘，大步走過去扶住吳氏道：「說了多少次，如今妳的身子不同，這些禮都免了，妳這又急急的起身做什麼，快坐下。」扶著吳氏坐下，然後朝主位走去。

老太太看著喬錦書，狠狠一拍桌子道：「孽障，還不跪下認錯！」

喬錦書看著莫名其妙生氣的老太太，淡淡一笑道：「錦兒不知道犯了什麼錯，還請老太太明示。」

說來不過是今日李大夫來見老太太，把今日藥鋪前發生的事又歪曲了一遍給老太太聽，並說喬錦書偷看他的脈案做了個藥丸的配方。那個藥丸極是靈驗，肯定能賺大錢，只要老太太壓著喬錦書，把那個藥丸的配方交給他，等他拿到藥方賺的錢就和老太太一人一半。

老太太眼裡只有銀子兼又能打擊吳氏和喬錦書，正中下懷，便迫不及待的發難。誰知道喬錦書此時並不怕她，就換了一種溫和的語氣道：「錦兒，妳真不懂事，看了幾本醫書，便去學人家問診，妳沒經過醫師協會的同意便問診，這是犯了大錯的，再說妳醫術不精，出了人命自己要吃官司不說，還會連累咱們家的藥鋪被關掉。

「妳又品行不端，居然偷拿李大夫的脈案，做了藥丸去牟取私利，妳知道咱們喬家是生意人家，妳祖父在世時常和我說生意人家最講的就是誠信。」說起老太爺，老太太還拿出帕子按按眼角，看了喬楠楓一眼，一副對喬錦書恨鐵不成鋼的樣子，見喬楠楓還是不說話又接著道：「妳這樣的品行傳了出去，妳爹和妳弟弟仲青怎麼出去和人家做生意啊？

「如今李大夫因著和咱們家十幾年的賓主關係，還來和我這老太婆打個招呼，說是看在妳年紀小的分上不和妳計較了，也不將妳告到醫師協會了，只要妳把藥丸的配方交出來，給人家認個錯，連挑戰的事都免了。這可是費了我這個老太婆不少口舌，還搭了株上好的人參，李大夫才答應的呢。妳趕快把配方交給我吧，挽回了我們喬家的臉面，我以後也好去見妳祖父。」

喬錦書面對這一堆的責難實在無語，便冷笑道：「老太太您要是想要配方便去問我爹要吧，那配方如今已經是咱們喬家的了，自然在喬家家主手裡。」

老太太一聽這話，心裡頓時涼了一半，但一想到那一半的銀子，便又對喬楠楓道：「那李大夫畢竟是積年的名醫了，錦兒就是再拜了名師也只十三歲，怎麼也不能和李大夫的醫術相比的。最主要的是李大夫說，那個什麼醫師協會的副會長是他的師傅，楠楓你看咱們喬家只是小門商戶怎麼和人家鬥呢？到時候輸了，一來也影響咱們喬家的聲譽，二來對錦兒也自是不好，不如把那配方給了李大夫，這事就這樣私了了。李大夫依然在咱們家藥鋪坐診，錦兒也可以去學些東西，你看可好？」

喬楠楓也實在氣笑了便道：「老太太，這事恐怕無法私了了，那個挑戰是我以喬家家主之名替錦兒接下的。」

老太太一聽頓時偃旗息鼓，心疼不已。

初夏齊雲山依然涼爽宜人，寺廟前的石桌旁，一品大師正和一個青年對弈，見那人二十四、五的年紀，俊美絕倫的臉如雕刻般五官分明，劍一般的眉毛斜飛入鬢角，烏髮束著青色絲帶，一襲淺藍色鑲銀邊的錦緞長袍，上繫著一塊羊脂白玉，面色冷漠。

一品大師看完喬錦書寫來的信，問那年輕人道：「瀚揚，你可知如今醫師協會的副會長是誰？」

顧瀚揚乃當今慶陽縣令的長子，梧桐苑就是他開的，聽一品大師問話，這才抬起頭不經意的道：「好像是最近兩年才上任的，叫黃堅文，為人活絡周到，比起大師那個當了多年會長還那麼刻板不知變通的老朋友吳一正，聽說可受歡迎多了。」

一品大師聽了道：「看來我得自己下山一趟了。」

顧瀚揚問道：「大師有什麼事還要親自下山，我替你辦了吧。」

一品大師道：「黃堅文的徒弟欺負我的小徒弟。」

顧瀚揚道：「就是你去年收的那個小女娃？」

一品大師道：「嗯。」

顧瀚揚道：「那個黃堅文的徒弟年歲照理應該不小了，怎麼會欺負你的徒弟呢？」

一品大師哼了一聲，收起喬錦書的信，打開那兩盒藥丸，先拿出解暑丸，聞了聞又放進藥盒裡，再拿出薄荷丸倒了兩粒放入嘴裡，然後點點頭，把小袋子遞給顧瀚揚道：「你也試兩粒。」

顧瀚揚接過來也不廢話，像一品大師一樣直接倒了兩粒放進嘴裡，突然眼睛一亮，道：「這個是什麼？吃了讓人神清氣爽。」

一品大師道：「這個是我那小徒弟做的預防暑氣的薄荷丸。」

顧瀚揚點點頭。

一品大師道：「那個黃堅文的徒弟姓李，名字我不大知曉，是在我小徒弟家的藥鋪坐診的大夫，我見過一面，也是個品行不大端正的。昨日三江口縣沖了幾個漁村，便有漁民逃到了咱們這兒。我小徒弟在自家藥鋪前遇見了一夥，其中有一個小孩中暑過重，眼看性命不保，那姓李的居然因為那些漁民沒有診金，又怕死了人連累自己，居然見死不救。我小徒弟才救了那孩子，還拿出自己做的藥丸救濟那些漁民，那姓李的小子不服氣，就誣陷我小徒弟擅自行醫和偷竊他的脈案製藥，並要挑戰我的小徒弟。」

顧瀚揚聽了冷冷一笑道：「他既不肯救人，還讓他做大夫幹什麼，大師，後天我陪你走一趟醫師協會。」

一品大師微微頷首。

顧瀚揚蹙眉揉了揉自己的腿道：「我這幾日腿疾復發了，大師給我看看。」

一品大師瞪了顧瀚揚一眼道：「定是最近又勞累過度，便是你功夫高強也不是鐵鑄的身體，要是不愛惜，老衲也懶得管你了。」

說著起身往禪房走去，這顧瀚揚也起身跟著一品大師往裡走，顧瀚揚身形修長挺拔，兩腿卻長短有異，行動之間有些異於常人，但動作敏捷，舉止瀟脫，彷彿不知道自己身有殘疾一般。

第七章　比試（一）

這場比試在慶陽縣早已經傳得沸沸揚揚，凡是有門路的都已經進去了，進不去的也都三三兩兩的圍在醫師協會門口等消息。還有那個漁村的村長也帶著喬錦書救活的那個小男孩小魚兒和幾個漁民，也給喬錦書助威來了。

韓毅非看見喬家的馬車過來忙迎了上去，喬楠楓和韓毅非見過禮，喬錦書走上前向韓毅非行禮，韓毅非虛扶了一把道：「姪女免禮。」

這才指著身邊一個十七、八歲一臉精明，沈穩持重的男子對喬楠楓道：「這個是我那不成器的大兒子韓文博，今年娶了老趙家的嫡女，如今在幫我打理家裡的生意呢。」又指著另外一個十五、六歲，身形修長，斯文白淨的男孩道：「這個是二兒子韓文昊，還在唸書呢，眼看著今年也要下場考秀才了。」

喬楠楓知道這兩個都是韓毅非的嫡子，點點頭道：「二位姪子都是人中龍鳳，將來成就不可限量，大哥有福氣呀。」

韓毅非謙笑著擺擺手道：「老弟誇得過了。」

二人皆上前給喬楠楓見了禮，喬楠楓又向他們引見了喬錦書。

喬錦書上前一一見禮。

韓文博禮貌的回了一禮，韓文昊早已經在爹娘那裡聽說過喬錦書的事了，見著和自己年貌相當，心裡便已經有些意動，此時卻是虛扶一把輕聲安撫道：「妹妹別怕，我們都在呢。」

韓文博也在旁邊點頭道：「正是。」

喬錦書聽了心裡一暖道：「多謝二位兄長，小妹省得。」說著一行人朝醫師協會走去。進門便是一個雕飾精美的靈芝圖案的一字形青磚影壁，轉過去院子中間有一個極大的水缸，裡面種滿了蓮花，只是未到花開還是一片綠色，左邊一個假山，上面爬滿了翠綠的各式藤蔓，走上五階青石臺階便進到了室內。

室內上首供著神農採藥的畫像，几案上供著蔬菜瓜果，下面正中設著一個黑漆几案，旁邊設置了兩把太師椅，左右又各設了兩把太師椅，椅子前也設了黑色几案，下首方是兩溜十把黑漆椅子，椅子旁又各設了小几。

喬錦書進了門，透過帷帽看見上首右邊坐著個年逾六旬的老者，身形削瘦，面色古板，眼神尖銳。左邊是個臉圓皮白的五旬老者，身形發胖，滿臉笑容，眼睛渾濁滾圓。再往右邊太師椅上看去，卻看見慈眉善目的一品大師坐在那兒，喬錦書心裡一驚，紅了眼圈便要上前行禮。一品大師看了一眼上首，示意她先去給會長們行禮。

喬錦書意識到自己有些失態，穩了穩心神，緩步上前向著右首行禮道：「喬氏長女見過吳會長。」

古板的吳會長看了看眼前單薄的小女孩，眉宇間閃過一絲憂慮道：「免禮。」

喬錦書又向著左首道：「見過黃副會長。」

姓黃的副會長哈哈一笑道：「真是長江後浪推前浪啊，小小年紀的一個小女子居然去挑戰成名已久的大夫，勇氣可嘉呀。」

喬錦書心裡冷冷一笑回道：「黃副會長誤會了，小女子並不敢挑戰李大夫，是李大夫挑戰小女子的。」

誰知那姓黃的副會長斷章取義的笑著道：「妳既不敢，那就去給李大夫認個錯，這事就這樣算了，李大夫在慶陽也是有些薄名的，不會與妳這個小丫頭計較的。」

黃副會長這態度擺明是要壓著喬錦書。

喬錦書還沒說話，那邊的吳會長道：「黃副會長，今日比試的李戴儒是你的弟子吧？」

黃副會長不知道吳會長何意，但是李大夫是他的弟子，這個是大家都知道的，便道：「正是。」

吳會長板著臉道：「既如此，今日的比試為了以示公正，還是由老夫主持的好。」

黃副會長臉色一滯，然後笑道：「會長說的是，就由會長主持。」

喬錦書便不再作聲，轉身走向右邊的太師椅，面對一品大師跪下行著師徒大禮，這一行禮，驚了一屋子的人，表情各異。

原來人們早就聽說這喬家女是一品大師的徒弟，都想著估計是得了一品大師的指點，便自己稱了一品大師的弟子，這樣也說得過去的。今日一見喬錦書對著一品大師行大禮，才知道喬錦書真的是行了拜師大禮的入室弟子，這就很不一般了。一品大師是當朝有名的聖醫，便是皇家有了疑難雜症，御醫也常要來請教的，他的入室弟子又豈是可以小瞧的。

李戴儒當即變了臉色，偷偷的瞧著自己的師傅，那黃副會長此時也收起了滿臉的笑容，臉色凝重的蹙著眉。

一品大師把各人的表情都收在眼裡，也不叫喬錦書起來，對著大家道：「老衲去年收了喬家嫡女做入室弟子，她極有天賦，已經出師。如今老衲替她向醫師協會申請行醫，以後還請在座各位多多關照。」

一品大師說完，吳會長那從不輕易露笑容的苦瓜臉上也扯出一抹難看的笑容，雖說笑容難看，卻看得出他是真心高興的，他朝著一品大師點點頭道：「老夫這就給她備案。」

一品大師也不和他客氣，只是點點頭，這才指著對面的太師椅對喬錦書道：「徒兒起來，去見過老衲的朋友顧大少爺。」

喬錦書聽了心裡一震，慶陽縣提起顧大少爺沒有幾個不知道的，在商場上聲名赫赫，為人精明冷酷，據說得罪他的人從沒有好下場。

李大夫聽了一品大師的話心裡也是一緊，但一想——我堂堂正正的贏了她，你們能奈我何！想到這兒，心也就放鬆了下來。

喬錦書聽了一品大師的話，頷首道：「是，師傅。」轉身朝左邊的太師椅走去。

顧瀚揚看著朝自己緩步行來的女子，身形纖弱，步履輕盈，顧瀚揚漠然著一張臉，安靜的看著緩步行來的女子。

喬錦書望著眼前的男子，光潔白皙的臉龐，透著稜角分明的冷俊；烏黑深邃的眼眸，泛著迷人的色澤；那濃密的眉，高挺的鼻，絕美的唇形，無一不在張揚著高貴與優雅。喬錦書隔著帷帽望著顧瀚揚，低頭行禮道：「小女子見過顧大少爺。」

顧瀚揚冷漠低沈的道：「免禮。」

喬錦書便走到一邊。這時韓毅非和喬楠楓等人也上來見禮寒暄。

吳會長見大家都已經到齊了，便威嚴的道：「今日是本會黃堅文副會長的弟子李戴儒，向一品大師的弟子喬家嫡長女喬氏挑戰，依本會規矩，大夫之間是可以本著切磋醫術的原則互相挑戰的，但也為了遏制那種故意尋釁挑事之徒，故而本會規定挑戰輸者將受到一定的懲罰，既輸者要無條件的答應賽前贏者提的條件，當然這條件也是在比試前提出，經本協會考慮並無危害之嫌，且雙方同意的前提下列出的。如若有拒不執行者，本會將解除他行醫的權力。現在你二人可聽明白？」

喬錦書和李戴儒都頷首道：「明白。」

「既如此，你二人可以考慮片刻，然後提出自己的條件供本會成員討論，你二人都同意後，由本會書記官書寫協議，由你二人簽字並請人擔保，協議便成立，賽後不得拒絕執行。」

二人也點頭稱是。

喬錦書事先並不知道還有這樣的事，聽了以後便走回喬楠楓身邊小聲商量著，這邊喬楠楓和韓毅非聽了，互相看了一眼，也點點頭。

喬錦書看了李大夫那邊一眼，見他並未同他身邊那個穿絳紫色長衫、尖嘴猴腮的男人商量，二人只是相視了幾眼，又看了看黃副會長。那黃副會長見一品大師並未插手，只坐在那裡品茶，自己也不好說話，便只是微不可見的點點頭。李大夫見了，看著喬錦書這邊陰陰的笑著。

過了片刻，吳會長道：「二位可是考慮好了？若是考慮好了，便提出來，年長為尊，李大夫先說吧。」

李大夫拂了拂自己的長衫，向吳會長和黃副會長施了一禮道：「喬姑娘畢竟是個小女子，又是一品大師的弟子，我也不提什麼苛刻的條件，她輸了便只要她給我磕頭認輸，並把她那兩種藥丸的配方還我便是了。」

黃堅文聽了故作讚許的點點頭道：「戴儒年長理當如此。」有那不明真相或者是李大夫那邊的人便紛紛讚起李大夫的大度來。

吳會長聽了微微蹙眉。

喬錦書聽了不由得笑那李大夫著實無恥，看了喬楠楓和韓毅非一眼，二人俱是鼓勵的點點頭。

喬錦書走上前看向一品大師，大師笑而不語，只是輕輕撫著自己的鬍鬚，慈祥的看著喬錦書，喬錦書看著一品大師的笑容頓時明白了他的意思，他是相信自己的。

便也朝著大師施了一禮點點頭，再朝向吳會長和黃副會長施禮道：「小女子的條件是，如果李大夫輸了，便要就他誣陷小女子的藥丸配方是偷他脈案所得一事向小女子認錯道歉即可。」

喬錦書話音一落，大家都議論起來。

顧瀚揚冷冷的看了一眼那個李戴儒道：「李大夫說讓喬姑娘還你配方，是何意？如若說不清楚，可是要擔個誣陷之罪的。」

李戴儒聽了嚇出一身冷汗，呆呆的看了看顧瀚揚，一時支吾著說不出話來。

黃副會長看著自己徒弟的狼狽樣，恨恨的瞪了他一眼道：「顧大少爺，小徒的意思只是讓喬姑娘把配方輸給他，他用來救人更方便些，並無他意。」

李戴儒聽了不停的點頭，嘴裡說道：「是是是。」

顧瀚揚也不搭理他們，只是轉頭看著吳會長道：「吳會長可聽清楚了。」

吳會長點點頭道：「李戴儒你的條件是兩個要求，喬姑娘的條件是一個要求，這樣不公平，你可考慮減掉一個要求，或者喬姑娘增加一個要求。」

吳會長又問喬錦書道：「喬姑娘可要提別的要求？」

喬錦書搖搖頭。

吳會長便對李戴儒道：「李戴儒你便要減掉一個要求，這個是規矩不可破壞。」

李戴儒又看了一眼黃堅文，黃堅文又瞪了他一眼，李戴儒知道師傅是要自己按照昨天商量的辦，看來那配方是拿不到了。一想到那配方能帶來的銀錢不由得一陣陣肉疼，但一想到能讓喬錦書給自己磕頭認輸便更加得意，於是他狠心道：「如此我便只要她磕頭認輸。」說的時候還加重了「磕頭」二字。

吳會長便向喬錦書道：「喬姑娘，李戴儒的要求是，妳若輸了便要向他磕頭認輸，妳可聽清楚了？」

喬錦書點點頭。

吳會長又問道：「可同意？」

喬錦書點頭道：「同意。」

吳會長又問了李戴儒，李戴儒也答，聽清楚了並同意，吳會長便讓書記官寫了協定，讓二人簽字，並請雙方保人簽字。喬錦書這邊是韓毅非，李戴儒請的便是他的師兄劉學文，就是他身邊那個絳紫長衫的男人。

吳會長見雙方認可便道：「既然大家都認可了對方的條件，那麼比試開始。」

「且慢。」李戴儒身邊那個穿絳紫長衫的男人喊道。

吳會長看著那男人道：「劉大夫，你還有何事？」

那個叫劉學文的道：「我朝規定，學子入試，皆須摘帽向師長行禮以示尊重，考試時也不得戴帽，而如今喬姑娘戴著帷帽是為不尊師長，藐視協會，根本沒有考試的資格，我建議協會免除喬姑娘比試的資格，判喬姑娘輸。」

他話音一落，一品大師也變了臉，剛想說話，吳會長卻朝他輕輕的搖搖頭。一品大師也知道，那個劉學文說的不錯，若是找不出好的辦法，說什麼也沒用。

只是這時間緊迫，哪裡又能想到好的法子呢？那邊喬楠楓已經氣得咬牙切齒，被韓毅非攔住在低聲商量著什麼，顧瀚揚陰狠的看著那說話的男人，這個主意太狠了，這是要壞了喬氏女的名節呀，本朝有著不成文的規定，正經人家的未婚女子不得在公眾場合露出自己的顏面，否則視為不貞。

其實摘帷帽這種事情原本沒人當真，自也有那正經人家的未婚女子摘掉帷帽的，只要沒人說起自然也沒人追究。

可是今日喬氏女若是當眾摘了帷帽，這些人自然是不會放過她的。最後非死也只有出家一條路了，好好一個如花的女子，他們竟然逼她至此，當真惡毒。

想到這裡，喬錦書把手伸到自己的袖袋裡摸了摸裡面的絹帕，剛想說話，那韓毅非身邊的韓文昊早已經忍不住道：「你這人說話很是無禮，我朝有規定未婚女子不得在公眾場合露出顏面，你不知道嗎？」

那李戴儒施施然道：「這位少爺你話雖沒錯，可是此刻，喬姑娘是以醫師的身分接受挑戰的，自然以學子入試論，至於閨閣之說，喬姑娘既要守閨閣之禮就磕頭認輸便是，以後安守身分便可。」

那劉學文忙著附和道：「是啊，既要守閨閣之禮認輸便可，否則不尊師道，藐視協會是沒有資格考試的。」

這時那黃堅文笑嘻嘻的站起來道：「大家莫爭，聽我一言，這女子失貞，即便留得性命也只有出家一條路，我們也不忍心喬姑娘如此，且我聽說這挑戰是喬老爺以喬家之名替喬姑娘接下的，如果讓喬姑娘磕頭認錯豈不是傷了喬家的體面，也是不妥。不如，喬姑娘將那配方送與李大夫，那藥丸配方本就是濟世救人的，在誰手裡有什麼區別呢，妳說對不對喬姑娘？李大夫自己則向協會要求取消這個挑戰，這樣便可面面俱到，你們看可好？」

旁邊馬上有人道：「黃副會長真是宅心仁厚，如此甚好。」

還有人道：「是啊，女兒家行什麼醫，在家做女紅家事才是正理。」

顧瀚揚看著喬錦書，別人都已經吵作一團，那小丫頭卻靜靜的坐著不作聲，小小年紀穩重大氣端的是極少見的，心裡對她已經是起了極大的興趣，便要看她如何應付。

喬錦書看著黃堅文一夥頓時明白了他們的意思，他們其實也怕輸了不好看，便設了這個計，如果此時她說要去後面戴面紗，他們大概會以延誤時間也要取消考試資格來阻止吧！

這個計策雖不起眼卻直接有效，一來既可得了那配方，又得了好名聲；二來這樣的結果即便是他們自己要求取消了挑戰，但和贏得挑戰已經沒有區別了，打的真是好主意啊。

誰知道她原本為著方便比試準備的東西，如今倒正好用上了。喬錦書微微一笑道：「穀雨，取下帷帽。」

喬楠楓聽了，急得一把抓住喬錦書的手呵斥道：「縠雨，不得胡來。」

縠雨此時卻不見慌張，只是閃著明亮的眼睛看著喬楠楓微笑不語，喬錦書微不可察的朝喬楠楓點點頭。

黃堅文見喬錦書想摘帷帽，恐得不到配方，也一時心裡急切，便忍不住收了笑臉道：「喬姑娘，妳這一摘帷帽便會被視為失貞，妳喬家一門也會被人瞧不起，妳可要三思而後行啊。」

喬錦書也不辯駁，只是看著縠雨點點頭。

縠雨回應的點點頭，輕輕一抬手已經摘下了帷帽，只見黑鴉鴉的青絲綰成了個元寶髻，髮髻上插著一根臘梅見喜的碧玉銀簪，兩彎遠山般的新月眉，一雙杏眼秋水盈盈，如同冰下溪水，清澈而不染一絲塵埃，一塊鵝黃絲帕遮住了那巴掌大的小臉，一屋子人看得驚疑不定。

顧瀚揚微微一笑，一雙眼睛陰晴不定的瞥了呆呆看著喬錦書的韓文昊一眼。

吳會長板著一張沒有表情的臉看了一品大師一眼，然後道：「現在大家都沒有異議了吧，如果沒有便開始比試，再有滋事的一律趕出會場。」說完還肅穆的環視了會場一眼，見大家都點頭沒有說話後，便繼續道：「現在比試開始，除監場人員外，所有人等都退到門口紅線外等候。」

他話一說完，喬楠楓、韓毅非以及李戴儒那邊的人都退到了門口拉著的紅線外等候，一時間屋內安靜了下來。

吳會長一揮手，便有僕役端著一個紅漆木盤上來，吳會長打開第一個信封唸道：「第一試，分辨湯藥成分。是由參加的比試者在一炷香的時間內寫湯藥的名稱，及分辨出湯藥中含有哪些藥物，答對多者勝出，如果兩人全答對，視為平手。為了公平起見，現在由一品大師和黃副會長在醫師協會規定的湯藥中一起選定一味湯藥作為試題。」

說著一品大師和黃堅文便走到几案前看了看湯藥目錄，一品大師指著其中一個看著黃堅文，黃堅文看了看那湯藥名稱，眉頭微蹙了一下，但隨即便點頭。

吳會長寫下二人指定的湯藥名稱，招來藥童，指了一下，藥童會意而去，片刻藥童端著蓋著的木盤上來，放到几案前。一品大師、黃堅文及其他醫師協會的會員都細細的看了盤中藥物，俱點頭。

吳會長便當著大家的面把藥放入藥罐中，倒入水，封好藥罐。一時有藥童送上藥爐，擺在几案上。吳會長便把藥罐置於藥爐上，不一會兒屋子裡便有了淡淡的藥味飄散開來。

喬錦書深吸一口氣聞著流動的藥味，眼波流轉。

等藥煎好了，藥童將藥分別倒在兩個碗裡，端到喬錦書和李戴儒的桌前，吳會長點燃了香便道：「現在開始。」

喬錦書伸出蔥白玉指端起藥碗置於鼻前，輕輕轉動藥碗，凝神片刻放下碗，提筆寫了起來，一會兒又端起旁邊的清水漱口，然後端起藥碗輕輕抿了一口，在舌尖轉了一下才吐在旁邊的盂內，又寫了幾個字。放下筆沈吟良久卻不得要領，蹙著眉，幾次端起碗，又放下，手輕輕摩挲著筆管卻不拿筆。

那邊李戴儒看見喬錦書皺著眉不落筆，不由得意的笑了，心忖——小丫頭片子想和我比，看我讓妳怎麼死。這邊自己便沙沙的飛快寫著，不過半炷香的時間已經寫好了，招了招手，藥童便上前拿起紙卷走到前面，遞給吳會長。

吳會長當著大家的面放入信封中，黃堅文看了，鬆了口氣的笑了，看了眼一品大師，見一品大師只是端起茶品了品，不動聲色的坐著。

喬錦書彷彿不知道李戴儒已經交卷一般，仍是蹙眉沈吟著，又過了片刻，招了藥童過去，低語了幾句，藥童點點頭走到吳會長跟前細細的說了。吳會長看周圍眾人一眼，大家都點點頭，便示意的看著藥童點頭，藥童拿起一張白紙又遞給眾人看了一眼，見眾人都點了頭，方取了紙走到喬錦書桌前輕輕放下。

喬錦書點頭致謝，然後拿起藥碗慢慢的傾斜，點了幾滴在白紙上，用手指輕輕暈開，又拿起細聞，還對著光照了片刻，彷彿小孩子看到什麼心儀的物件一般眉眼彎彎，看得韓文昊直了眼，面色潮紅的盯著喬錦書。

一直注意這邊的顧瀚揚，看著不自覺笑著的喬錦書也不由得呆了。

喬錦書飛快的寫了幾個字便招來藥童，藥童取了卷子當著眾人的面也放入信封。

吳會長看了香一眼，還有半寸的樣子，便點點頭道：「第一場比試結束，二人均在有效時間內答完題目，現在閱卷。」說著便打開李戴儒的信封，取出卷子看了一眼，然後遞給一品大師，一品大師接過來看了一眼，也沒說話只是點頭一笑，然後遞給黃堅文，黃堅文裝作漫不經心的接過來，低頭一看，臉色頓時灰白，狠狠的瞪了李戴儒一眼。

李戴儒一直盯著這邊看著，看見自己的師傅狠狠的瞪著自己便知道自己答錯了，一時間渾身軟在了椅子上，陰狠的看了喬錦書一眼。

吳會長又拿出喬錦書的卷子看了一眼，遞給黃堅文，黃堅文迫不及待的接了過來，低頭一看，臉色更加難看了，把卷子遞給了一品大師，一品大師接過卷子看了一眼，滿意的看了看喬錦書，喬錦書此時終於鬆了口氣。

吳會長咳了一下道：「現在宣佈第一場比試結果。」

眾人都緊張的盯著吳會長，吳會長看了眾人一眼，也不賣關子直接道：「第一場比試勝利者是喬姑娘。」

話音剛落，韓文昊已經高興得蹦了起來，一時大家都議論了起來。

吳會長稍待了片刻便道：「請大家安靜，下面進行第二場比試，懸絲診脈。」

第八章　比試（二）

懸絲診脈在古代是每個大夫的必修課，沒什麼難的，最終比的還是個人的醫術，可是對喬錦書來說便不一樣了，前世她不需懸絲診脈，今生她從未修習過，這題恰好出在了她的軟肋，必定是黃堅文提出的了，看來這一試她是必輸無疑了。想到這兒，她側頭看了看一品大師，大師望著她不經意的笑了笑。

吳會長還是板著張臉宣佈：「二試懸絲診脈，現在開始。」說著點頭示意，旁邊便有兩個醫師協會的會員坐在準備好的椅子上，藥童牽好絲線，遞給喬錦書和李戴儒。

喬錦書接過絲線，站了起來，淺笑著向吳會長施了一禮道：「吳會長，懸絲診脈若在有經驗的大夫之間比試，那比的還是醫術。可是若在小女子和李大夫之間，比的卻是經驗。小女子自認行醫經驗不如李大夫，這一試，小女子棄權認輸。」

聽了喬錦書的話，吳會長那刻板的表情也不由得露出一絲讚許的笑意，望著眼前清淡如蘭的女子。

李戴儒聽了，那腰板好像又直了些，也敢偷偷的看看自己的師傅了，黃堅文的表情也輕鬆了許多，雖說這輸贏在在座的各位心中都有數，但就結果來說目前總是平手。

吳會長也不多囉嗦直接道：「既然喬姑娘棄權，直接進行三試，隨診。這隨診便是本協會委派一人，雙方亦各委派一人陪同出去，隨意找二名過路的病患，由兩位診斷處理，由結果判斷輸贏。」

喬錦書這邊便是韓毅非，那李戴儒自然選的是劉學文了，醫師協會也派了名會員，慶陽縣最大的藥鋪保和堂的陳大夫出去現場指派患者。

一時間便有兩人跟在三人後面進了屋子，那是兩個老者，一個佝僂著背，著一身灰色短衫，雖然破舊倒也乾淨，另外一人卻是衣衫襤褸的乞丐，頭髮遮面，走路一拐一瘸的，身上有股子酸臭的味道。

吳會長看著他們點了點頭，韓毅非和劉學文便退回到紅線外。吳會長看了眼兩人道：「你二人各選一人問診，現在開始。」

李戴儒憎惡的看了那乞丐一眼，吳會長話音剛落，他便已經示意旁邊的藥童去扶那灰色的短衫老者坐在自己身邊，開始把脈。

喬錦書也示意自己旁邊的藥童扶了那乞丐過來，然後從袖袋裡拿出一雙白色的絲綢手套戴在那雙蔥白的手上，對著那乞丐微微一笑，手指輕輕的搭在那乞丐烏黑的胳膊上，眼神清柔的看著那乞丐，小聲的詢問著什麼，那乞丐倒也不畏縮，問什麼便一一回答。

喬錦書點點頭，又詢問那藥童道：「你可學過穴位按摩之術？」

那藥童道：「我是吳會長的弟子，識得穴位，按摩卻不曾學過。」

喬錦書點頭道：「識得穴位便可，我教你怎麼按摩。」說著便指著那乞丐後背和腰椎處的幾處穴位，細細的教了那藥童，那藥童倒也聰慧，一說便懂，就動手替乞丐按摩了起來。

一炷香的工夫那乞丐和藥童都已經一頭大汗，喬錦書又指著腿部的幾處穴位讓藥童繼續按摩。又過了一刻鐘，喬錦書才讓藥童停下來，那乞丐伸伸腰腿覺得全身輕快，腿也好像沒那麼疼了，望了喬錦書一眼，眼裡閃過一道精光。

那邊李戴儒早已經診斷完，開了藥方。

吳會長看了看二人道：「你二人可有結果了？」

李戴儒志得意滿的道：「在下已經診斷完畢，此老者為腰部勞疾損傷外加風濕，近日可能勞累過度腰部不能直行，我已經開了外敷內服的藥，只需五日便可減輕疼痛。」說著得意的看了喬錦書一眼，接著道：「不過，我有一項絕技，只需一針便可讓這老人家直起腰行走。」

話音剛落門口的人已經議論紛紛道，不愧是黃副會長的徒弟也，果然名不虛傳。連一品大師聽說他有這一絕技也不由得連連點點頭，李戴儒更是面露得色。連黃堅文也是掩不住一臉的喜悅，斜睨了吳會長一眼。

喬錦書更是睜著一雙杏眼，忖道——這古代的銀針之術真不可小覷。就盯著李戴儒想看他怎樣下針的，也好偷師一番。

李戴儒見大家都看著他，等著他下針，也不囉嗦，更加的謹慎，仔細的拿出銀針，右手執針，左手在那老者的腰椎處輕輕尋摸著穴位，輕巧精準的下針。就在李戴儒下針的瞬間，喬錦書驚異的瞪著李戴儒，不自覺的用手捂嘴，眼圈微紅。

旁邊的人看了都道，這小女子看得自己要輸竟是哭了，因第一場比賽她辨藥之術了得，也沒人笑她，直覺得可愛，都善意的哄笑著。

過了片刻李戴儒取下銀針，那老者果然是慢慢的直起了腰，試著走了幾步也不疼了，對著李戴儒納頭便拜，激動的道：「不疼了，真的不疼了，神醫啊，真是神醫啊，小人多謝了，多謝了。」

李戴儒沾沾自喜的扶起老者。

吳會長和黃副會長也圍著老者看了起來，只見一品大師徐徐起身宣了聲佛號：「阿彌陀佛，善哉，善哉。」

吳會長連忙施禮道：「大師，可是有什麼要說的？」

一品大師蹙著眉，指著眼眶泛紅的喬錦書道：「今日既是他們二人比試，就讓我這小徒弟說吧。」

喬錦書杏眼潤濕，看著吳會長、黃副會長施了一禮，轉而又對李戴儒深施一禮道：「李大夫的銀針之術，小女子確實心服，但是卻不認同。古訓有云，『凡大醫治病，必當安神定志，無欲無求，先發大慈惻隱之心，誓願普救含靈之苦』，說的便是醫者必須身懷仁心，以解除病患之苦為最終目的，更何況銀針之術，差之毫釐，失之千里，事關性命萬不可有絲毫偏差的。方才李大夫下針時手卻偏差於穴位，使得銀針並未扎在氣海穴，而是氣海穴旁的經脈之上，這經脈達腰椎，通足底，是人行動的主要脈絡。方才李大夫只是以銀針傷了這老人家的經脈，使他暫時感覺不到疼痛，便可直起腰行走，只需半天，這麻醉的效力過了，便會腰椎疼痛難忍，經脈之傷，無藥可醫，只能待經脈自行痊癒。因此，半日之後，這老人家就不得不臥床一月，方能恢復到剛才進來的樣子。」

喬錦書說完屋裡屋外的人都震驚了，吳會長和黃副會長都看著一品大師，大師沈重的點點頭。黃副會長知道一品大師從不妄語，絕不會因著想袒護自己的徒弟就顛倒黑白的。

其實黃副會長只是自私虛榮，但在行醫來說還是很有醫德的，不然也不能坐上醫師協會副會長的位置。此時見自己的徒弟竟然做下這等丟人的事，氣得嘴唇發抖，半天也說不出話來，狠狠的瞪了李戴儒一眼，跌坐在太師椅上。

這傷經之法，是李戴儒給別人施診手誤時發現的，當時被他掩飾了過去，卻無意中發現傷經脈可以起到暫時麻醉的作用。他試探過自己的師傅，發現師傅也不知道，便留了個心，對誰也沒說過這個法子。今日見這老者腰疼得不能直立行走，就想起了這個法子，既可以贏了喬錦書得了配方，又可以讓自己在慶陽聲威大震，便毫不猶豫的下了手。誰知道被一品大師和喬錦書識破了，他臉色灰敗的跪倒在地上。

一品大師提筆寫了個方子，遞給那嚇呆了的老者道：「施主，你這經脈之疼，對身體並無傷害，只是有些疼痛，過半日就會發作，這個藥能減緩你的疼痛，你拿了這方子去慶餘堂抓藥，我會讓那裡的老闆給你免了藥費的。」

喬楠楓在旁邊早聽清楚了，忙對一品大師拱手道：「在下謹遵大師之命。」然後對老者道：「老人家，你只管去抓藥，所有的藥費全免。」

老者忙著拱手道謝了，吳會長忙安排人送老者回去。

黃副會長慚愧的看著吳會長道：「會長，還是把這比試進行完吧。」

吳會長點頭道：「喬姑娘請說妳的診斷結果。」

喬錦書施禮道：「這老伯的是腿寒症，我剛才請藥童幫他做了穴位按摩，近期都不會再犯。」轉身對著那乞丐道：「老伯，您這腿若是按我的方子，內服外敷，三個月後大多時候都會如常人一般，只是逢了陰雨天或者勞累過度，還是會再犯的。如果您願意的話，這三個月您可以在慶餘堂打雜，管吃管住藥費全免，但是沒有工錢。等到三個月您的腿好了，便可自行離開。」

然後低頭寫著方子自言自語道：「若是想斷了根怎麼也要一年，不知道您能不能堅持。」

那乞丐卻聽了個一清二楚，順手撩起頭髮大聲道：「妳說我這老寒腿能斷根，怎麼可能呢？我自己治了幾年，試過無數方子也沒治好，妳能治好?!」

那乞丐一撩起頭髮說話，一品大師便無奈的看著那乞丐道：「師弟，你又發什麼瘋。」

那乞丐看見一品大師發現了他，也不再裝了，嬉笑著道：「師兄，我本來是想來慶陽看你的，誰知道剛進城就聽說了你徒弟的事，便想混進來看看。」

吳會長等人聽到一品大師叫師弟，便知道這就是江湖有名的「瘋神醫」袁楚了。大家又互相見禮。

那瘋神醫對著喬錦書道：「小丫頭妳剛才可是說要我在妳家藥鋪白吃白住的，可不能說話不算話喔。」

喬錦書看著這個慵懶的師叔也笑道：「當然算，您儘管吃住便是，我呢慢慢給您治療。」

袁楚滿不在乎的道：「我可不白吃妳小丫頭的，妳給我治腿，我便給妳家藥鋪坐診。」

一品大師聽了道：「妳就依了妳師叔吧。」

黃堅文在旁邊默了半天才道：「喬姑娘，老朽能問妳個問題嗎？妳是如何分辨那幾味藥的？」

黃堅文原本一直對喬錦書在一試時能辨出那湯藥中所有的成分心懷疑慮，就連自己也不敢說一定能分辨出來，此時見喬錦書能看出李戴儒下針的偏差，那心中的疑慮雖去了幾分，但依然想知道其中究竟。

喬錦書見黃堅文問了自己，便施禮道：「小女子初初也只能通過觀色、聞味和嚐味辨出滑石、茵陳、黃芩、石菖蒲、川貝、藿香、射干、連翹、白豆蔻這九種藥材，判斷是神犀丹症湯。但是小女子注意到在藥碗傾斜時，碗壁上微微呈現一絲絲綠色，湯藥經過煎製大多變為褐色或棕褐色，能夠在湯藥中呈現綠色的只有那不多的幾味藥材，我排除了幾味後，大約就只剩薄荷可以出現在這湯藥中。

「最後我將湯藥滴於白紙上，一來那綠色更明顯證實了我的判斷，二來藿香味濃蓋住了薄荷的味道，但是藿香味道沒有薄荷味道持久，滴於紙上很快就會散發掉，這樣我便能辨出薄荷的味道了。至於木通一味，很慚愧，我卻是根據已經判斷出的藥斷定那湯藥肯定是甘露消毒湯，從而知道一定是有木通的了。」

黃堅文聽了也讚許的點點頭，李戴儒跟自己學了十多年也只能分辨出九味藥，從而斷定是神犀丹症湯，這小女子實屬學醫的天才，實在難得。

吳會長和幾位年長的會員聽了都點頭讚許，此時大家都明白一品大師為什麼會收了這麼個小女子做入室弟子。

黃堅文更是感慨的嘆了口氣，對一品大師道：「大師的醫術我們窮此一生恐怕都及不上，如今又收了個天賦極高的弟子，我黃堅文甘拜下風呀。」

一品大師雙手合十道：「黃施主過譽了，我那小弟子對醫術一道有些癡念，老衲也是看在她那份癡念上收下她的，只是我們為醫者最要緊的卻是身正心仁。」

吳會長看著黃堅文嘆了口氣道：「今日比試，喬姑娘以贏兩局勝出，喬姑娘贏。至於李戴儒醫德有失，停他行醫的資格，交由師門處理。」

黃堅文感激的看了吳會長一眼，以李戴儒今天所為，是可以送官府追究其責任的，吳會長只是停了他行醫的資格，交給自己處理，既是給自己留了面子，也是給李戴儒留了機會，因此對著吳會長深深一作揖。

這邊大家都知道喬錦書贏了，紛紛恭喜一品大師和喬楠楓。

一品大師和顧瀚揚也去向喬楠楓道賀，一品大師道：「喬老爺，以後我那不像樣的師弟就要在喬老爺鋪子坐診了，我想送三個字給喬老爺的藥鋪可好？」

喬楠楓聽了連忙拱手道謝：「有大師贈字，小藥鋪蓬蓽生輝，在下感激不盡。」

一品大師道：「我那小弟子說的好，醫者要有仁心，不如就叫仁心堂吧。」

喬楠楓感激著應了。

顧瀚揚道：「既然大師賜了字，這幾個字就我來寫吧。」

顧瀚揚的「梧桐苑」三個字就是他自己寫的，那字剛勁有力，行雲流水，不可多得。後來有人求顧瀚揚寫字，顧瀚揚都置之不理，現在竟主動說要給自己的藥鋪寫字，喜得喬楠楓連忙拱手道：「大少爺的字，千金難求，在下在這裡先謝了，以後但凡有用得著在下的地方，大少爺吩咐就是。」

顧瀚揚淡淡的笑了也不多話。

這邊大家都熱鬧的道賀著，喬錦書早已經要那個藥童帶著自己和穀雨走後面的小門，悄悄回到了自家的車上，她知道自己到底是個閨閣女子，這種出風頭的事能免則免。

翌日，喬楠楓又在松鶴會所宴請了韓毅非、趙鈺辰等慶陽的一眾名流，及吳會長、黃堅文一些慶陽醫界的名士，連平日甚少應酬的顧瀚揚都來了，喬楠楓自是喜不自勝，那上等鮑魚海參自是不說，就連最貴的佳釀蓮花白都不知道上了多少罈。喬楠楓是聽說過袁楚的性子的，也不以為意。

喬楠楓自然也請了袁楚，藥鋪的夥計說袁大夫去了齊雲山。

六月的天氣即便是清晨也不見一絲風，喬錦書出了屋門正準備去給吳氏請安。一眼看見自己的小花園裡多了幾盆各色鳳仙花，便問穀雨道：「這裡什麼時候多了幾盆花，我竟然不知道。」

穀雨抿嘴笑道：「姑娘最近都忙著製藥了，又是咱們仁心堂裡的丸藥，又是袁大夫治腿的藥，又是韓太太瘦身的藥，還有那些求了咱們家太太的太太、姑娘們的藥，忙得連喘口氣的工夫都沒有，哪有時間顧著這些花兒、草兒的？」

喬錦書啐了穀雨一口道：「妳只管笑我吧，看我明兒不把妳指派去伺候袁大夫。」

袁楚雖說為人正直，卻行事癲狂，又行蹤不定，江湖上就給了他一個「瘋神醫」的名號。凡合了他性子的不收一文錢也給醫治，那惹他厭煩的便是金山銀山也不看一眼。

現在都知道他在仁心堂坐診了，那求醫的絡繹不絕，喬楠楓怕累著袁楚，又請了個坐診大夫，還立了個規矩，凡是求袁大夫診治的都需提前預約，等袁大夫有空排了時間才通知患者。把袁楚喜歡得拍著喬楠楓的肩膀連聲道：「喬老弟不錯不錯，我就喜歡你這樣的，以後我就賴在你家了啊。」

這袁楚自此倒真沒有離開過喬家藥鋪了，喬錦書又格外的孝順一品大師和袁楚，以後老了都是喬錦書養老送終的。

這仁心堂內有喬錦書親自製的各色丸藥，外有袁楚的坐診，一時間聲名鵲起，在慶陽附近的州府竟是人人皆知，凡有了疑難雜症都說要找仁心堂。

這個袁大夫人是很好，可要人做的事情卻千奇百怪，凡是伺候過他的夥計都叫苦不迭，穀雨一聽便忙著求饒。

喬錦書便笑道：「快說這鳳仙花哪兒來的。」

穀雨道：「這不就是那日太太帶著姑娘去韓家作客，姑娘看見韓家園子裡的鳳仙花漂亮，就說要是用來染指甲一定好看。第二日，韓家的二少爺便派人各色送了兩盆過來，說給姑娘染指甲的。」

喬錦書聽了便點點頭。

吳氏穿著天青色裙褂，小腹凸出，坐在炕上，錢嬤嬤伺候著吳氏吃珍珠粥。珍珠含多種維生素又可以補鈣，懷孕的人吃了極好，喬錦書便吩咐錢嬤嬤每日熬一碗白粥，調一點珍珠粉在裡面，不拘時辰每日吃一次。

喬錦書上前問了安，便在炕桌邊坐下。陽光穿過窗欞映在吳氏瓷白的臉上，喬錦書看了一下，好像有了幾點零星的斑點，便道：「娘，您臉上長了斑點呢。」

吳氏便微蹙著兩彎柳葉眉道：「正是，我早發現了，心裡也愁著呢，先前懷妳的時候，我膚色不知道多好，如今臉色蒼白不說還長了斑，唉。」

錢嬤嬤聽了便在一旁道：「太太，人家都說女兒是娘的小棉襖，養娘著呢。」說完也不再說別的，只是站在一邊笑著，吳氏聽了臉上便有了喜色。

喬錦書看了心裡也高興，便道：「娘，且別惱，我等下回屋便給您配一些敷面的，您每日裡要錢嬤嬤伺候您敷了，這斑就會慢慢消了。」

一時吳氏喝了粥，二人便去廳堂給老太太請安。

老太太手裡撚著串香杉佛珠，正唸著金剛經，吳氏和喬錦書進去請了安便坐在椅子上。不一會兒宋姨娘帶著喬仲青走了進來，向老太太和吳氏都請了安，坐下。

宋姨娘看著喬錦書正想說什麼，喬楠楓就一路笑著走了進來，在主位上坐下，又各自請了安。

喬楠楓便笑道：「今日來得都早，我正好有件事要告訴你們。」說完看著老太太道：「前些日子，我在中元街那邊看中了一個園子，想著咱們家要添丁便買了下來，又找人重新裝修了下，昨日喬管家說已經都裝修好了，只等著看個好日子就可以搬了。我看太太懷孕也六個月，可以搬家了，等得了好日子便搬過去吧。」

老太太聽了要搬到大園子裡去住，自是極為高興的，歡喜的道：「你怎麼事先也沒說呢，看有什麼事是我們能幫忙的，別一個人累著了。」

喬楠楓道：「也沒什麼，大多都是喬管家帶著他的兒子喬安做的，喬安如今也十七歲了，倒是喬管家的一個好幫手。」

吳氏和喬錦書對視了一眼，也是喜上眉梢，那處園子喬錦書早就從喬安那裡聽說了，還帶著穀雨偷偷的去看過，喜歡得不得了，現在聽說要搬家了更是興奮，巴不得馬上就搬進去。宋姨娘和喬仲青也笑呵呵的看著喬楠楓。

喬楠楓看大家都高興得不得了，便道：「我看今日天氣不錯，便一家人先去逛逛自家的園子吧，各人也看看自己喜歡哪處。」

第九章　曦園

一家人坐了車便往中元街這邊來，一時間馬車停在了竹林邊。儘管外面酷暑炎炎，這裡卻清幽涼爽，老太太不由得連連點頭道：「這裡真是不錯。」

白牆青瓦，黑漆大門，喬仲青抬頭便看到門上兩個大大的顏體字——「曦園」。

喬錦書看了便道：「爹，這個名字出自《易經》吧？」

喬楠楓讚許的點點頭道：「錦兒說說。」

喬錦書道：「爹和二叔名字中皆含木，《易經》云：東方甲乙木，西方庚辛金，木應在東方，東方日出謂之『曦』，錦兒想，這個名字便是由這兒來的吧。」

喬仲青見喬錦書得了喬楠楓的誇讚，也不肯落後了，認得是喬楠楓的字便道：「爹爹的顏體越發的有氣勢了，我如今也練著顏體，怎麼也練不出爹的氣勢恢弘呢。」

喬楠楓聽了高興的道：「這練字可是個水磨的功夫，如今你的手勁還有限，先慢慢練著，日後你來我書房我再教你。」

喬仲青高興的應了。

喬楠楓又看著吳氏道：「這裡臺階多，妳們扶好了太太。」

錢嬤嬤和春分趕緊應了。

一行人進了大門，入眼的是一座蜿蜒著的太湖石堆砌的假山，假山上爬滿了翠綠的青藤，右邊一塊大理石雕琢的錦鯉，活靈活現，那錦鯉的嘴裡不停的吐著水，噴在假山上，倒給那假山添了幾分靈性。

穿過假山就是穿堂，有小小的三間廳房，走過穿堂，院子裡種著兩棵銀杏樹，地上鋪著青石方磚，中間是一條石子甬道，三階青石臺階連著的是五間正房，門匾上寫著「墨韻堂」三個字。兩邊是抄手遊廊的廂房，整個院落清韻古樸。

喬錦書道：「爹這個大廳極好。」

喬楠楓點點頭道：「這處我也是極喜歡的，我的書房就在裡面，先帶你們看看別處吧。」

說著帶著大家穿過抄手遊廊右邊的垂花門，便到了一處雅致的小院前，門匾上寫著「柏園」，大家看了，知道這個是喬二爺的住處了。

與柏園並排著的還有一個大小差不多的園子，樹木參天，流水淙淙，門匾上寫著「瀾園」，喬仲青看了臉上露出欣喜的表情，扯了扯宋姨娘的衣服，眼裡流露出一絲希冀。

宋姨娘也很滿意這個院子，便道：「老爺，婢妾看這個院子離著老爺的書房近，有什麼事是極方便的，仲青住這裡倒是極好？」

老太太聽了也頻頻點頭。

吳氏看了喬錦書一眼，喬錦書眼珠一轉道：「爹，我看這個園子方位也是極好的，很像韓伯父家韓大哥住的那個園子呢。」

喬楠楓聽了，看了眼吳氏突出的腹部，笑著對喬仲青道：「仲青，那邊還有一個園子景色極佳，離著爹的書房也不遠，不如我們過去看看。」

喬仲青聽了臉色一黯，眼神有些複雜，但還是順從的道：「好，爹我們去那邊看看。」

穿過翠溪橋便來到另外一處小院，看起來比柏園和瀾園都小了不少，但也小巧精緻，門匾上寫著「桐苑」。

喬楠楓道：「這個院子離爹的書房也不遠，院子裡種了幾棵梧桐樹，景色極好，仲青便住這裡如何？」

雖是商量的語氣，但卻是一副定下了的態度。喬仲青微怔。

宋姨娘暗自嘆氣，悄悄的拉了拉喬仲青的衣角，喬仲青道：「我聽爹的。」

喬楠楓點了點頭，指著另一個院子道：「那邊是湘苑，和你這個桐苑差不多的。」

一條青石路蜿蜒至二門前，喬楠楓對著吳氏道：「這裡進去就是內院了。」

說著引了一行人進去，布局與前院相似，過了穿堂也是五間正房，門匾上寫著「留韻館」，大氣莊重，老太太看了就有些意動，看了旁邊伺候的李嬤嬤一眼，李嬤嬤便道：「這個正房和老太太現在住的正房倒有些相似呢。」

老太太故作訝異的道：「妳不說，我倒沒注意，可不是有些像呢。」

喬楠楓裝作沒聽到，瞪了喬錦書一眼，喬錦書掩嘴笑了一下道：「娘，這個院子正該您住，您看這名字『留韻館』與爹的書房『墨韻堂』正好是一對呢。」

老太太愕然，卻不好再說什麼。

喬楠楓趁勢對吳氏道：「這個正是留著給妳的。」

吳氏飛紅了臉道：「是，我聽老爺的。」

宋姨娘看了看門匾，心裡極不是滋味。

穿過正房的抄手遊廊垂花門，左右各有三個院子，中間也有小橋相連，老太太便住了右邊的慈暉園。有一個二層的小樓緊靠著留韻館，門匾上卻空著，喬楠楓對喬錦書道：「錦兒這個便是妳的閨房了，妳喜歡什麼名字，自己選，爹也幫妳寫個匾額。」

喬錦書看著這個二層小樓喜歡極了，思忖片刻道：「爹，這裡就叫疏影閣吧，錦兒喜歡梅花，如果方便，爹幫錦兒種些梅花可好？」

喬楠楓道：「些許小事，我吩咐喬管家便可。」

宋姨娘看著右邊還有一個纖架閣，戀戀的看了一眼，還是選了左邊的宜蘭園，左邊另外還錯落著聽雨軒和挽月閣。

一家子都選了自己的院子，便到留韻館的正廳坐了。喬管家送上萬年曆，一時商量著選了個十日後的六月十二，老太太說是最近極好的，便定了那天。

喬楠楓道：「如今要搬家，家裡的事情也會越發多了起來，我已經讓喬管家買了些雜役、小廝。後院的婆子、丫鬟也是要添些的，這事還是交給太太吧，這幾日太太就找了人牙子來，這個帳就從外院出，不算在妳們內院帳上。」

吳氏聽了點頭道：「是，如今咱們家倒不比從前了，是要添置些了，我明日便叫了前街的宋牙婆來。」說著看了喬楠楓一眼，試探的道：「如今家裡比以前寬敞多了，我看在宋姨娘的院子裡給立夏找個房間單獨安置了，也配個小丫鬟吧。」

喬楠楓聽了心裡越發的喜歡吳氏對自己的尊重，便道：「這些內院的事就由太太作主了。」

宋姨娘在旁邊聽了臉色一黯，但也強忍著附和喬楠楓道：「是，這些都由太太作主。」

穀雨匆匆走進來道：「姑娘，太太讓春分來請您去她那兒一趟。」

喬錦書頭上鬆鬆的綰了個髻，插著根綠松石的步搖，聽見穀雨的話便放下筆道：「可知道是什麼事嗎？」

穀雨道：「春分沒說。」

穀雨蹲下給喬錦書穿上鞋子，扶著她往吳氏屋子裡來。

吳氏正歪坐在炕上看著錢嬤嬤和春分收拾東西，見喬錦書帶著穀雨進來便道：「穀雨去幫著春分收拾東西。」

穀雨應著過去了。

喬錦書便在炕上坐下來，吳氏遞過幾張素錦箋，道：「如今家裡和以前不一樣了，下人用度都要有新規矩，我準備老太太房裡放四個大丫鬟，四個二等丫鬟，四個三等丫鬟，娘這裡就和老太太一樣了。妳那裡就兩個大丫鬟，四個二等丫鬟，四個三等丫鬟。宋姨娘那裡就一個大丫鬟、兩個二等丫鬟、兩個三等丫鬟，立夏就給一個二等丫鬟，以後家裡就照著這個規矩來。另外再配齊了婆子，媳婦子。

「現在妳離得我近，凡事我都要錢嬤嬤給妳打點了，妳屋裡就沒有管事嬤嬤，如今要搬了，我準備把廚房的張嬤嬤調到妳屋裡去當管事嬤嬤，以後就讓她跟著妳了。」

喬錦書知道張嬤嬤也是吳氏的陪房，當初去廚房一來是喬家原來小門小戶沒地方安插，二來也是看著廚房的意思，如今娘懷孕了和以前大不一樣，徐嬤嬤也不敢妄動，張嬤嬤是個極有成色的人，去自己屋裡再妥當不過，因此道：「娘，我聽您的。」

吳氏道：「如今妳屋裡添了不少的人，日後這些人大多都是要跟著妳的，明日宋牙婆帶了人來，妳細細的挑了，要張嬤嬤和穀雨幫著妳好好的調教好。」

又說了些挑選下人要注意的事情，喬錦書都細細的聽了，不懂的地方又問了吳氏，說了半天的話方才散了。

第二日早早的宋牙婆就帶了幾十個從十五歲到十歲不等的女孩，還有婆子、媳婦子，和一些一家子一起出來做事的下人。

吳氏便讓老太太先選，老太太也不推讓，和李嬤嬤商量著選了三個，一個看起來穩重本分改名芸香，一個眉眼靈活改名雪紋，一個低眉順眼的改名冬陽，其餘又選了二等三等和婆子、媳婦子。

吳氏便選了三個聰慧端莊的，其中一個相貌不俗改名紫竹，一個清秀細緻改名湘荷，一個識得幾個字便改名妙筆，另也選了二等三等和婆子、媳婦子。

輪到喬錦書時，喬錦書笑著看了看吳氏，吳氏笑著道：「妳自己選，我看著。」

喬錦書點點頭。看向備選大丫鬟的那群女孩，見在最後一排站著個相貌娟秀，眼神沈穩的女孩，便指了指她，那女孩便緩步走上前施了一禮。

喬錦書道：「妳叫什麼名字，今年幾歲了？」

那女孩微笑著道：「回姑娘，奴婢秋玉，今年十四。」

喬錦書道：「秋字不好，以後改叫紫蝶吧。」

紫蝶立即跪下道：「奴婢謝姑娘賞名。」

喬錦書點點頭，又選了二等三等和婆子、媳婦子。

因立夏雖說單獨安置了，但還是在宋姨娘屋裡當差，宋姨娘便指了一個相貌平常，但皮膚卻格外白淨細膩，眉眼間露出幾分嫵媚的女孩做了二等丫鬟，改名巧眉，其餘又選了一個二等、兩個三等丫鬟。

吳氏又指了一個二等丫鬟彩雲給立夏使喚，另外還買了幾房一家一起賣身的下人，讓喬管家派人都送到曦園去，按各房分派好了，就在自己主子的屋裡先收拾打點著。

到了選定的六月十二這日，風和日麗，果然是個好天氣。宜嫁娶、納彩、定盟、移徙、入宅、出行、祭祀、祈福。

喬錦書早早的起來了，綰了個朝天髻，插了根鎏金珍珠簪，穿了件煙灰色底繡刻絲瑞草的對襟褂，霞彩梅花百褶裙，已經漸漸脫掉了小女孩的稚氣，超凡脫俗的容貌中有了幾分女子的柔和，那雙清澈的杏眼，越發讓人沈醉。

吳氏端詳著自己心尖上的寶貝女兒，心裡不由得多了幾分心事。韓太太幾次的暗示，想著韓文昊是嫡次子，配自己的女兒其實也是個不錯的選擇。搬家後是要好好和老爺商量商量這事了，想來以兩家的關係也應該是沒有太多波折的。心裡拿定了主意，便招呼著喬錦書上車。

車子一輛一輛從喬家大門馳了出來，路邊的人看了便議論紛紛。

「這個是誰家的車，這麼多輛？」

「喬家的呀，聽說今天搬家。」

「喬家呀，可了不得，如今怎麼也是慶陽的大戶人家了。」

「聽說買的是以前張大人家的宅子呢。」

喬管家早領著一眾下人在園子門口迎著了，喬楠楓和喬仲青一輛車，兩人下了車便去後面車上扶了喬二爺下來。

喬楠柏歇了會子，靠著柴胡道：「大哥，如今咱們家也庭院深深了，要是爹娘能看見該多歡喜呢。」

喬楠楓拍拍自己最疼的幼弟道：「我在東邊設了個祠堂，供奉著祖宗牌位，等明日上午便去稟了爹娘讓他們歡喜歡喜。」

喬楠柏欣喜的點點頭。

女眷這邊也都下了車，跟著老太太走了過來，大家歡歡喜喜的進了園子。

喬管家上來回稟道：「今日各位主子的箱籠都要進院子，各位主子的管事嬤嬤都去督促著收拾院子了，不過一個時辰定能收拾好。昨日太太已著人來吩咐收拾好纖絮閣，現在就請各位主子去纖絮閣歇息吧。」

纖絮閣位於喬錦書的疏影閣後側，圍著院牆種了一排柳樹，微風拂面，柳葉輕動，也是個清雅的好地方。

一家子進了大廳坐下，丫鬟們上了茶，大家喝茶閒聊。吳氏便道：「這個纖絮閣現如今沒人住著，我想暫時用來宴請女眷是極好的，今日的午膳就擺在這裡吧。」

可能今天起得早了，吳氏看老太太有些面露倦容便道：「想來大家也都累了，老太太和我就帶著錦兒在東屋歇著吧，老爺和二叔就去西屋歇著，宋姨娘帶著立夏去東廂房，仲青就去西廂房。」一時安置妥當，大家都去歇了。

不一會兒，吳氏聽到喬管家和春分在門口小聲說話，便道：「春分。」

春分應了，輕手輕腳的進來道：「太太，喬管家來說午膳好了，問擺在哪間屋子。」

吳氏道：「就擺在東次間吧，妳去看看大寒那裡老太太休息好了沒有，告訴她這邊午膳好了，再叫穀雨去告訴杜衡、柴胡伺候老爺和二爺起身。」

春分應著去了。

吳氏又使了個小丫鬟知會了宋姨娘和喬仲青，自己起身帶著喬錦書去正廳等著。

很快喬管家指揮著媳婦子和丫鬟們安置桌椅、碗筷。吳氏看著丫鬟、媳婦子出出進進，川流不息，卻不見慌亂，安安靜靜的，與那大戶人家也相差不遠了，不由得感嘆喬楠楓治家嚴謹。

想著自己還是個庶女時，因厭煩了後院的紛擾複雜，便想找個小門小戶簡單踏實的過自己的小日子，可如今雖說日子越過越好，喬家也一天天的興旺起來，自己最終卻還是要像嫡母那樣管著後院。想起昨天提到單獨安置立夏時喬楠楓歡喜的表情，不由得臉色一黯，嘆了口氣忖道，該來的還是要來，躲也是躲不掉的，這就是命吧，以後自己就該像嫡母那樣看著子女吧，想到這兒看了看坐在下首的喬錦書。

喬錦書正擔心的看著自己也不說話，心裡一暖，寵溺的道：「錦兒，傻傻的是想什麼啊？」

喬錦書見吳氏表情鬆緩了，也快活起來嬌聲道：「娘，最近這段時間都忙著，也沒給娘把脈，趁現在我給娘把把脈吧。」說著便把手搭在吳氏的腕上，凝神片刻，便歪著頭笑睨著吳氏。

吳氏點點她的額頭道：「妳有話就說，只是傻笑做什麼。」

喬錦書便靠近吳氏，悄悄的說了幾句，吳氏眼睛一亮道：「當真？」

喬錦書認真的點點頭道：「雖沒有絕對的把握也至少有八成勝算。」

吳氏暗忖，這肚子裡的事原是難說的，如果有八成把握便幾乎是肯定了，不由得燦爛一笑。

喬楠楓一進門便看到吳氏明媚的笑容，眼神一怔，雖說夫妻多年卻鮮少看到吳氏如此高興，便問道：「煙兒何事如此高興？」

吳氏站起來給喬楠楓和老太太施禮道：「剛才錦兒給我把脈說胎兒安好呢。」

喬楠楓點點頭，上前扶住吳氏道：「妳如今都六個月身孕了，一家人這些禮儀早就說讓妳免了。」

老太太也連忙道：「正是這個話，妳趕著起來要是扭了腰、動了胎氣，可如何是好。」

吳氏笑著道了謝坐下。

雖說算不得是暖宅的正式宴席，到底是搬家的第一餐，也是精心準備著的。一時，菜陸續上來，松鼠桂魚、清蒸蟹粉獅子頭、翡翠蝦仁、冰糖甲魚、蠣黃跑蛋、蜜汁灌藕……都是各色江南菜式。

喬管家在旁邊伺候著道：「今日這些菜是廚房新來的田嬤嬤和鄧嬤嬤做的，田嬤嬤是咱們家會所魚師傅的遠房親戚，家裡人都因病去了，只她自己一個，由魚師傅介紹來的。鄧長路家的是一家子一起來了咱們家的。」

喬楠楓道：「這些菜式看著還不錯，若論到正經席面還是要再琢磨琢磨的，如今且先這樣。」又看著老太太和吳氏道：「老太太、太太以為如何？」

老太太笑著道：「我倒是覺得這是極好的，比起老太爺在的時候是極奢侈的了。」

喬楠楓聽了一滯。

吳氏便道：「老太太說的是，平日裡還是要節儉著些，只是如今老爺來往的也都是士紳大家了，且咱們家又是開著酒樓的，這席面自是要出色些的。」

喬楠楓這才神色一緩。

吳氏又看著喬管家道：「方才你說鄧長路家的是一家子來的咱們家，那她家還有些什麼人，都在哪處當差？」

喬管家躬身施禮道：「回太太，她男人鄧長路是在採買處的，管了僕役們四季衣服的採買，另外還有一子一女，女兒桂花在少爺屋裡領了個三等丫鬟的差，兒子年紀還小，還沒有差事呢。」

吳氏垂了下眼皮道：「喬管家最近你辛苦了，你下去把內院的事情和錢嬤嬤交接一下，就去好好休息吧，這裡有她們伺候著呢。」

喬管家道：「是，奴才告退。」

午膳完了，大家都要回自己院子裡去了，喬楠楓陪著吳氏回了留韻館。

立夏來到宜蘭園自己的屋子，是西邊最小的廂房，臨窗設著炕，炕上鋪著新的墨綠色絲絨的氈子，靠牆是一張架子床，彩雲正幫她鋪著床，牙白色繡著桃花的煙羅紗帳子，翠藍色嶄新的床被。立夏走到梳妝檯前坐下，鏡中是一張清秀中有著幾分稚氣的臉，梳著婦人圓髻，插著支蝴蝶穿花赤金簪子。立夏撫了撫自己的臉，一時想起如今自己雖說還是個通房，到底和以前是不一樣了，有了這方小小的屬於自己的地方了。一時又想如今宋姨娘的意氣風發，想著以後自己再小意些，要是有了自己的孩子，也是個歸宿，也能護著自己的弟弟，想到這兒臉都紅了。

彩雲早鋪好了床在旁邊道：「立夏姑娘，妳可是有哪裡不舒服？」

立夏一驚道：「沒有，妳去把我的小衣服洗了，我去姨娘屋子裡伺候著去。」說著起身往正房去。

宜蘭園三間正房，東次間做了臥房，西次間便做了起居室。宋姨娘穿著粉紅色斜襟繡花錦緞褂子，白底靛藍團花刻絲百褶裙，坐在炕上，手裡端著巧眉剛奉上的雲山茶，眼睛瞟了旁邊立著的巧眉一眼，笑盈盈的道：「如今我屋裡的大丫鬟雖說還是立夏，但是，她到底也是老爺的人了，屋裡的事情總有個顧不過來的時候，妳還是要多留意著些。」

巧眉立時笑著殷勤的道：「是，姨娘，巧眉定會勤謹的伺候姨娘的。」

宋姨娘點點頭，放下茶盞拉著巧眉的手道：「我原是個極隨和的人，妳只要是忠心耿耿的伺候著，將來定不會少了妳的好處的，妳看立夏便知道了不是？」邊說著瞜了巧眉一眼，見她垂了頭，臉頰微紅，心裡冷冷一笑，手裡使勁在巧眉胳膊上一擰，冷聲道：「但妳要是三心二意，吃裡扒外的，我也不是那好相與的主子。」

巧眉吃疼，抬頭看了眼宋姨娘，見她冷冷的瞪著自己，眼裡閃著寒光，心裡一慌，立時跪下磕了幾個頭道：「姨娘放心，奴婢如今既到了姨娘屋裡伺候，心裡自然是只有姨娘您，絕不會有二心的。」說著又磕了幾個頭。

宋姨娘這才拉起巧眉笑道：「到底是年齡小，今年只有十二歲吧，看嚇著妳了。我只是提醒妳，我們家是個規矩人家，太太管家是極嚴的，太太也是那極討厭三心二意的人，我是怕妳犯了錯，挨了太太的板子，我也心疼不是？」

巧眉忙應道：「奴婢多謝姨娘提點，奴婢一定忠心不二的。」

正說著話，軟簾一動，立夏走了進來，巧眉看著立夏穿的雖不是十分華麗，也是綾羅綢緞，不是自己這等丫鬟的粗布衣裳可比的，便十分的豔羨。

立夏上前給宋姨娘行了個蹲禮道：「奴婢給姨娘道喬遷之喜了。」

宋姨娘忙道：「快起來，妳現在也是老爺的人了，快別行這樣的大禮。」

立夏站起身道：「姨娘快別這樣說，我也不過是姨娘的奴才罷了，行什麼禮都是本分。」

宋姨娘滿意的笑著點點頭。

巧眉上前給立夏見了個福禮道：「見過立夏姑娘。」

立夏忙拉著道：「快別多禮，我們都是一個屋裡伺候姨娘的，我比妳年長幾歲，妳叫我聲立夏姊姊便是了。」

巧眉看了眼宋姨娘，見宋姨娘點了點頭，便笑著道：「這樣，我以後就喊立夏姊姊了啊。」

宋姨娘聽了，臉上也有幾分喜色，笑道：「咱們這一個屋子裡就是一家子人，正該這樣和和氣氣的，妳以後多和妳立夏姊姊學著點。」

立夏、巧眉都應了。

宋姨娘喝了茶，放下茶盞道：「巧眉，妳去把咱們屋子裡的人都叫到西次間去。」

巧眉應了下去。

立夏往茶盞裡又添了些水道：「姨娘，這雲山茶可是您最喜歡的。」

宋姨娘端起茶盞啜了一口，二人又閒話了會子，立夏方扶著宋姨娘去了西次間，見一屋子的奴才都在那兒等著了。

西次間也是臨窗設著炕，兩邊各放了兩把椅子，椅子上都是全新的墨綠色椅搭。立夏扶著宋姨娘在炕上坐下，自己便立在旁邊。

宋姨娘掃了下面的人一眼道：「以後大家都在一個屋子裡了，都得齊心的做好事。我這屋子老爺和少爺是常來的，你們要守著府裡的規矩，千萬不可錯了規矩。太太管家是極有規矩的，若是錯了，挨了罰，我雖心疼也是求不得情的，你們可記住了。」下面的奴僕都齊聲應了。

宋姨娘又看了眼立夏，立夏會意便道：「我們姨娘原是個極厚道的人，輕易也不會打罰下人的，只要你們忠心伺主，往後的好處也是少不了的。」

下人們又齊聲應了。

這裡正立著規矩呢！吳氏屋裡的大丫鬟湘荷走了進來，施禮道：「姨娘，太太說老爺安排明日祭祖，太太讓我來告訴姨娘，也好做些準備。」

宋姨娘笑道：「傳話不拘打發哪個小丫鬟跑一趟就是了，怎麼勞動湘荷姑娘親自來了呢？」

湘荷笑道：「這都是奴婢們的本分，說什麼勞動呢。我還要去回太太的話，這就告辭了。」說著施了一禮退了出去，巧眉和湘荷原在宋牙婆那裡就熟了的，便送了出去，宋姨娘看見暗暗點頭，這裡便散了。

第十章　搬家

喬楠楓早已經習慣了卯時起，睜開眼，還是一樣的煙灰色繡著翠綠色竹子的紗帳，淺綠色的細紗薄被，鬆鬆的搭在身邊的吳氏身上。鵝黃色斜襟繡花錦緞的睡衣，襯得她的臉越發的白皙透亮，也許是因為懷孕的緣故，平日的溫婉裡又添了幾分明媚。

看著身邊安詳睡著的人，自己每每在外面忙得累了，想著她在家裡給自己打理這個家，便覺得心安。

她本是大家閨秀，十幾歲便嫁到了自己這小商戶的門第，自己又因著仲青的緣故，平日裡多有偏向宋姨娘母子的時候，她便是受了委屈也只是微蹙著眉不作聲，但見了自己還是溫婉的笑著，輕聲細語的問安，想到這兒憐惜的撫了下吳氏的鬢髮。

吳氏自懷了孕睡眠極不安穩，喬楠楓這邊一動，她便醒了，睜眼看見喬楠楓溫柔的望著自己，也柔情的道：「夫君醒了，妾身這便伺候夫君起身。」

喬楠楓道：「妳如今身子也不方便，喊她們吧。」

吳氏點點頭道：「春分，紫竹。」

春分、紫竹等早在外間伺候著了，聽到吳氏喚人，便走了進來，行了禮便上來伺候。湘荷、妙筆捧了熱水巾帕跟在後面，利索的伺候著兩人梳洗了。

喬楠楓道：「妳這幾個丫鬟倒選得不錯，都是些懂規矩又利索的。」

吳氏笑道：「昨日我已經和她們說了府裡的規矩，錢嬤嬤和春分又細細的教了半天，今天看著倒是不錯。」

一時兩人梳洗好了，便到東次間的炕上坐了。

湘荷道：「老爺、太太，姑娘一大早就來了留韻館，和錢嬤嬤在西次間安排上午祭祖和中午家宴的事呢。」

喬楠楓道：「如今有錦兒幫著料理家事，妳也輕鬆不少，不然總是不放心的，哪裡能養好胎呢。」

吳氏嗔了喬楠楓一眼道：「錦兒如今料理家事有錢嬤嬤幫襯著，也越來越老練了，這樣等肚子裡的這個出來，我也能放心坐月子了。」

吳氏也不過去西次間，就在東次間和喬楠楓說著話。紫竹帶著小丫頭捧了個漆盤上來，紫竹一邊安放筷箸碗碟，一邊道：「錢嬤嬤說太太這兩天胃口不好，她今兒個把米細細的炒香了，又放了點胡椒煮的粥，看太太愛吃不。」

吳氏嚐了一口不錯，正吃著，喬錦書帶著紫蝶和錢嬤嬤一起走了進來，彎腰向喬楠楓和吳氏行了個福禮。

早有小丫頭搬了個杌子過來，喬錦書便挨著吳氏坐了。吳氏憐愛的笑道：「今兒個起這麼早，累不？」

喬錦書道：「我屋裡的事都有張嬤嬤和穀雨，倒沒什麼需要我操心的。我今兒個要不早點來料理了，以娘這事事必定要親力親為的毛病，還不又要累著。」

喬楠楓聽了點點頭道：「錦兒說的是，妳娘就是這愛操心的毛病。」

吳氏瞪了喬楠楓一眼說道：「你知道什麼，今日是咱們搬了家，第一次祭告爹娘，這事不能有一點差錯的，中午的家宴又是咱家新宅的第一頓團圓飯，都是不能有閃失的。」

喬楠楓聽了心裡一暖，笑道：「妳的心意我是明白的，錦兒妳且把祭祖的事說給妳娘聽聽，中午的菜單拿來我看看，這樣妳娘才得放心呢。」

喬錦書道：「是。」便把祭祖的安排細細的說了，又讓紫蝶把菜單給喬楠楓過目。

喬楠楓看完點點頭，才笑著道：「太太如今可放心了？」

吳氏聽了確實沒有差錯，這才道：「我也懶得操心，讓你們父女倆忙去，我吃我的粥。」一會兒便吃了一小碗，對錢嬤嬤道：「今天這粥好吃，再添一碗。」

錢嬤嬤高興得直唸佛道：「也不知道是不是苦暑，太太這幾天胃口不好，今兒個可好了，老奴也放心了。可這粥卻是不能給太太添了，馬上要早膳了，吃多了傷胃口的。」

吳氏聽了便笑道：「也好，明兒個再吃。」

錢嬤嬤高興得連聲道：「是是是，老奴明兒個一定早起給太太備著。」

喬楠楓聽了道：「嬤嬤，如今妳管著內院，事情也多了許多，這煮粥的事就派了小廚房的婆子備著去不好嗎？」

錢嬤嬤斂笑容道：「這吃食上的事，老奴還是親自動手才安心，且老奴高興著呢，哪裡就累著了？」

喬楠楓聽了便點點頭道：「只是辛苦嬤嬤了。」

錢嬤嬤道：「不辛苦，老奴伺候了這回還盼著下回呢！」說得一屋子人都笑了。

吳氏看了眼屋裡的座鐘道：「時辰到了，咱們去給老太太請安吧。」

慈暉園離著留韻館不遠，片刻的工夫便到了，慈暉園也是五間正房，院子裡種著棗樹、紫薇花，青石地磚，白石子甬道，三階臺階上去便是慈暉園正廳。老太太正和李嬤嬤說著話，新來的幾個丫鬟恭謹的伺候著，也有模有樣。

看見他們進來便笑著道：「你們今兒倒齊整，一起來了。」

喬楠楓也不回話，只上前行了禮，吳氏和喬錦書也行了福禮。

老太太對吳氏道：「都說讓妳別拘著這些禮了，又這麼早起，可不累著嘛。」

吳氏笑道：「謝老太太，只是今日必得來給您行禮的，日後就按您說的不起這麼早了。」

老太太點頭道：「這樣才是，我也好放心呢。」

正說著話，喬楠柏走了進來，老太太看見一迭連聲的道：「大寒快去扶了二爺坐了。」

喬楠柏溫和的笑道：「老太太，不打緊，我近來身體好了許多，今兒個竟是自己走來的呢。」說著向老太太問了安。

老太太聽了這話，眼裡閃著寒光看了身邊的大寒一眼，大寒見了身子不禁一顫，不自覺的往後縮了幾步。老太太轉而笑道：「看來這園子是買得極好的，楠柏搬進來才一天便好了這許多。」

喬楠柏也笑道：「是啊，我極喜歡院子裡香樟樹的香草味道，還有那幾株西府海棠也開得極好。」

喬錦書便道：「爹就是偏心，我也喜歡西府海棠，怎麼都種在二叔的院子裡了呢？」

吳氏道：「妳便是那貪多嚼不爛的，妳院子裡的花，妳爹可是花了心思的。冬天裡一股子梅花的香味，等到了春天妳那葡萄藤架子便開始掛綠，淡淡的草葉味道也是極好的，若是種上西府海棠，便是落了俗流了。」

喬錦書便拉了拉吳氏的衣袖道：「娘真是什麼都懂呢，我以後一定和娘好好學著。」

喬楠柏便笑著道：「找個日子，一家人在我院子聚了賞海棠花吧。」

喬楠楓道：「我昨日也和你說那西府海棠好看，你便沒說話，今日她一說，你就要設宴了，你便是一味的慣著她。」說得一屋子人都笑了。

宋姨娘和喬仲青也都穿了素色的衣服進來，看見人都到了，臉上便有些澀澀的，老太太見了道：「今日裡都來得早，你們倒來得正是時候。」

宋姨娘臉色才緩了緩。一家子人便去了老太太的東次間吃早膳，一時間早膳用畢，丫鬟們上了雲山茶。

不一會兒，就有小丫頭進來稟告道：「喬管家說祭祖的時辰快到了。」這裡眾人便起身往東邊的祠堂去。

繞過纖絮閣，也有一片竹林，穿過竹林便看見一扇黑漆油亮的大門，喬安領著小廝在那兒候著，看見眾人來了便上前施禮道：「奴才的爹已經在裡面打點了，現在時辰正好。」

喬楠楓點點頭，便領著眾人往裡走。

院子裡種了幾棵桂花樹，沿著圍牆邊又種了一排矮松，五級青石臺階連著祠堂。祠堂裡肅穆莊重，正面的几案上供奉著喬家列祖列宗的牌位，最下面的正是喬楠楓、喬楠柏的爹娘，喬老太爺和喬老太太。

先是喬楠柏、喬楠楓兄弟和喬仲青祭拜，然後才是女眷祭拜，老太太要在故去的喬老太太面前執妾禮上香。

喬楠楓兄弟和喬仲青接了僕人點好的香，恭恭敬敬行禮上香，禮畢便站到了邊上。

等著女眷祭拜，老太太一臉陰沈，愣怔著沒動，直到李嬤嬤點好香，遞到手裡才極不情願的行妾禮上香，喬楠楓看著老太太眼裡閃過一絲不豫。緊跟著吳氏、喬錦書、宋姨娘上前行禮上香。

慈暉園西次間的炕上，老太太盤腿坐著，手裡撚著佛珠，滿臉厲色。

李嬤嬤端了茶放在炕桌上，嘆了口氣道：「您這又是何苦呢？這麼多年也都過來了，再說她不過是個死了的人，和她置什麼氣呢？」

老太太道：「我是和她置氣嗎！以往小門小戶，也不過是過年、生死忌日祭拜一下，現在家裡有了祠堂，看老大那意思怕是逢著節日就要祭拜，讓我常常在那些小輩面前執妾禮，我哪還有什麼臉面呢？」

李嬤嬤聽了滿臉心疼道：「姑娘，這不也都是老祖宗的規矩嗎？咱們又有什麼法子呢，誰讓當年咱們家老爺走錯了一步呢。」

老太太聽到李嬤嬤喊她姑娘，又提到自己的爹，眼淚不由得簌簌落了下來，道：「當年咱們家也是三江的富戶，家裡開著幾間藥房，要不是爹嗜賭，落了別人的圈套，弄得家裡窮困潦倒，耽誤了我婚嫁的年齡，何至於就把我嫁作人家的填房呢。

「當日，我原也是想著喬家老爺忠厚，喬家也算個殷實人家，且家裡又沒有公婆，也算戶好人家，又能相幫兄長，解了家裡的燃眉之急，便急匆匆的嫁了過來。

「雖說我年紀大些，可到底還是個姑娘家，一嫁過來便要帶著襁褓中的孩子，家裡還有個中了秀才的長子，我不知道有幾多辛酸，可就這樣，我心裡還是惦記著好好過日子的，只盼著日後有了自己的一兒半女也就算有了依靠。誰知道他竟然是如此的絕情，從新婚之夜開始就找了百般的藉口推諉避著我，直到他死了也不肯親近我，心裡只有他死了的妻子，不然我何至於一生也沒有個一兒半女的。」說到這兒，老太太臉色灰敗，全身顫抖。

李嬤嬤也抽泣著遮了張絹帕過去道：「老太太，這些都過去了，如今日子也好過了，何況還有仲青少爺呢。」

老太太恨恨的道：「幸虧我花心思接了秋蓮過來，秋蓮也是個爭氣的，竟然攏絡住了喬楠楓。可惜秋蓮當日生仲青傷了身子，便再不能生育了，所幸仲青是個男孩，我操了多少心才盼著他長大，又想了那麼些辦法，才讓喬家只有仲青一個男丁。原想著等仲青當了家，我這日子也就順心了，心裡的氣也就沒有了，誰知道如今吳氏竟然懷了孕，老二的身體還一日日好了。哼，大寒這不中用的，妳幫我叫她進來。」

李嬤嬤應了。

大寒低眉順眼的站在炕桌前面，老太太只管閉了眼撚著佛珠也不說話。大寒想著自己偷偷做下的事，心裡一陣顫篤簌，但還是強忍的站著一聲不出。

老太太見大寒還是如往日般的低眉順眼，心裡又緩了些，冷冷的道：「是不是覺得可以攀上高枝，便不把我的話放在心上了？」

聽得老太太冰冷得如臘月冰稜般的聲音，大寒還是微不可察的吁了口氣，跪下連連磕頭道：「老太太，奴婢自小伺候著老太太，心裡再沒有過別的念頭，但凡老太太吩咐的事，奴婢沒有不是謹遵著照辦的。」

老太太看了眼大寒滿臉的急切，才又道：「我看近來二爺的身體與往日有些不同呢，是不是妳沒有幫著小寒好好的伺候啊？」

大寒又連連磕頭道：「我都是按照李嬤嬤的吩咐辦的。」說著又抬頭看了老太太一眼才又道：「近來姑娘每日裡都給二爺用著藥方的，莫不是……」

老太太哼了一聲道：「小丫頭片子管什麼用。」猶疑了片刻又道：「妳既有這想法，下次時間到了便加些量看看。」

大寒應了，垂在身側的手不由得緊了緊。

錢嬤嬤急匆匆的進了留韻館的大門，七月的天氣，連院子裡那兩棵高大白玉蘭樹上的蟬都懶懶的叫著，小丫頭荷葉正給鈴蘭和薔薇花澆水，看見錢嬤嬤進來忙上前行了個禮道：「大熱天的嬤嬤走得這麼急，要不您先在這廊下歇歇，奴婢去給您端盞涼茶吃了再忙去。」

錢嬤嬤笑著啐了口道：「就妳嘴巧，我還有事且沒時間吃茶呢，妳仔細著點，別讓貓狗驚了太太。」

荷葉趕緊巴結著應了。

錢嬤嬤便往屋裡走去，在旁邊灑掃的竹葉見了道：「荷葉，這上趕著巴結錢嬤嬤，也沒掙上個二等丫頭的分例呀。」

荷葉啐了竹葉一口道：「掃妳的地吧，難道吃了八哥尿了，這麼多話。」

竹葉聽了也不生氣，掩嘴一笑道：「這屋裡如今哪裡都是簇新的，妳就是再上趕著巴結也掙不上個二等的分，還是和我一樣老老實實的打雜吧。」說著便去給鳥兒餵食去了。

荷葉恨恨的瞪了竹葉的背影一眼。

這裡兩人的對話全落進了前面走著的錢嬤嬤耳朵裡，錢嬤嬤聽了笑著搖搖頭，進了東次間。

吳氏正坐在炕上和妙筆在對著帳，湘荷站在旁邊，手裡拿了把牙白緞面繡竹葉的團扇，輕輕給吳氏打著扇，見錢嬤嬤進來，忙行了個禮。

錢嬤嬤上前給吳氏行了個禮，吳氏見錢嬤嬤兩頰泛紅，額頭有些細微的汗珠，便道：「湘荷快給嬤嬤搬個杌子來，妙筆去把用井水湃（注）好的綠豆粥給嬤嬤端一碗來。」

妙筆應著去了。

錢嬤嬤道了謝，在杌子上坐了方道：「太太，這些帳儘管給姑娘看就是，又自己看它做什麼，這個時候傷了眼睛是極不好的。」

吳氏撫了撫腰道：「如今到底和以前在老屋的時候不一樣，家裡的規矩好些個都是新定的，俗話說萬事開頭難，錦兒雖聰明，到底見得少了，我自己看看才放心。」

錢嬤嬤點點頭道：「那也要仔細著自己的身體，我看這一個月太太的肚子越發的大了，倒像人家八、九個月的。」

妙筆端了個棗紅的漆盤進來，盤子裡放了碗綠豆粥，旁邊的小白瓷盤裡又放了擰好的帕子，錢嬤嬤接過帕子，見還是溫熱的，點點頭滿意的道：「妙筆倒是個細心的。」

吳氏道：「紫竹沈穩，湘荷利索，妙筆細心，她們幾個我用著都不錯。」

錢嬤嬤喝了粥便道：「今兒個運氣極好，不但穩婆找好了，連乳娘的事也落定了。」

吳氏聽了一臉高興的道：「嬤嬤說說怎回事。」

錢嬤嬤道：「我今天原本是要去東街的毛穩婆那兒看看去的，路過一家牙行看見外面站了不少的人，我便過去問了問，誰知道他們都是三江口的。雖說今年沒遭洪災，但收成卻不好，便只能出來找事做，其中有個是穩婆，在他們那裡十里八鄉也是有個好名聲的，我便留了她。誰知她說，她有個姪女嫁到了漁村，才生了個男孩，現在也和鄰里幾家的媳婦子一起出來找事做了。我便看了一下，可不正巧，正是上次在我們藥鋪的那個漁村的，一說起來，她們都感念咱們老爺的好來，聽說是咱們家要找乳娘都願意來。我便挑了兩個皮相好又乾淨利索，生了孩子都是有三、四個月的，由牙行作保先簽了約，付了訂金，讓她們先回家奶著自己的孩子，不可斷了奶，等我們這邊派人接時便過來。」

吳氏聽了滿意的頷首道：「嬤嬤看人總不會錯的，那些漁民都是良善之輩。」

錢嬤嬤又道：「那個王穩婆我便帶了回來，安置在下人房了，太太肚子一日日的大起來，有個經驗老道的放在家裡總是放心些，毛穩婆那裡也說定了，會提前一個月進府的。」

軟簾一動，春分和紫竹走了進來回道：「箱籠已經翻曬好了，剛才外院的小廝傳話說，韓太太來了。」

吳氏忙吩咐道：「韓太太是最不耐熱的，讓婆子抬了軟紗轎子去二門那兒候著，再去廚房端幾樣糕點，沏一壺菊花枸杞茶涼著。」

注：湃，冰鎮或用冷水浸。

紫竹、湘荷應著去了，這裡吳氏轉了下身，剛想下炕，春分忙蹲下去給吳氏穿上了棗紅色繡荷花錦緞面的軟鞋，再扶著吳氏的腰，伺候著吳氏轉過身坐在炕沿上。

不一會兒外間有人說話，吳氏知道是韓太太來了，便扶了春分出去迎著。

第十一章　出診

靳氏扶了魏嬤嬤的手下了轎子，見吳氏迎在門口要給自己行禮，便趕快上前扶住道：「大熱天的，妳身子又重，還顧著這些虛禮，這麼著我不是來看妳倒是來煩著妳了。」

吳氏笑道：「我在炕上坐很久了，起來走動走動。」說著二人攜了手去了西次間的起居室。

西次間裡湘荷正安置糕點、茶水，琉璃的透明茶壺裡是菊花枸杞茶，一色的青花手繪山水碟子，一碟芝麻紫薯糕、一碟菊花薄荷涼糕、一碟松針香煎小魚、一碟香酥乳鴿、一碟瓜果，湘荷又給二人用琉璃木芙蓉暗紋的杯子，給二人斟了茶水，這才躬身退下。

二人在炕上坐了，韓太太指著桌上的糕點道：「妳這裡色色精緻，我看了都喜歡。」

吳氏便笑道：「既如此妳都嚐嚐，若是喜歡，走時我讓人裝上幾匣子給妳帶走。」

韓太太便戲謔道：「妳知道我家人多，幾匣子怕是不夠分呢。」

吳氏見韓太太並不見外，心裡也是歡喜的，便笑道：「是，知道了。」回頭道：「紫竹去開了箱籠，把那個描著鳳尾花的檀木盒子裡的這幾樣糕點方子，讓妙筆抄了給魏嬤嬤。」

紫竹也笑著應了道：「是，奴婢這便去辦。」

韓太太倒也不客氣，笑呵呵的向吳氏道謝，指著吳氏跟前的菊花茶道：「妳如今還喝這個，不忌口嗎？」

吳氏道：「也不常喝，只是來了人陪著喝點罷了，錦兒說少喝點不妨事。」

韓太太便乘機把話轉到喬錦書身上道：「我來了這半日也沒見到錦兒呢。」

吳氏便道：「她是日日在我跟前囉嗦的，有她在我便是一點子事也不能做，這不剛支走了她去給我新調個醃製梅子的方子去了，我這才把帳對了。」

韓太太點頭道：「錦兒性子穩重，處事又大方，極是討人喜歡，也不知將來好事給了誰家去，可不讓公婆心疼死。」

吳氏淺笑著啜了口茶也不說話。

韓太太便接著道：「我聽說丁舉人家有人來拜訪了。」

吳氏見靳氏直接相問也不好再裝糊塗，便笑道：「是，他太太的姪媳婦，昨日來了，說了會子話，我也含糊著說了。妳知道的，我家的事還是要跟老爺商量的，我自己也不能作主。」

靳氏點點頭道：「正是這個理。我家的昊兒明年也滿十六了，眼看著也有人上門提親了。昊兒他雖性子溫和，卻是個極有主見的，我便想著給他挑個穩重大方，家教極佳的。妳是知道我們家的，雖說是博兒掌家，但他們是一母同胞，感情向來是極好的，我總說誰要是嫁了我家昊兒，都是個有福的。」

吳氏聽了頷首道：「姊姊說的極是。」

靳氏便拿眼看著吳氏笑道：「妳也覺得我家昊兒極好嗎？」

吳氏深知其意，忖道，韓家與自己家也算得上門當戶對，韓文昊又是嫡子，聽說到現在屋裡連通房也沒有，錦兒能嫁給這樣的人平穩安順一生也不錯，便笑道：「韓老爺和姊姊都是極大方重情之人，二少爺又溫文爾雅，將來誰做了您家的兒媳婦自然都是有福氣的。」

靳氏得了這句話便不勝歡喜，知道這事有些門兒了，但卻不能操之過急，便轉了話題說些別的閒話，一時又恐吳氏身子重，不耐久坐便告辭而去。

春分找了個藉口去了疏影閣，疏影閣也是五間正房帶廂房的院子，院子裡種了幾株梅花，樹枝修剪得參差錯落，東邊搭了一個葡萄架，旁邊又種了些玉簪花，葡萄架邊上設了一套竹子的桌椅，西邊是個假山，山上爬著各色青藤，院子裡清新雅致，讓人流連忘返。

小丫頭妙香看見春分進來便上前行禮道：「春分姊姊來了。」

春分道：「妳們穀雨姊姊呢？」

妙香道：「在樓上伺候姑娘了。」

春分道：「那我自己上去了，妳且忙著。」說著便從東面的紅漆樓梯上去了。

東次間的起居室，喬錦書正和穀雨、紫蝶說著話，春分上去行了個福禮。

喬錦書道：「春分姊姊，我娘有什麼吩咐嗎？」

春分笑道：「太太沒事，是我自己找穀雨有些事。」

喬錦書看著穀雨道：「妳去吧。」

穀雨行了禮便和春分退了出來，兩人到東邊抄手遊廊的椅凳上坐下。

春分猶疑了下便道：「這樣的事原不是我們奴婢該說的，只是我們終究是從小就在一起服侍太太、姑娘的，這情分原本不一般，姑娘又是個極有主見的，這樣的事先和她說了，也好讓她心裡有個底。」

穀雨是個急性子的，便笑著道：「平日裡想妳多說幾句都不能，今兒個怎麼這麼多話呢。」

春分橫了穀雨一眼，便在穀雨的耳邊細細的說了幾句。

穀雨紅著臉道：「當真？」

春分正色道：「妳何曾見我拿主子的事玩笑過。」

穀雨忙拉了春分的手道：「好姊姊，原是我說錯了話，妳別生氣，我該好好謝謝妳的。」

春分便笑著道：「妳呀別拿好話哄我，我先回去了。」

穀雨便送到了院子門口。

晚上正好輪到穀雨值夜，穀雨伺候著喬錦書換了睡衣躺下了，自己也爬進羅帳裡，喬錦書便笑道：「冬天裡讓妳陪我一起睡，妳便怎麼也不肯，今日熱得人腦瓜子暈，妳倒爬上來做什麼？」

穀雨便細細的把春分的話學了一遍。

喬錦書聽了微微蹙著眉，看著藕色的軟煙紗羅帳上繡的仕女圖，這是自己特意讓穀雨去繡坊訂做的，為的就是在午夜夢迴的時候提醒自己，自己已經到了另一個不同世界，只有謹言慎行才能活著。

輕輕的嘆了口氣後對穀雨道：「韓家二少爺我是見過的，那丁舉人家又是怎麼回事呢？」

穀雨道：「春分說，也是咱們慶陽縣的富戶，只是現在比不上咱們家了，但是他家是書香門第，家規極嚴。太太找人去打聽了丁家的大少爺……」說著便囁嚅著不知道該說些什麼。

喬錦書道：「咱們還有什麼是不能說的？」

穀雨便道：「太太打聽了，說丁大少爺雖是嫡長子，但是家裡已經抬了個姨娘，屋子裡還有通房，只是沒有庶子女罷了。太太好像不滿意，但是擔心老爺喜歡書香門第。」說著擔憂的看了喬錦書一眼。

喬錦書淡淡的笑著道：「我知道了，妳下去歇著吧。」

看著穀雨去了東次間的炕上歇息，想著穀雨方才的話，心裡像壓了塊石頭一樣悶悶的。

雖說這裡男子十幾歲，只要是像樣的家裡都會安排通房，但是鮮少有像丁家這樣成親前就抬姨娘的，這樣的家裡不是這個男子太過嬌慣，便是這個姨娘很得寵。眼前又浮現了韓文昊斯文清秀的模樣，韓家夫婦都是極通情達理的，又是次子不必管理家業，倒樂得逍遙。只是喬楠楓怕是對書香門第和嫡長子會不會更中意呢？喬錦書覺得自己就像蒲公英一般不知道會落到何處，有了一種對自己命運深深的無力感。

轂雨端著一盤葡萄走進來道：「姑娘這是咱們院子裡的葡萄，昨日紫竹讓小丫頭們摘了用井水湃著的，您嚐嚐。」

喬錦書拈了一個吃了道：「我吃著有些酸，娘一定是極愛吃的，用食盒裝了，找個小丫頭給娘送去。」

轂雨應了正準備出去，紫蝶和湘荷走了進來，看見湘荷的腳步有些急促，喬錦書道：「湘荷，可是娘有什麼事嗎？」

湘荷行了個禮道：「不是太太，是老爺讓姑娘換身出門的衣裳，帶上出診要用的一應物事去太太的院子裡。」

紫蝶和轂雨伺候著喬錦書換了衣服，帶好銀針便往吳氏的留韻館來。喬楠楓和吳氏正在東次間說話，喬錦書行了禮道：「爹有何吩咐？」

「方才顧縣令家的管家拿了顧大少爺的名帖來說，他們家夫人最近身體不好，想請妳過府去看看。」喬楠楓有些猶豫的道。

喬錦書腦中閃過那張如雕刻般冷漠的臉和犀利的眼神，心中也是一怔，道：「既這樣，我這便去看看。」

喬楠楓道：「車子我已經讓喬管家備好，在西側門等妳。」

吳氏有些擔心的道：「錦兒妳帶了穀雨去，自己當心著些。」

喬錦書看著喬楠楓和吳氏都是一臉擔憂的望著自己，便笑道：「顧大少爺和我師傅極好，顧夫人想來也是在內院，爹娘無須擔心，我去去便回。」

喬楠楓微微頷首。

上了張叔的寶藍小油車往縣衙的方向行去，一路上穀雨都在嘰嘰喳喳的，喬錦書一早就習慣了穀雨一出門就興奮的樣子，也不搭理她，自己在一邊發呆。又過了片刻穀雨掀了車簾道：「姑娘，這就是縣衙吧。」

喬錦書聽了側頭一看，果然是縣衙，兩扇陳舊的紅漆大門，門前各蹲著一個表情猙獰的石獅子，大門兩邊站了四個穿灰色短衣的衙役。

喬錦書見張叔趕著車進了縣衙不遠的一條側巷，便道：「張叔怎知道顧家在哪裡呀？」

張叔憨厚的笑著回道：「姑娘，我們慶陽縣趕車的要是連顧家在哪兒也不知道，那還算什麼趕車的呀！」

喬錦書便笑道：「若是大家都知道顧家在哪兒，便都去那兒看熱鬧怎麼辦？」

張叔笑道：「姑娘，誰敢去呀？這官家的人可不是好惹的。」

門口早有一個穿著鴉青色錦袍的男子等在那兒了，見到車過來便拱手道：「可是喬姑娘的車子？」

張叔道：「正是我家姑娘。」

那男子便對張叔道：「你駕車跟我來，直接從西側門進去，二門自有人接著的。」

馬車停了，就聽外面又有人道：「是喬姑娘的車嗎？」

張叔應了。

關嬤嬤便看見寶藍色平頂油車上下來一個穿著棗紅色比甲的丫鬟，十五、六歲的年紀，一雙靈活的大眼，她伸手打起車簾，服侍著一個戴了頂白色帷帽，身形嬌弱的女孩下來，想來那便是喬家姑娘了，便迎上前施禮道：「老奴見過喬姑娘。」

喬錦書透過帷帽看見一個年約四十的婦人，滿頭青絲一絲不苟的梳成個圓髻，插了一支碧玉福字紋的金簪，想來應是管事嬤嬤了。

喬錦書帶著穀雨上前，微微欠身。

那婦人側身避開道：「不敢當喬姑娘大禮，我是我們家夫人身邊的管事嬤嬤，老奴夫家姓關，喬姑娘叫我關嬤嬤便可。」

喬錦書便笑著道：「如此有勞關嬤嬤引路。」

關嬤嬤便引著喬錦書邊進垂花門邊道：「我們夫人知道喬姑娘今日要來，早讓我備了軟轎在這兒等了。」

喬錦書不緊不慢的跟在關嬤嬤後面，進了垂花門，在影壁後面停了一頂墨綠色細紗軟轎。

「喬姑娘請上轎吧。」關嬤嬤望著喬錦書微笑著道。

喬錦書微微笑著點點頭上了軟轎，兩個婆子便抬了起來。

看著外面精巧的亭臺樓閣，繁盛的樹木花草，滿湖的荷花迎著風微微擺動，送來陣陣清香，忖道——想來書中的榮寧兩府也不過如此吧。

來來往往的都是穿著各色深色比甲的丫鬟、媳婦子、婆子，匆匆而行，看見軟轎都側身讓路，停在路邊，微微彎腰，等轎子過去。

不知過了多長時間，轎子停了，關嬤嬤溫和的道：「喬姑娘，到了。」

抬轎的婆子放好腳凳，穀雨打起簾子服侍喬錦書下了轎。

這是一個三進的院子，出了穿堂是五間帶廂房的正房，正房門口立了兩個穿墨綠色比甲的丫鬟。關嬤嬤領著她們進了東次間，門口也站了個穿墨綠色比甲的丫鬟，殷勤的打起簾子。

一進門來，喬錦書飛快的掃了一眼，臨窗設著大炕，炕上鋪著大紅描金的　子，黑漆描金的炕桌，對面是一張黑漆描金的羅漢椅。一個年過四旬的夫人，神色安詳的靠在棕黃色繡著荷花的大迎枕上，臉色蒼白略帶些蠟黃，五官端莊清雅，一雙眼睛漆黑有神，此刻正溫和的望著自己。

喬錦書行了個蹲禮道：「小女子喬錦書見過顧夫人。」

顧夫人笑著道：「細語，快扶了喬姑娘起來。淡月搬個杌子過來給喬姑娘坐。」

顧夫人身邊一個身形高眺的丫鬟趕忙扶起了喬錦書，另外一個穿著胭脂紅裙褂的丫鬟搬了個杌子放在羅漢椅側面，喬錦書道謝側身坐了。

細語又給顧夫人背後靠了個迎枕，顧夫人便執了喬錦書的手道：「我與妳師傅也算故交了，聽妳師傅說妳叫錦兒，我也叫妳錦兒可好？」

喬錦書淺笑著道：「甚好。」

顧夫人指了指喬錦書頭上的帷帽道：「我這裡是內院，沒有外人，妳這個可以摘了。」喬錦書笑著點點頭，穀雨服侍著喬錦書摘了帷帽。

十三、四歲的年紀，藍色繡粉白相間的纏枝牡丹花錦緞斜襟褂子，石青色的月華裙，膚色白皙，雙眉如月，一雙杏眼，水波瀲灩，粉色的唇瓣如三月的桃花，靜靜的坐著似空谷幽蘭。

顧夫人微微頷首讚許道：「若論漂亮的我們家便不少，絕色的我也見過許多，終不及妳這丫頭，真算得上傾國傾城了。」

喬錦書緋紅著臉道：「顧夫人太過獎了，錦兒不敢當。」細細看了看顧夫人的氣色道：「夫人今日可好些，吃了些什麼？」

那穿著碧色裙褂的丫鬟脆聲道：「今日早起，夫人倦怠懶動，不思飲食，便只吃小半碗上貢的銀香軟米粥，半個珍珠銀絲卷，喝了半碗血燕湯，一小杯參茶。」

喬錦書聽了垂了眼睛，執起喬夫人的左手，那白皙削瘦的腕上戴著一只玻璃種的翡翠貴妃鐲。

「夫人這玻璃種的鐲子，白日裡都見瑩輝流動，晶瑩剔透，端的是罕有。」喬錦書淡淡的笑著道。

顧夫人聽了端詳了她一眼，青蔥般的手指搭在自己的腕上，雙目微垂，嘴角輕輕抿著，彷彿周遭的事物都不在眼中，只有腕上微微觸動的手指。過了片刻抬起那雙清澈的眼睛憐惜又心疼的看著自己，顧夫人心裡一動，那是雙醫者的眼睛，沒有畏懼，沒有阿諛，自己也不過是她無數患者中的一個。

顧夫人看著她，笑容越見溫和，微微頷首。

喬錦書無聲的嘆了口氣，溫婉的道：「夫人，錦兒有話要說。」

喬錦書正和顧夫人說話，門外步履急促，一個敦厚的聲音道：「夫人，老奴回來了。」

喬錦書聞聲回眸，一個年逾五十身形微胖的婦人，並未著人通傳便急匆匆的走了進來，給顧夫人深施一禮，旁邊細語早搬了杌子，放在羅漢椅的另一側，那婦人欠身坐了。

顧夫人看見來人便吩咐道：「妳們下去吧，這裡有萬嬤嬤伺候就行了。」

細語等應了，躬身退下。

穀雨看了喬錦書一眼，喬錦書微微頷首，穀雨這才隨著眾人退了下去，萬嬤嬤見了，看著顧夫人微微一笑。

喬錦書看著顧夫人和萬嬤嬤柔聲道：「夫人身體是因曾經中毒所致，雖說治了，但身體裡的毒素未能徹底清除，如今身體總有不適，便是由那些引起的。加上曾經月分過大的小產也傷了本體，如此這般累計便有些傷了壽數，如果不排除毒素，那壽數也就有限了。」

話音才落，萬嬤嬤那一臉敦厚的笑容便收斂了，滿臉凝重冷冷的看著她。

顧夫人便也斂了笑容，溫和安靜的看著她。

喬錦書並不慌張，她前世見過太多病患和家屬們的表情，這些原本不算什麼，如今自己說的這些，想來她們心裡也是知道的。

便越發柔聲安慰道：「錦兒是醫者，凡是都要依脈象據實以告，若到了那萬不得已的地步也只是騙患者，而不騙其家人。如今夫人之疾，錦兒尚可盡力，等用藥調養一陣子，我再給夫人排毒，日後夫人仍可兒孫繞膝。」

聽了這話，顧夫人溫和的眸中閃過驚喜，萬嬤嬤更是抓了錦兒的手道：「喬姑娘此話當真?!」

喬錦書溫和的點點頭。

顧夫人含笑道：「往日妳師傅總和我說，妳是百年難得一見的學醫天才，我總不信，想著不過是妳師傅太過護短罷了，如今看來果然不錯。我這身體尋訪了無數名醫都沒有能治癒的，如今能遇到妳也是我的福氣。」又拍拍喬錦書的手道：「我這身體便交給錦兒了。」

喬錦書含笑頷首，眼光微動，透過羅漢椅後的紫檀木荷花屏風看到窗外的樹枝無風搖曳，便不動聲色的道：「今日的風真大。」

萬嬤嬤聽了一愣，今日天氣炎熱不見一絲風，便順著喬錦書的眼光看去，看見窗外還微微晃動的枝椏，便起了身道：「喬姑娘說的是，今日風大，老奴要去看看，府裡有沒有什麼沒收好的東西。」

顧夫人並不見奇怪之色，只是看著萬嬤嬤點點頭。

萬嬤嬤喚了細語等進來伺候，自己便退了出去。淡月將青州湖筆、徽州端硯、簪花箋紙一一放在炕桌上，喬錦書見了便移步側身坐了，提筆寫著藥方，穀雨在一邊磨墨。

門簾一動，一個小丫頭低聲喊道：「二少爺、二少爺，夫人說了要通傳才可進。」隨著聲音衝進來一個男子，喬錦書抬眼一看，二十歲左右，面容俊秀，一雙桃花眼，身形瘦高，穿一件牙白色流雲百福圖案的長衫，腰間扣著刻絲腰帶，鑲了顆碧玉配飾，儒雅清俊，風流倜儻。

顧瀚鴻一進門便看到臨窗的炕上坐著一女子，青蔥般的玉手握著一枝小楷湖筆，眉目如畫，清淡素雅，看到自己進來並不驚慌，只是抬眼一覷，又低眉斂目，如一幅水墨山水圖，令人神往。顧瀚鴻看得眼都直了，穀雨見了心裡不忿，上前擋住了顧瀚鴻的視線。

顧夫人也蹙了眉道：「瀚鴻如此慌張，所為何事？」

顧瀚鴻這才斂了心神道：「兒子一回府便聽說母親身體欠安，特來探望。」

顧夫人點點頭道：「我如今已經好了，你且先下去吧。」

顧瀚鴻遲疑的朝大炕邊看了一眼，作揖道：「顧瀚鴻冒昧了，請姑娘見諒。」

見那丫鬟身後並不見動靜，只以清潤的聲音淡淡的回了句：「顧少爺不必多禮。」

顧瀚鴻見她並不現身還禮，只得怏怏的出去了。

拿著方子，喬錦書走到羅漢椅側道：「夫人這藥方您先早晚一次，服用三個月，若有不適，隨時讓人知會我便好。」

顧夫人接過藥方，是一手清秀的簪花小楷，風格秀雅，靈動瀟灑，點點頭道：「錦兒這手簪花小楷甚是不錯。」

喬錦書道：「夫人過獎了。」猶疑了片刻又道：「這藥方錦兒再沒留底的，夫人最好收著。」

顧夫人點點頭道：「淡月，妳抄一份讓顧長青去抓藥，這個便放到檀木盒子裡。」又拉了喬錦書的手道：「方才的事，是小兒失禮，讓錦兒受驚了。」

喬錦書落落大方的笑道：「錦兒並未放在心上，夫人不必掛懷。」

顧夫人頷首道：「錦兒端方大氣，實不像商戶人家的女子。」

這個時代商人的地位原本不算太高，這話其實是顧夫人讚許喬錦書，若在別的女子身上得了縣令夫人這樣的讚許怕不欣喜不已。只是喬錦書聽了怎麼都覺得顧夫人有些看不起商戶人家，便躬身一禮道：「王侯將相，寧有種乎？」

「說的好，王侯將相，寧有種乎！」門外走進一男子，四十開外，濃眉鳳目，器宇軒昂，不怒而威，令人生畏。

第十二章　危機

旁邊的丫鬟都已蹲下行禮，顧夫人道：「老爺來了。」說著便要起身。

那人上前扶住道：「妳身體不適，這些虛禮便免了吧。」

喬錦書知道這便是慶陽的父母官顧謙默了，遂蹲身行禮道：「小女子見過顧大人。」

顧謙默虛扶一把道：「免禮，妳師傅和我們家交往多年，來了府裡不必客氣。」

喬錦書頷首笑著應了。

「小小女子，於尊而不媚，於強而不屈，大師這徒弟不錯。」顧謙默讚許的對顧夫人道。

顧夫人溫婉笑著道：「剛才錦兒還說，我這身子調養幾年，還可陪老爺看日出日落，含飴弄孫呢。」

顧謙默聽了，激動的抓著顧夫人的手，連聲道：「好、好、好，本……本官一直陪著妳。」

顧謙默高興的對著淡月道：「給喬姑娘一百兩銀子的診金。」

顧夫人掩嘴笑道：「你呀，就知道銀子，如今喬家老爺賺的可比你這個小縣官的俸祿多多了。」

「細語妳去讓彩萍開了箱籠，把那疋粉色祥雲暗紋的宮緞和緗色紫燕穿雲花紋的宮緞拿來送給喬姑娘，再拿兩個荷包賞給喬姑娘的丫鬟。」顧夫人吩咐道。

細語應著去了。

顧夫人又笑道：「這兩疋宮緞錦兒留著做衣服，你們大人的診金銀子妳就留著打賞下人吧。」說著自己也笑了起來，顧謙默也不以為意的哈哈大笑。

喬錦書道了謝告辭。

寶藍色的油車緩緩駛過顧家的長房，三扇獸頭大門，兩隻石頭獅子，想起書裡寫的榮國府石獅子的話，忍笑不住，忖道——這顧府也不是善與之地，以後自己還是疏遠些的好，雲淡風輕才是自己想過的日子。

竹葉看見喬錦書，忙打起棕黃色榴開百子的軟簾道：「姑娘回來了，太太正念叨著呢。」

吳氏正靠著大迎枕與錢嬤嬤說話呢，這些日子人也顯得越發的溫潤，看見喬錦書進來欣喜的道：「錦兒回來了。」

喬錦書行了禮，在炕沿坐下道：「娘，今日可好？」

錢嬤嬤道：「今日雖說沒風，但也沒有前幾日悶得慌了，太太倒比前幾日精神好了許多，胃口也好些了。只是老奴看著太太這肚子比平常七個月的大上許多，心裡總有些不踏實呢。」

喬錦書看了看吳氏的肚子，平日裡沒怎麼覺得，今日裡聽錢嬤嬤一說也深以為然，便道：「娘，我給您把把脈。」

搭了吳氏的手腕，喬錦書的臉色不知不覺間添了幾分凝重，放下手摸了摸吳氏的肚子道：「娘，您這腹中怕是雙生子呢。」

吳氏聽了滿臉喜色道：「如此甚好，甚好。」

喬錦書輕輕搖頭道：「娘，雙生子生產時要為難許多。」

錢嬤嬤也在一旁驚喜又慌亂的道：「正是這樣，太太您的年紀不比生姑娘的時候了，就是一個也有許多風險，更何況是雙生子。」

吳氏微笑的看著二人道：「妳們說的我都知道，只是我這身體，日後能不能有孕尚不可知，既是雙生子，給錦兒添個弟弟便多了幾分把握，我的錦兒日後才不致艱難啊。」

喬錦書紅了眼眶，執了吳氏的手道：「娘，這事且先不要說，也免得勞師動眾的。只是嬤嬤日後更要多仔細些娘的飲食起居，春分每日裡早晚都陪著我娘在院子裡多走動，生產的時候會順暢很多。」

春分鄭重的應了。「姑娘放心，我每日裡一定服侍著太太多走路。」

只這一應，日後留韻館便多了許多笑話。

這日晚膳畢，錢嬤嬤正和吳氏說著給下人們添置秋裳的事，春分候著她們說完了便道：「太太，院子裡的薔薇花開得正好，奴婢陪您去看看花吧。」

吳氏肚子越發的大了，連自己的腳都看不到，著實懶怠得動，聽了春分的話，略微有些為難的道：「今日晨起看過了，便不看了吧。」

春分滿臉殷切的笑著道：「姑娘說了，要日日早晚走動的。」

邊上的錢嬤嬤和紫竹都低了頭咬唇忍著笑，湘荷忍不住便走了出去。

妙筆正在外面收拾東西，看見湘荷笑著走出來，便笑著道：「春分姊姊又在拉太太走路嗎？」

湘荷笑著連連點頭。

妙筆聽了也笑起來，正笑著，喬楠楓走進來道：「妳們不在屋裡伺候，在外面笑什麼？」

湘荷笑道：「老爺，太太在屋裡和春分姊姊說話呢。」

喬楠楓聽了，想起這些日子春分的舉動，也忍不住嘴角上翹走了進去。看見吳氏正滿臉無奈的笑睨著春分，便道：「春分，今日我幫妳請太太去走路。」

吳氏見喬楠楓進來，便微微欠身嗔道：「老爺也跟著起鬨，春分這蹄子得了錦兒的話，日日煩我，我真恨不得打發了她才好。」

喬楠楓笑道：「我聽說錦兒院子裡的葡萄長得正好呢，咱們去摘些來。」

春分聽了，便去扶了吳氏起身，吳氏起身笑道：「也好，順便把春分丫頭打發到錦兒那裡去，也省得她每日裡囉嗦，著實的煩人。」

春分也不怕，只噘了嘴道：「太太要打發，也等生了小少爺再打發。」說得一屋子人都笑了。

一行人說說笑笑往喬錦書的疏影閣走去，走到離疏影閣最近的臨風亭時，傳來一陣清遠悠長，憂傷纏綿的簫聲。

吳氏停住了腳步道：「這簫聲悲涼憂傷，也不知錦兒怎麼了。老爺，我們去臨風亭坐了，找人問問再說吧。」

喬楠楓猶疑了下道：「也好。」

丫頭們墊好墊子伺候二人落坐，吳氏道：「春分，妳去悄悄的找了穀雨來，不要驚動了姑娘。」春分應著去了。

不一刻穀雨跟著春分來了，見了喬楠楓和吳氏上前行禮。

吳氏揮手讓眾人退下，只留下春分，才對穀雨道：「妳家姑娘怎麼了？」

穀雨瞄了眼吳氏的肚子道：「太太，我家姑娘沒事。」

吳氏蹙了眉道：「那我問妳，妳聽了妳家姑娘吹簫如何？」

穀雨囁嚅著道：「奴婢聽了心裡悶悶的難受。」

吳氏生氣的喝道：「既如此，妳怎說妳家姑娘沒事。」

喬楠楓嘆了口氣對吳氏道：「妳別生氣，錦兒不讓她們說的。」

吳氏轉臉，看著喬楠楓道：「你們瞞著我何事？」

喬楠楓執了吳氏的手道：「是二弟前幾日病發了，來勢洶洶，袁大夫和錦兒一起才救了回來，後來錦兒請了一品大師來，三人會診也無措，最後一品大師還說，若還找不出病因，二弟也就一年半載的光陰了。」

吳氏聽了，愣怔了會兒，眼淚簌簌落下。

喬楠楓慌忙道：「煙兒，妳此刻不宜落淚，錦兒與她二叔感情非同一般，每日裡心疼難忍，還要在妳面前承歡，妳便是看在咱們女兒分上也要保重自己呀。」

吳氏聽了便抽泣著擦了淚道：「是，夫君，我不哭，我不能再讓錦兒為難了。」

喬楠楓也感傷的道：「錦兒十一、二歲時便想護著妳，護著這個家，一心的學醫要救她二叔，我都看在眼裡，往日妳們母女受的委屈我也都知道。只是煙兒呀，妳我百年之後總要有人後繼香火，我喬家子嗣一直都是極艱難的，若是二弟身體好，我也不致如此，如今我只盼著妳平平安安的誕下個嫡子，妳和錦兒日後也不再受委屈了。」

吳氏心酸的嘆了口氣道：「唉，夫君，煙兒哪有個不明白的。」接著正色道：「春分，明日起妳要日日早晚拉了我走路，我若懶怠時妳便說是姑娘說的。」

春分那裡穀雨已經告訴了她，此刻聽到吳氏吩咐便哽咽著道：「是，太太，春分會記著的。」

一夜春風，千樹萬樹梨花開，喬錦書看著窗外白茫茫的一片，只有院子裡的梅花，傲然綻放，清清淡淡的清香，如一幅流動的畫，在冬日的美景裡，一覽無遺的如水般流淌著。想著二叔的病，喬錦書的心比窗外的冰雪還冷。

轂雨興沖沖的跑上二樓道：「姑娘、姑娘，二爺能坐起來了。」

喬錦書聽了，如玉的小臉上綻放出春日暖陽的笑容，道：「真的呀，那便好，快拿我的披風，我要去看二叔。」

紫蝶上前攔了道：「姑娘要去看二爺，也要換件厚點的小襖才是，妳身上這件夾襖便是穿了披風也擋不住冷風，若一時著了涼，豈不是不好嗎？」

喬錦書聽了便笑道：「是我心急了，紫蝶妳去取了我新做的粉色祥雲暗紋的宮緞小襖和月華裙來，我要穿了去看二叔。」

「那不是姑娘留著過年穿的嗎？」轂雨道。

「二叔好些了，豈不比過年快活很多？今日就穿，再配上那支紅珊瑚的步搖。」

穿好了正準備下樓，樓梯上又傳來急促的腳步聲，轂雨道：「這再沒別人，定是湘荷。」

紫蝶掩嘴笑道：「自然是，如今妳在這兒，再沒別人的。」

轂雨聽了，不依的要去打紫蝶。

喬錦書笑道：「妳們兩人再沒有一日不鬧的，倒是安靜一刻呀。」正說著紫竹走了進來，三人皆愣住了，忽而又一齊笑了起來。

紫竹被笑得有些呆怔，摸摸自己臉道：「我的臉髒了嗎，妳們笑什麼？」

紫蝶忍著笑把她們剛才說的學給紫竹聽了，誰知紫竹聽了只勉強笑了笑，給喬錦書行了禮道：「姑娘，奴婢有話回稟。」

喬錦書便讓紫蝶給自己解了披風，到東次間炕上坐了，讓穀雨給紫竹搬了個杌子，紫竹道謝側身坐了道：「姑娘，奴婢看太太這兩日有些不對，昨日裡罰了荷葉，今日又罰竹葉在院子裡罰站。」

喬錦書琢磨了一下道：「總是小丫頭們做事不經心惹著太太了吧，太太生產在即，難免心煩。」

紫竹搖搖頭道：「還是不對，即便是小丫頭們不好，依太太的脾性也不會大冷天讓她們在院子裡罰站的。我昨日晚上值夜便有些感覺了，太太整夜睡得不安穩，一直說口渴，等斟了水過去，一時說熱，一時又說涼，連連責罵我，心浮氣躁的樣子。我心裡總覺得不妥，想著是不是肚子太大睡不安穩的緣故，好不容易到天色微明才睡了會兒。可是今日早上，錢嬤嬤去伺候，太太連錢嬤嬤都斥責了。還是錢嬤嬤說太太不對，讓我快來請姑娘的。」

喬錦書聽了面色凝重起來，自己的娘是絕無可能斥責錢嬤嬤的，便道：「快往留韻館去。」

紫竹道：「我方才已經帶了軟轎過來，如今姑娘下樓就可走了。」

喬錦書一進門，果然看見竹葉站在玉蘭樹下瑟瑟發抖，她看了紫竹一眼。

紫竹點點頭走過去，拉著竹葉的手哈了幾口氣，便把她拉走，竹葉眼裡含著淚，遠遠的看著喬錦書施了個蹲禮，才跟紫竹進了屋。

喬錦書見了心裡暗自點頭，這丫頭是個堪用的。

吳氏雙眉微蹙，臉色有些發暗，正坐著發呆，錢嬤嬤和春分站在旁邊擔心的看著。

看見喬錦書進來，吳氏道：「錦兒來了正好，這兩日我心裡煩悶得緊，丫頭們也惹人心煩。」

喬錦書笑著道：「是，這兩日天氣越發的冷，小丫頭們有些偷懶也是常事，娘別生氣，我教訓她們便是。眼看這產期要到了，正是要格外仔細些，我給娘把把脈吧。」

吳氏聽了便伸出手來，喬錦書輕輕搭脈，心一點點往下沈，思慮了片刻，想著這事瞞著只怕不妥，且娘也是個清明的，還是說出來的好。

便正色道：「娘，您這兩日有些不對，若是往日這大冷的天，您怎會罰竹葉站在院子外面？」

吳氏聽了面露不耐，疑惑的看了看喬錦書，見她正溫和的看著自己，又轉頭看看錢嬤嬤，錢嬤嬤和春分正滿臉擔心的站在邊上，想著自己這兩日總是打罵丫頭，今早連錢嬤嬤也斥責上了，有幾分明白，焦急的道：「錦兒，肚子裡的孩子沒事吧？」

喬錦書安撫的搖搖頭。「娘，胎兒沒事，只是您的身體有些異樣，錦兒擔心產期會提前，您要冷靜些，聽錦兒的，只要錦兒在，不會有事的，您儘管安心。」

吳氏此時雖然也有些亂了方寸，但心裡已有了幾分清明，便道：「錦兒，娘有些知道了，如今心裡亂得很，怕孩子有事，一時沒了主意，都聽妳的吧。」

喬錦書頷首應了道：「錢嬤嬤，毛穩婆進府了嗎？」

錢嬤嬤搖頭道：「說好的是後日進府，還沒呢。」

喬錦書道：「妳即刻派了人去請，只說今日進府，工錢翻倍，另外讓王穩婆馬上來留韻館。」

錢嬤嬤應著去了。

「春分，妳把我前幾日拿來的安神香點上。」

「湘荷，妳即刻去前院回稟老爺，請了袁大夫進來。」

「紫竹，帶著人即刻去把產房備好，燒水，消毒，按我教妳們的準備妥當。」

不一會兒，喬楠楓帶了袁楚進來了，喬錦書上前行禮。

喬楠楓著急的道：「錦兒，現在是怎麼回事？」

喬錦書道：「爹，此刻不是細說的時候，讓我師叔給我娘把脈吧。」

袁楚也不多話，直接給吳氏把脈，不過片刻便道：「錦兒，妳家怎麼會有苗族的滇魂香？」

喬楠楓詫異的道：「我家絕無此物。」

喬錦書道：「師叔，什麼是滇魂香，誤服會怎樣？」

袁楚道：「滇魂香是苗族的秘藥，無色無味，並沒有毒，對人身體也無大礙，常人服了只會亢奮，無法安眠。無須解藥，只要停服，藥性自會消失。然而孕婦服了，由於過度興奮，會導致小產或早產。」

幾人正商量著，吳氏覺得自己的身體有些不對，好像有什麼東西順著大腿流了下來，便道：「錦兒，有些不好，我可能發作了。」

袁楚忙伸手搭脈，點點頭道：「是發作了，錦兒可準備好了？」

喬錦書點頭道：「都已經準備好了，錢嬤嬤快把我娘扶到產房去。」

吳氏和穩婆都進了產房，喬楠楓皺著眉走來走去，見產房裡進進出出的人，卻沒有聲音，不由急道：「怎麼沒有聲音，太太還好嗎？」

袁楚閒閒的道：「如果現在就喊，等下她哪裡還有力氣生產，我看你還是不要在我跟前晃，晃得人眼花。」

喬楠楓也不以為意，走到旁邊坐了下來，卻是一副坐立不安的樣子。

袁楚見了道：「瞧你現在著急的，你怎麼往日裡不把嚴了門戶，讓你妻兒遭人暗算，哼！」

喬楠楓聽了一凜，道：「穀雨，去外院找喬管家來。」

喬管家匆匆走了進來躬身作揖，喬楠楓肅然道：「你帶人守了曦園的門戶，無事不許任何人出入，凡有事必得拿我的手書才可，之前今日出入之人，你派人核實緣由、時辰。」

喬管家躬身領命去了。

錢嬤嬤帶著毛穩婆倉皇的過來道：「老爺，有些不好，太太羊水破了，宮口卻不開，只怕險了，還是催產吧。」

羊水若是流完了，宮口還不開，大人、小孩都不保，喬錦書聽了手腳發軟，顫抖著提起筆道：「沒事，我這便開催產的方子。」

袁楚看著平日不論何事都淡然處之的小姑娘，一臉的張皇失措便道：「丫頭，妳說我寫吧。」

喬錦書接過方子看了，遞給縠雨道：「去抓藥，這藥不能離了妳的眼。」

縠雨含淚應了下去。

慈暉園側門邊上，一個小丫頭在李嬤嬤身邊嘀咕了幾句，李嬤嬤笑著點點頭，遞了個荷包給那個小丫頭，那丫頭高興的接了，從側門走了。

李嬤嬤進了西次間，和老太太說了幾句話。

老太太那蠟黃的臉上頓時浮出幾絲得意的笑容，悠悠的道：「這命裡有沒有子嗣都是注定的，強求何益？便是求來了，老天爺不見得就許妳生下來的。哎，年輕人總是不懂這個理。」

李嬤嬤也是興奮的笑著道：「是啊，老太太說的極是。」

老太太滿意的笑著道：「咱們也去留韻館看看吧，免得說我這個老太婆不關心她們。」

「老爺，錢嬤嬤讓我來回稟一聲，說太太宮口開了！」紫竹興沖沖的進來道。

屋裡的人聽了都歡喜起來，喬錦書眼裡還含著淚，便已笑彎了眼。

袁楚心裡暗嘆一口氣忖道，但願這關就這樣過了，但願自己使人去請師兄是多餘的。

老太太扶了李嬤嬤，宋姨娘跟著走了進來，喬錦書見了上前行禮，老太太坐下道：「怎麼提前日子發作了？這可不是好兆頭。」

喬楠楓笑著道：「還好，有袁大夫在，剛才服了催產藥，說是宮口已經開了。」

老太太心裡沈了沈，面上不顯的笑道：「這樣便好，阿彌陀佛。」

過沒多久，屋裡的人一盆盆端著血水出來，兩個穩婆也有些慌亂道：「錢嬤嬤，宮口開了，太太好像沒有了力氣，這可如何是好？再這麼下去，大人、小孩都難保，妳還是找你們老爺拿個主意吧。」

吳氏雖說中了滇魂香渾身沒了力氣，但神志還是清明的，抓了錢嬤嬤的衣服喘著道：「嬤嬤，保孩子，錦兒說了，肚子裡可是兩個孩子呢，一條命換兩條，值了。求妳去跟老爺、姑娘說清楚，求妳了。」

錢嬤嬤看了心疼極了，道：「我去找老爺、姑娘商量商量，沒準兒姑娘有辦法呢，您等等。」說著踉踉蹌蹌的跑進了大廳，跪在喬楠楓跟前哭道：「老爺，太太已經沒了力氣，穩婆讓我問保大人還是保孩子。」

喬楠楓聽了，黑了臉道：「妳把話說清楚。」

錢嬤嬤道：「穩婆說了，若是保大人，便動手幫太太擠壓肚腹，強行產下胎兒，可這樣胎兒或許受不住而性命難保；若是保孩子，便伸手進去強拉了孩子出來，那時大人或許會血崩，性命難顧。」

屋裡一片沈寂，都望著喬楠楓。

錢嬤嬤咬咬牙又道：「剛才太太說了要保孩子，她說兩條命換一條值了。」

喬楠楓聽了瞪大雙眼道：「什麼意思？妳是說太太肚子裡有兩個孩子。」

錢嬤嬤淚流滿面，微微頷首。

喬錦書亦哽咽道：「錦兒早有察覺，只是把握不大，又怕弟弟們小氣不敢多說，只告訴娘和錢嬤嬤多加小心。」

喬楠楓知道有這個習俗，還在肚子裡的孩子是不能多說的，明瞭的點點頭。

沈重的閉了眼，喬楠楓心裡如江海翻滾。爹娘早逝，自己悲傷不已，看著二弟和煙兒也熬了過來。放棄科舉自己萬念俱灰，為了喬家也咬牙認了，這心卻一日日的強硬，早已沒了兒女情長，一心只為喬家的生意。可如今卻覺得比往日更煎熬百倍，那是自己的妻兒，要如何抉擇呀！

喬楠楓雙手握拳垂在身側，咬牙睜開雙眼，雙眼赤紅，眼裡含淚，伸手輕輕的撫摸了跪在自己腳下一臉無助的錦兒，道：「錦兒，我若選了，妳會怪爹嗎？」

喬錦書聽了心疼難忍，眼前閃過吳氏婉約慈愛的笑臉，一日日對自己的疼愛寵溺，再閃過肚中那對頑皮的胎兒對著自己的手拳打腳踢，那些歡快的畫面，無論哪一個自己都萬難捨下，抬起頭，道：「爹，我們不選，錦兒的娘和弟弟都要，一個都不能少。錦兒這就去給娘施針，一定可以救娘的，一定可以。」

袁楚看著那張蒼白絕色的小臉道：「錦兒不可，妳娘此時被滇魂香傷害，承受不了銀針，除非是千年人參，此時妳娘無藥可用了。」

「千年人參？」喬錦書喃喃唸道：「這般神仙府邸的東西便是皇宮內院也未見得有，錦兒上哪裡能求得來呢？」

袁楚道：「妳師傅有，我來之前聽說了這裡的情形，已經差人去找妳師傅，只看妳娘和弟弟能不能熬到妳師傅來。」

毛穩婆雙手是血的進來道：「老爺，您再不選，老身可一個也救不了了。」

看來是等不到人參了，喬楠楓咬牙嘶吼道：「救大人，妳快去救大人。」

喬錦書愣怔的看著喬楠楓，她以為喬楠楓一定會要孩子，沒想到喬楠楓選了吳氏。老太太和宋姨娘也呆了，老太太心裡一陣狂喜，宋姨娘卻是複雜萬分的看著喬楠楓，心裡五味雜陳。

毛穩婆得了信兒便往產房跑去，喬楠楓也跟了過去，大家見喬楠楓過去，都跟著過去，剛到門口，屋裡便傳來吳氏無力的嘶吼。「喬楠楓，我要孩子，你要保我的孩子。」

聽得毛穩婆道：「太太，老爺決定了要救您，您就配合一下，這孩子們要是個有福氣的，沒準兒也能活呢！」

吳氏低吼道：「不，絕不，你們若要動我的孩子，我此刻便咬舌自盡。」

喬楠楓在門外聽了，眼淚無聲的滾下道：「煙兒，妳若沒了，誰為我守著這個家呢？孩子我們以後還會有的，此刻妳讓穩婆救妳吧，我和錦兒在等著妳呢，妳忘了錦兒嗎？」

吳氏輕泣道：「錦兒，我的錦兒，娘哪裡捨得下妳呢？娘如今沒力氣撐了，只能救了妳弟弟們，妳日後要好好守著他們。」

喬錦書聽了，腦中閃過一個念頭，可以輸血，心念電轉之間道：「師叔，我娘若是能撐到我師傅來，是不是便有救了？」

袁楚頷首道：「是，此刻產道已開，只是妳娘無力了，她的身體中了滇魂香又針藥皆不可受，這才沒救。」

喬錦書抬起慘白的小臉道：「師叔，錦兒還有一個法子可讓娘撐到師傅來。」

袁楚皺了眉道：「還有什麼法子？」

喬錦書堅毅的道：「血伺。」

第十三章 產子

袁楚驚訝的道：「血伺，這法子按理說可行，我聽過，卻沒見人用過，聽說伺血之人也是極其危險的，而且還要親人之血。」

喬錦書嘴角浮起一絲清淺笑容道：「錦兒可以，錦兒這便進去救娘和弟弟。」

老太太聽了心裡一緊，忙喝道：「錦兒，這是血房，妳一個未嫁的女兒哪裡輕易進得。」

喬錦書仍是淡淡笑著道：「老太太，今日裡只要能救了娘和弟弟，莫說只是血房，便是刀山火海錦兒也敢進。」說著頭也不回的掀起軟簾走了進去。

喬錦書二話不說，拿起旁邊的剪刀劃開自己的手腕，湊到吳氏嘴邊道：「娘，我師叔已經找人去請師傅來了，只要師傅拿了千年人參來，娘和弟弟都會沒事的，此刻娘喝一點水養養精神。」

聞著嘴邊鹹腥的味道，吳氏便要把頭扭開。

喬錦書見了，笑著低聲道：「錦兒這水是已經備好的，娘即便不忍喝，錦兒也不會止住的，娘真的忍心捨下爹和錦兒嗎？再說就算娘喝了，錦兒也不過虛弱幾天，娘要不喝，錦兒沒了娘，豈不是要受人欺凌？」

吳氏聽了閉了眼，眼淚潸潸而下，嘴邊卻開始小口吞嚥，喬錦書見了才鬆了一口氣。門外抽泣聲一片，穀雨擦了淚道：「老爺，奴婢要進去伺候姑娘。」

喬楠楓頷首。

「大哥，嫂子和姪兒怎樣了？」

喬楠楓回頭，見到自己連坐著也艱難的幼弟，竟然讓人用藤椅抬了進來，便道：「楠柏，你怎麼來了？這裡有大哥，你且安心養著。」

喬楠柏虛弱的笑道：「沒事，日日躺著也是煩悶，錦兒呢？」

喬楠楓是知道自己這個弟弟的性子的，便上前一一和喬楠柏說了。

喬楠柏嘴角微翹，笑道：「我家的錦兒真是個好樣的。柴胡，去找人搬張榻來放在這裡，我在這兒陪陪你們家姑娘。」

柴胡擔心的看了一眼喬楠柏，又看著喬楠楓，喬楠楓點頭，柴胡這才要去。

喬楠柏笑罵道：「臭小子，我還使喚不動你了。」

柴胡也不說話，嘿嘿一笑，搬榻去了。

老太太見了沈了臉道：「你們二人越發的胡鬧，這產房也是隨意靠近的嗎？這男人離得太近是要壞了運道的，你們二人還是去廳裡等著，我派了李嬤嬤進去照料，你二人放心便是。」

喬楠柏指著產房道：「老太太，我喬家的運勢都在那屋裡呢，如今還怕什麼更壞的呢。」說著喘著氣，提高了聲音道：「錦兒乖，告訴妳娘和弟弟不怕，妳爹和二叔在外面陪著你們呢，今日不管老天給我們喬家的是什麼運道，我喬氏兄弟接著便是，只要我們一家人齊心協力，便沒有過不去的火焰山。」

老太太聽了，陰鷙的看了這個平日裡都是言笑晏晏，沈默少言的青年一眼。

喬錦書在屋裡聽到自己二叔喘著氣和自己說話，又是心疼又是安慰，剛想說話，便聽到外面有個陌生冷峻的聲音道——

「好一個一家人齊心協力，便沒有過不去的火焰山！我顧瀚揚交你這個朋友。」

眾人只見從牆頭飛快的躍進來兩個人，一個眉髮皆白，灰色僧袍飄飄若仙，一個天青色棉袍，面容冷酷，灑脫飄逸。

袁楚見了忙迎上來道：「師兄，你要再不來，可見不著你那伶俐百怪的小徒弟了。」

一品大師看了自己這個沒有正形的師弟一眼道：「你又胡說些什麼？」

袁楚正色道：「我可沒胡說，喬太太沒了氣力等不到人參，錦兒便進去血伺她娘了。」

一品大師和顧瀚揚聽了俱是一怔。

大師也不多話，直接道：「喬老爺找個能幹的來。」老太太聽了眼珠一轉，剛想讓李嬤嬤過去伺候。

喬楠楓何等精明，自然明白一品大師是要找個可靠的人，這個時候一個不慎便是幾條人命，便道：「錢嬤嬤。」

錢嬤嬤應著上前，一品大師認得她是吳氏身邊的人，點點頭，拿出一個紙包道：「拿兩片給你們太太含了，其餘的妳自己盯著熬出一小碗水，等生完再喝了。」又拿出一丸藥道：「這個碎了撒到你們姑娘手上，趕快扶了她出來。」

顧瀚揚看著靠在丫鬟身上虛弱無力的喬錦書，這就是那個一根銀針救了孩童，贏了行醫多年的李大夫，又能為自己的娘親延年益壽的小女子嗎？雖素白著一張臉，但眉目如畫，精緻得像個瓷娃娃一般，此刻正弱不禁風的給一品大師行禮。又望著自己深深一禮，便由丫鬟扶著朝正房走去。顧瀚揚深深的望了一眼那遠去的身影，心底深處有些微的異動。

喬楠楓上前施禮道謝，顧瀚揚淡然道：「喬老爺不必多禮，在下也只是舉手之勞，我還要謝令千金為我母親治病，如今吃了藥，我母親好了許多，以後還多有麻煩呢。」

幾人又寒暄了一番，顧瀚揚便告辭了。

一品大師和袁楚便和喬楠楓去了大廳，分賓主坐了。

一品大師肅然道：「老衲有一言，不知喬老爺願聽否？」

喬楠楓拱手道：「大師有話請說，在下無不從命。」

一品大師道：「那滇魂香是少見之物，竟然入了你家，今日險些釀成大禍，喬老爺還是要仔細查了才好。」

喬楠楓亦正色道：「大師所言甚是，滇魂香今日險傷了我喬家幾條性命，在下定不會放過那下藥之人，只等拙荊生了，便會查個徹底。」

宋姨娘站在老太太身後，聽了喬楠楓的話身子一顫，心裡惶恐不已。

老太太仍是不動聲色的撚著手裡的佛珠，只是細看她的手有些微微發抖。

又過了兩盞茶的工夫，廂房那邊傳來嬰兒的啼哭聲，片刻便有腳步聲匆匆傳來，湘荷跑進來道：「恭喜老太太，恭喜老爺，太太生了兩位少爺，母子均安。」

喬錦書和喬楠柏聽到聲音，都扶了穀雨、柴胡，各自從房間裡出來，二人雖然虛弱卻都滿臉喜色。喬楠楓更是歡喜得不知如何是好，看見二人站在東、西次間的門口便笑道：「你二人在房裡聽著便好，出來做甚？」

穩婆帶著乳娘抱了孩子過來給大家道喜，毛穩婆是個見過事的，見了屋裡人便道：「老身帶了二少爺、三少爺過來給老太太、大師、袁大夫、老爺、二爺、姑娘請安了！」

屋裡人聽了都歡喜的圍了過來，喬楠楓看看這個，又摸摸那個，不知道如何是好，只大聲道：「好、好、好，今日都有賞！」

喬錦書笑著湊過去，見兩個娃娃都胖乎乎的，一個捏了拳頭咬著睡呢，一個嘴裡吐著泡泡，都瞇了眼也看不出像誰，喬錦書心裡喜歡得不得了，便道：「爹，我要給弟弟取小名。」

喬楠楓看著那蒼白卻滿心喜悅的臉，心裡心疼極了，剛要點頭，老太太就肅然道：「這取小名也是長輩們的事，妳一個女孩子不需操心。」

喬楠楓對著老太太一拱手道：「老太太，今日多虧了錦兒，她弟弟才得平安，就由著她取吧。」

喬錦書咬著唇思量了片刻，自己倒先笑了道：「這咬手的叫饅頭，這個吐泡泡的叫包子。」說完一屋子人都笑了。

喬楠柏更是笑得咳嗽了起來，道：「錦兒，妳就玩吧，等妳弟弟們大了怕是不答應呢。」

喬錦書嬌嗔的笑道：「這饅頭、包子人人都不能少，便說弟弟們在喬家很重要呀，再說不都說醜名好養活嗎？我希望弟弟們平安順遂。」

喬楠楓聽了便笑著道：「就依了錦兒。」

穩婆聽了便忙著道：「這個饅頭少爺是二少爺，包子少爺是三少爺。」說得一屋子人又都大笑起來。

穩婆便道：「錢嬤嬤怕是已經收拾好了產房，那屋子暖和許多，我要送了二位少爺過去才是。」

喬楠楓頷首道：「我和妳過去看看太太。二弟、錦兒你們快回院子歇了，好好養養身子。」

因著產房帶血，大多是不設在正房的，便設在留韻館的西廂房，喬楠楓走了進去，外間安安靜靜的，只有兩個小丫頭守著，臨窗設了大炕，炕對面是一張架子床，側面有個多子多福的大紅色軟簾。聽到腳步聲春分從裡面掀了軟簾，喬楠楓走了進去，裡間收拾得乾乾淨淨，吳氏穿了一件丁香色的繡花睡衣，一頭青絲垂在枕邊，安靜的睡著了。

錢嬤嬤低聲回稟道：「大概是累得很了，太太喝了參湯便睡了。」

喬楠楓點點頭道：「妳們在外面守著，我陪太太和少爺一會兒。」

錢嬤嬤帶著春分躬身退下。

一室的寧靜，只有几案上的褐釉蓮花薰香爐裡玉蘭花的香味在空中冉冉飄散。喬楠楓放鬆了身子，倚著床頭，凝視著三張安靜的睡顏，伸手輕輕點了下那吹泡泡的小胖子的臉，那小子肯定是個饞的，感覺嘴邊有東西，張了嘴便要咬，嚇得喬楠楓一下子縮回了手。那小子沒咬到，不滿意的癟癟嘴又繼續睡了。喬楠楓早已堅硬的心，不由得柔軟了起來，想到幾個時辰前，他們母子尚在生死間掙扎，若不是錦兒拚了性命相救，哪有自己如今這滿心的歡喜，對那下毒之人不由得恨之入骨。

想到此，伸手拂了拂吳氏的鬢髮，輕聲道：「煙兒，你們母子便在這兒好好歇息，為夫去幫你們料理了外面的事。」

喬楠楓端坐在書桌後面，聽著喬安回話，喬楠楓聽了點頭道：「太太那裡可曾問起？」

喬安回道：「錢嬤嬤說，太太自醒來就沒問過中毒一事，每日裡只是逗兩位少爺玩耍，細細的叮囑乳娘怎麼服侍少爺們，再就是讓錢嬤嬤買了補品、藥材流水一樣的往疏影閣送。」

「姑娘那裡呢？」喬楠楓道。

「姑娘也沒問起，只是往留韻館送了兩箱子小孩的小玩意兒，說是給少爺們玩的，接了太太的補品、藥材，便在自己的小廚房讓人做了各式的藥膳，往留韻館和柏園送。老太太那裡卻是沒有，連仲青少爺的院裡也沒有。」喬安小心翼翼的道。

喬楠楓嘆了口氣道：「這又豈能怪她，她連下床都還頭暈，還要操心著她娘和二叔的身體，有些小脾氣是難免的。」

喬安聽了鬆了口氣道：「老太太還是每日裡打坐唸佛，只是差了李嬤嬤每日裡去留韻館的西廂房問候太太，自己倒沒去過。宋姨娘還是每日在廂房外間請安，極少進去。」頓了一下又道：「倒是宜蘭園的立夏姑娘，做了些小孩子的東西送去，陪太太說了幾次話。」

「倒是個乖覺的。」喬楠楓隨口道。

杜衡在門口道：「喬管家來了。」

喬楠楓笑道：「老管家回來了，杜衡給老管家搬個杌子。」

喬管家躬身行禮謝了。

「喬安，你先下去吧，我和你爹有話說。」喬楠楓道。

喬安給喬楠楓和喬管家作了個揖，躬身退下。

喬管家繃著臉道：「老爺，這事老奴查實了，再沒錯的。當日晚膳後，太太吩咐錢嬤嬤第二天去採買些吃食，後來臨時想起買些細棉布做睡衣，便讓春分追到院裡又吩咐了錢嬤嬤一句，當時院子裡只有做粗活的小丫頭荷葉。這小丫頭是個活絡的，和各院的小丫頭都有來往，大約是她聽見春分和錢嬤嬤說的話，又把這話傳到了老太太屋裡，至於她是有意還是無意倒無關緊要了。錢嬤嬤她原是太太的姨娘的陪嫁，後來又伺候了太太，對太太是絕無二心的。」

喬楠楓哼了一聲道：「小丫頭太活泛，終不是好的。」

喬管家點頭道：「錢嬤嬤當日採買了吃食便去太太的布店取了些細棉布，我去了太太陪嫁的布店，一開始宋姨娘的弟弟宋小寶是不肯承認的，見我說出了那藥的名字和藥性，又說險些傷了太太和少爺的性命，他見事情嚴重了，才吐實。說那藥是他自己從遊方的郎中那裡得了，夏天犯睏的時候聞點，對身體並沒有傷害，只想著太太上次不同意他家兒子去太太另一家陪嫁鋪子做學徒，有些不舒服，便用藥把布浸泡了給太太用，讓太太有幾天休息不好，並沒有傷人性命的意思，也不知道對孕婦這麼嚴重，又是磕頭，又是求饒的。」

喬楠楓聽了，陰沈著一張臉，久久都不說話。

過了半晌方道：「老管家，有些事，我連吳氏也是不肯說的。當日因著那點子不忍，便由著她算計我收了宋氏，想著她為我爹守著不易，家裡有個她自己的娘家親人，總是好些。後來要接了她姪子來，甚至算計吳氏的陪嫁鋪子，我都裝作不知道，誰知她是個貪心不足的，就因著我這點不忍，差點賠上了我妻兒四條性命呀！」

喬楠楓赤紅了雙眼，恨恨的道：「今日我要不狠狠收拾了宋小寶，送去衙門公斷，我怎麼和吳氏他們母子四人交代呀。」

喬管家緩緩跪在喬楠楓面前，喬楠楓見了慌忙去扶喬管家起來，喬管家搖搖頭道：「老爺，您聽老奴說幾句，太太、姑娘、少爺們受苦，老奴也是心疼萬分，只這事卻不能撕開來呀。不說別的，就為著將來姑娘、小少爺們的名聲和嫁娶都不能呀，何況有些事老太爺恐怕也是不願提的吧。」

喬楠楓聽了愣怔半晌，倒退幾步跌坐在椅子上，低頭沈默了片刻，緩緩起身扶起喬管家道：「老管家，楠楓聽你的，只是，以後老管家有事便說，切不可再給楠楓下跪呀。當年我初初接了生意，一時不察上了當，險些要傾家蕩產。我原本是想和吳氏商量賣了她的陪嫁鋪子來周轉的，是您老人家說，男人呀錚錚鐵骨，不能用女人的錢，是您賣自己的家產給我周轉，才有了今日的喬家呀。」

喬管家聽到喬楠楓提起以前的往事，也不由得有些動容道：「老爺呀，過去的事說它幹麼，老奴都姓喬幾十年了，我和喬家早就分不開了，我的家產也是老太爺給我置下的，那都是應當應分的。」

喬錦書偎在炕上和穀雨、紫蝶有一搭沒一搭的說著閒話，屋裡燒了炕，一張巴掌大的臉倒顯得粉撲撲的。

穀雨藉著窗外的光又仔細往喬錦書臉上看了看道：「姑娘的臉本來就小，如今越發顯得跟巴掌似的了，明日這鬢髮還是不要留著了，都梳了上去倒顯得臉圓潤些。」

喬錦書聽了便笑道：「瘦些穿衣服好看，我倒巴望著再瘦些呢。」

在旁邊正給喬錦書做衣服的紫蝶聽了道：「姑娘，妳要再瘦，我這衣服又要改了，還是別再瘦了吧。」

喬錦書撐著臉，看著紫蝶道：「我說不用新做，就那粉色宮緞的盡可以了，妳偏又趕著做，這會子倒管起我的胖瘦了。」

紫蝶原本就做得一手好針線，又得了錢嬤嬤的指點，做出來的衣服滿園子沒有一個不說好的，聽了喬錦書的話，抬起頭噘了嘴道：「看姑娘說的，這疏影閣上上下下十幾個奴才，倒讓姑娘過年穿身舊衣服，就是主子們不說，張嬤嬤不罵，奴婢們也沒臉出去見人呀。」

穀雨聽了笑道：「原來紫蝶姑娘是個有臉的，我反正是沒臉，我是要出去的。」

紫蝶聽了，丟了手裡的針線便要起來打穀雨，穀雨笑著往炕上躲。

三人正玩著，張嬤嬤走進來，上前給喬錦書施禮。

喬錦書道：「嬤嬤來了，穀雨搬個杌子。」

張嬤嬤道：「不用了，奴才剛上來的時候，看見老爺帶著喬安往咱們這邊來了，想是又來看姑娘的。」

喬錦書聽了便收斂笑容望著窗外發呆，精緻的小臉籠了絲悲色，清澈的雙眼也有些濕潤，屋裡的人也都鴉雀無聲起來。

聽得腳步聲停了，翠月掀起了湖藍色繡著事事如意的絲綿軟簾道：「姑娘，老爺來了。」

穀雨忙扶著喬錦書起身，喬楠楓見了忙道：「錦兒，坐著別動。」

喬錦書便也坐下來，欠身施禮。

喬楠楓在炕沿坐了，道：「我聽袁大夫說妳如今失血，若起身動作大了便會暈眩，妳切切要先顧了自己的身體，別想著些虛禮。」

「爹，錦兒自己也是大夫呢，不礙事的。」喬錦書嬌嗔的道。

喬楠楓低頭看了眼喬錦書的胳膊，心疼的問道：「錦兒，可還疼？」

喬錦書抬起左手放在炕桌上，把夾襖的袖子輕輕的拉上去些，道：「爹，您天天的問做什麼？您看早就沒事了。」

喬楠楓看著那纖細的手腕處還用細白布纏著，外面還裹了層大紅繡花腕帶，心裡隱隱作疼，抬手輕輕的撫了下那腕帶，道：「還要細細的養著，切不可沾了水。」

喬錦書點頭應了。

喬楠楓又指了那腕帶道：「這個不錯，誰做的？」

喬錦書指著穀雨和紫蝶道：「便是她們咯，說要過年了，弟弟們又要洗三、滿月的，都是喜事，還是喜慶些的好，便做了幾個大紅的腕帶。」

喬楠楓滿意的頷首，看著張嬤嬤、穀雨和紫蝶道：「妳們好好伺候姑娘，將來不會虧待妳們的，先退下吧。」
張嬤嬤帶著穀雨、紫蝶躬身退下。
喬楠楓嘆了口氣道：「荷葉找了個牙婆賣到那極偏遠窮困的地方去了，那布店，我作主收了回來，依然交給錢嬤嬤的丈夫錢掌櫃管著。宋小寶一家趕出了慶陽縣，以後都不許他們再踏進慶陽縣一步。」
喬錦書安靜的看著喬楠楓不語。
喬楠楓看著那雙清澈的眼睛，又語重心長的道：「錦兒呀妳可知道，子女是父母的血肉，傷了血肉焉有個不疼的，只是，為父若真把宋小寶送去衙門公斷，這仇便真的結下了。曦園是咱們的家呀，若在家裡結了仇就好像在你被子裡放上了荊棘一般，真箇會讓人寢食難安呀。更何況，有些事還要顧及妳祖父不是嗎？」
喬錦書聽了，垂了眼皮忖道，若真的把宋小寶送去衙門公斷，老太太和宋姨娘一定恨死了自己一家人，到時候在一個園子裡住著，哪有千日防賊的理？萬一一個不小心著了她們的道，想著心底就驚怕，自己還是太過快意恩仇，沒有爹想得周全呀。
想到這兒，喬錦書有些羞愧的又道：「爹，是錦兒欠思慮，沒有爹考慮得周全，錦兒如今明白爹的苦心了。」
喬楠楓見喬錦書明白了，欣慰的頷首道：「錦兒明白便好，只是妳娘那裡卻需要妳去細說才好，如今她還坐月子呢，爹可不想她不豫呢。」

喬錦書掩嘴笑道：「爹放心，娘那裡錦兒去說便是，只是不知道二叔這兩日身體怎樣？」

喬楠楓聽了有些安慰的道：「妳二叔這兩日精神還好，昨日還和為父一起去看了饅頭、包子，一直說包子的眼睛像他，說來錦兒的眼睛和妳二叔也有些像呢，饅頭倒是像了妳娘。」說著就有些不忿起來。

喬錦書看見便笑道：「爹和二叔原本就是一母同胞，我和包子就算像了二叔，原就是像爹的緣故，錦兒如今倒不知道爹在這裡不忿些什麼呢。」

說得喬楠楓自己也笑了起來。

第十四章　洗三

冬天的早晨總是霧濛濛的，喬錦書起了個大早，把穀雨、紫蝶都叫了起來給她選衣服，最後選了半天，選了件橘色喜鵲登梅的錦緞小襖，又配了條刻絲纏枝牡丹花的煙灰色棉裙，綰了個遊雲髻，插了一支紅瑪瑙的流蘇步搖，最後還穿了件桃紅色風毛（注）的灰鼠披風。

張嬤嬤看了喜得在一旁高興的道：「姑娘今日這打扮真正的漂亮，平日裡就很該這樣的！」這話惹得穀雨、紫蝶在旁邊掩嘴直笑。

一行人簇擁著喬錦書去了留韻館的西廂房。

吳氏見喬錦書臉色雖有些蒼白，但人精神還好，心裡就有些放心，想著那日的事，不由得雙眼就有些濕潤道：「我的錦兒，快過來讓娘看看。」

今日還是那日後母女兩個第一次見面，喬錦書心裡也有些酸酸的，又怕吳氏傷了眼睛，免不得掩了心酸上前見禮嬉笑道：「娘見了錦兒倒不歡喜，只一味的哭泣，莫不是有了弟弟便不喜錦兒了嗎？」

吳氏忍不住笑著虛點了一指道：「妳個促狹的，還不來讓娘看看。」

喬錦書笑道：「錦兒一會兒過去了，娘可不許擦眼抹淚的。」

注：風毛，皮衣襟上和袖口處的裝飾性皮毛邊。

吳氏忙著用絹帕壓了壓眼角道：「娘不哭，妳過來。」

穀雨忙上前給喬錦書解了披風，喬錦書側身在黃梨木的架子床上坐了。

吳氏細細的打量了喬錦書幾眼，一把擁在了懷裡，輕輕撫著喬錦書的後背，嘴裡喃喃的道：「娘的錦兒，心疼死娘了。」又拿起喬錦書的手，看見紅色繡花的腕帶，顫抖著手拆了，看見纏著細白棉布，便又要去拆。

喬錦書想著那日情急之下，用剪刀隨手一劃，傷口並不好看，不欲吳氏難過，便攔了道：「娘，傷口已經癒合了，如今只有一條細細的線，這裡沒藥，拆了倒不好。」

吳氏聽了便住了手，拿眼睛看著張嬤嬤。

張嬤嬤趕緊道：「太太，姑娘說的是，一品大師留了最好的傷藥，已經癒合了，袁大夫又開了補藥的方子，我天天盯著煎了給姑娘喝呢。」

吳氏這才滿意的頷首。旁邊的一對娃娃，見沒人理他們，早不耐的在旁邊咿咿呀呀起來，吳氏見了慈愛的笑道：「錦兒，快看看妳弟弟們。」

喬錦書伸頭往床裡一看，一對粉妝玉琢一模一樣的胖娃娃，一個瞪著雙黑漆漆的眼睛看著喬錦書，另一個見喬錦書伸頭過來，竟朝著喬錦書笑了，喜得吳氏忙道：「妳看包子竟像是認得姊姊一樣呢。」

喬錦書便伸手去逗他，誰知他張了嘴便咬，逗得喬錦書笑了起來。饅頭看見喬錦書笑，也扯著小嘴笑了，喬錦書見了高興的道：「饅頭、包子都笑呢！」說得一屋子人都笑了。

一時，乳娘進來回稟：「時辰到了，要抱兩位少爺去洗三。」
吳氏便問道：「東次間暖和嗎？」
饅頭的乳娘是一個白白淨淨，顴骨略高，身形高眺的媳婦子，見吳氏問，忙恭謹的回道：「東次間一直燒著地龍，老爺還擔心凍著少爺們，昨日晚上又燒了一夜的銀絲炭盆，剛才奴才們進去試了，站了一會兒頭上竟冒細汗。」
吳氏滿意的點頭，乳娘們用刻絲大紅包被包了饅頭、包子，眾人簇擁著往東次間去。
喬錦書也穿了披風道：「我送了弟弟們去，一時再回來和娘說話。」
吳氏微微頷首。
東次間鬧哄哄的，韓家、趙家、丁舉人家，慶陽的一些士紳富家都來了。饅頭、包子都脫得光溜溜的，兩個見了滿屋子的人圍著自己也不認生，饅頭只是瞪著烏溜溜的眼睛看著，包子卻笑咪咪的手舞足蹈，還用手去碰旁邊的饅頭，饅頭轉頭，竟用腳去踢，惹得一屋子人哄笑起來。那金錁子、小元寶便不斷的往盆裡添，喜得兩個穩婆見牙不見眼，還有那婆婆帶了媳婦來的，便要自己的媳婦去摸饅頭、包子，那些小媳婦子紅了臉去摸饅頭、包子的小手小腳。
老太太和宋姨娘也出來添了盆。
喬錦書回了西廂房，讓伺候的人都退了出去，只留錢嬤嬤守在門口，和吳氏細細的說了喬楠楓說的話。

吳氏聽了長長的吁了口氣，道：「終是等到這日了，我以後只要好好的守著你們姊弟三個便可了，外面自有妳爹替我們打理了。」接著又道：「那日妳爹從疏影閣出來又去了老太太的慈暉園，錢嬤嬤說，慈暉園的燈一夜沒熄，當晚妳爹歇在了宜蘭園。」說完嘆了口氣。

喬錦書忙安慰吳氏，吳氏笑著拍拍喬錦書的手道：「傻丫頭，娘早想通了。她跟妳爹的時間並不比娘短了多少，還生了仲青，為妾之苦不足為人道，娘是知道的，同為女人我憐惜她。可是，我亦有我要守護的人，我卻不能憐惜她。錦兒妳要記住娘的話，為母則強，不可心慈手軟。」

喬錦書鄭重的點點頭。

滿月後，吳氏便搬回了正房，雙胞胎便安置在西邊的暖閣內。滿月酒喬家自然又是高朋滿座，等到過年喬家又是一番熱鬧景象，十五的煙火更是映紅了整個慶陽縣，人們對喬家的如日中天議論紛紛。

過了十五，喬楠楓便忙著在三江口和梅縣開松鶴會所分部的事，每日裡忙得天昏地暗，家裡的事便都顧不上了。所幸，吳氏的身體在喬錦書的調理下恢復得很快，家裡的事便都接了過來。

也許是有子萬事足的緣故，吳氏越見溫潤，眉眼間更添了幾分風情，喬楠楓大部分的時間都留在留韻館了，偶爾歇在宜蘭園，立夏屋裡去得更少了。

喬錦書則日日在自己的製藥間裡，忙著給喬楠柏配藥，這次所有的藥好像作用都不大，一想到二叔日漸消瘦，連坐著的時間也越來越少，心裡就像油煎一樣。

吳氏看了看手裡的請帖，問錢嬤嬤道：「錦兒還是日日泡在製藥間裡嗎？」

錢嬤嬤點點頭道：「是，張嬤嬤她們勸了也沒用，昨日還和我說，姑娘又瘦了。」

吳氏傷心的道：「由著她吧，人人都說喬家長女醫術了得，她卻治不好她最親的二叔，心裡的難過又豈是說得出的？告訴張嬤嬤，凡是錦兒愛吃的，都換著口味煮給她吃。」

錢嬤嬤應了道：「姑娘這樣日日關在製藥間也不行呢。」

吳氏想了想道：「妳去讓湘荷請了姑娘來。」

喬錦書聽見吳氏找她，便匆匆來了留韻館，進了東次間給吳氏施禮道：「饅頭、包子呢？」

吳氏嗔笑道：「見了面便問饅頭、包子，顯見得心裡是沒有我這個娘了。」

喬錦書淺笑著道：「娘竟然吃饅頭、包子的醋。」

吳氏笑道：「錦兒到娘身邊來。」

喬錦書依偎在吳氏身邊，吳氏撫了撫喬錦書的鬢髮道：「錦兒，妳要做什麼娘都依妳，無論妳要銀錢還是藥材娘都給妳，哪怕是去求妳外公，娘也願意。只是，妳卻要注意自己的身體，若是熬壞了自己，卻又怎麼是好。」

喬錦書聽了，無聲的嘆了口氣道：「娘，錦兒聽娘的。」

吳氏這才道：「昨日顧府送了張請帖來，說是五日後是顧夫人的壽辰，錦兒替娘走一趟如何？」

喬錦書明白吳氏不過是擔心自己，想讓自己出去鬆快一下，嘴角噙了笑無奈的道：「是，錦兒去就是了。」

吳氏滿意的頷首，過了片刻正色道：「錦兒，還有一事。這事本來是只和妳爹商量就好的，但我的錦兒歷來是個有主意的，便想著還是問問妳的意思。

「錦兒明年便及笄了，一家女百家求，我家錦兒盛名在外，娘總覺得早日定下來為好。思慮多時，覺得韓家的文昊是個不錯的，他斯文溫和，品行又好，將來又沒有管家理事的煩惱。他兄長也是個持重溫厚之人，兄弟感情極好，想必將來家裡也沒有紛爭。妳韓伯父韓伯母又是寬厚重情之人，更難得的是，那韓文昊到如今房裡連個通房也沒有。」

喬錦書聽了，垂了頭忖道，韓文昊這個人，自己現在確實說不上喜歡，但他斯文俊秀的外貌卻是自己一直喜歡的，品行也是自己欣賞的，自己前世的夢想便是能過著遇一人白首，擇一城終老的那種雲淡風輕的日子。想著娘親說的那些，也許韓文昊是個不錯的選擇，也許自己前世的夢想能在這異世實現，也許時間長了自己也能與韓文昊相親相愛，看花開花落，看兒孫繞膝，想到這兒不由得紅了臉。

喬錦書抬起頭，羞澀的道：「娘，錦兒覺得娘說的極是。」

吳氏聽了便高興的道：「我看妳爹也極喜歡韓文昊，常常誇他，怕是有了這個心，等我和妳爹商量好了，他日妳韓伯母再來探問，我便許了她吧，也好讓他們家早點上門提親，把這事定下來。」

喬錦書聽了，沈默了片刻後正色道：「其他的事都由爹娘作主，只是不醫好二叔的病，錦兒卻是不嫁的。」

吳氏聽了心裡也難過起來，嘆了口氣道：「如今妳爹的生意風生水起（注），可我看他眉宇之間總有解不開的憂愁，想來再不為別的，只為妳二叔吧。」

喬楠柏的病成了壓在喬家人心裡的一塊石頭，沈甸甸的。

顧夫人的壽辰這日——

顧家的長房外早已經停滿了馬車，小廝們都穿了靛藍的錦袍在殷勤的迎客，看見喬家的馬車駛入，早有小廝迎上來道：「是喬老爺家的馬車嗎？奴才見過喬太太。」

張叔憨厚的笑著道：「不是我家太太，是我家姑娘。」

旁邊一個面容清秀的小廝立刻插話道：「是喬姑娘呀，我家夫人早吩咐了，請您的馬車直入二門前，那裡有人候著的。」

張叔點點頭，趕著馬車由西側門進去。

旁邊的小廝就擠兌那相貌清秀的小廝道：「景泰，你平日都懶懶得很，今日倒是殷勤起來。」

注：風生水起，比喻事情做得特別好，一定的時間內就發展得特別快，能迅速壯大起來。

那叫景泰的小廝不屑的看了他們一眼道：「你們知道什麼，我有個堂姊是夫人屋裡的二等丫鬟，聽她說，如今夫人的身體大有起色，都是喬姑娘的醫術了得。」

旁邊又有那多事的道：「我也聽說了，這喬姑娘不但醫術了得，聽說還貌若天仙呢！」

「難道你見過？」其他的小廝哄笑他。

那小廝剛想說話，見又有馬車過來，便忙著迎上去。

顧府的倚恬園，顧家二少爺顧瀚鴻，正纏著他的生母田姨娘道：「姨娘，剛才我的小廝來報了，說今日喬府來的正是喬姑娘，您一定要幫我想辦法幫我把她弄到我屋裡去。」

田姨娘肌膚微豐，柳眉入鬢，三十七、八歲的年紀，嫵媚端方，眼波流轉間極是風情，斜睨了顧瀚鴻一眼道：「你真是個貪多嚼不爛的，如蘭還不漂亮嗎？還有你屋裡的兩個侍妾哪個不是美人胚子，就是你屋裡的幾個通房都各有千秋，一個商戶人家的女子罷了，能有幾分姿色，就值得你這麼賴皮賴臉的。」

顧瀚鴻聽著話裡有了些鬆動的意思，便蹭了過去道：「姨娘，我是真的有幾分喜歡，您也說了不過一個商戶人家的女子，您給兒子弄來放到屋裡又能費什麼事。您不幫兒子，等兒子自己動了手，惹得爹生氣，您還不是又要費心周旋，何苦呢？就巴巴的這般難為兒子。」

田氏虛點一指道：「哪有你說得這麼簡單？若只是一個一般的商戶女子倒也罷了，我聽你爹說起，他都有幾分欣賞，只怕是不會同意你抬了進來做妾的，如今我去說不是白討個沒趣嗎？」

顧瀚鴻眼睛一轉道：「我可聽說她醫術了得，如今母親的身體大有起色，可都是她的功勞，等母親的身體大安了，您這管家的差事可就沒了呢，到時候哪有現在的風光。」

田氏聽了眼睛閃爍一下，看著顧瀚鴻卻是嗔笑道：「你母親身體好了，姨娘高興還來不及呢，你嘴裡可別沒輕沒重的。」

顧瀚鴻不以為然的撇撇嘴道：「姨娘，您就同意了吧，您幫我把她弄回來，我以後都不去那章臺秦樓了，走馬賭博的也都不去，就一心一意的守在家裡學做生意，行不？」

「哦，鴻兒真的這麼喜歡嗎？」田氏冷了聲音道。

顧瀚鴻一聽暗道不好，幾年前自己屋裡的丁香就是因為自己動了幾分真心多寵了些，姨娘和如蘭趁著自己不在家，硬是找了個藉口把人杖斃了。

腦海中閃過那如詩如畫的容顏，自那日見了沒有一日忘卻過，若是被姨娘她們知道了，就算弄了進來恐怕也沒有個好下場，想到這兒，便嬉笑著道：「自是喜歡的，不過，剛來您可別讓她立規矩，等過了十天半月的就由著您去，您看好不好？」

田氏聽了鬆了口氣道：「嗯，姨娘看你也是有幾分喜歡了，往日裡得了新人不過三、五天就撩開手（注），這次竟說要十天半月，看來是上了心，那姨娘就好好替你籌謀一下吧。」

顧瀚鴻聽了心裡鬆了口氣，歡喜的道：「有什麼好籌謀的？既然怕爹不同意，不如找個丫鬟潑她一身茶水，然後弄進屋子換衣，等兒子碰進去，生米煮成熟飯，爹還能說什麼。」

注：撩開手，撒手，比喻斷絕關係。

田氏搖搖頭道：「這個喬姑娘不能這樣，如今喬家也不是小門小戶了，再說她還在給你母親醫病呢，一個不好，可大可小。」

顧瀚鴻聽了也不作聲，給自己斟了杯茶，悠閒的坐在椅子上。

田氏輕撫著自己手腕上金鑲玉的鐲子，低頭沈吟，過了半炷香的工夫，方抬頭喚自己的貼身丫鬟道：「柳宛，進來。」

簾子一掀，走進一個眉眼俊俏，穿著玫紅比甲的丫鬟，施了個福禮道：「姨娘，有什麼吩咐？」

田氏道：「咱們府裡買進來準備放生的鴿子養在哪裡？」

柳宛道：「就養在翠華園的後面，說是既不會吵了客人，放生時也方便。」

田氏聽了頷首道：「妳找人把喬姑娘引到鴿舍那邊去。」又低頭在柳宛耳邊細語了幾句。

柳宛聽了領命去辦。

回頭看見顧瀚鴻竟是在自斟自飲，便沒好氣的笑道：「你倒不管事了，只管支使了我。」

顧瀚鴻聽了嬉笑道：「我知道，姨娘只要是答應我的，必定是會給我辦好的，我只等著做新郎便是。」

田氏無奈的笑道：「是，你且等著，柳宛會找人知會你的，你屆時過去就是了。」

顧瀚鴻聽了，高興的深深一揖道：「兒子便等姨娘的好消息了。」說著走了出去。

看見喬錦書下車，關嬤嬤上前施禮道：「喬姑娘，夫人聽說妳來了，特意讓老奴在此恭候。」

和上次一樣，喬錦書上了軟轎，關嬤嬤跟在轎子旁邊走邊道：「韓太太和韓大少奶奶、趙太太和趙家二小姐，還有丁二太太都已經來了，在翠華園喝茶呢。」

喬錦書聽到有不少自己熟悉的人，心裡安心不少。到了翠華園下了軟轎，喬錦書朝穀雨點點頭，穀雨便遞了個荷包給關嬤嬤，關嬤嬤笑著接了，道了謝便退了下去。

丫鬟們早打起了軟簾，喬錦書扶了穀雨緩緩進了大廳，大廳裡輕聲笑語，珠翠環繞，太太、夫人們占了東邊一桌，姑娘、奶奶們便就在西邊閒話。

看見丫鬟們打簾子，顧盈然便已經起身迎了過去，微微施禮道：「小女子顧盈然，喬姑娘好。」

喬錦書見一女子，十四、五歲的年紀，黑鴉鴉的青絲綰了個朝雲髻，斜插了支蝶戀花的珍珠步搖，鬢邊簪著海棠攢珠花，穿著銀紅色撒花金色滾邊的緞面小襖，琥珀色五福滿地的月華裙，眉眼盈盈，溫柔嫵媚，朝自己迎了過來見禮，便微微欠身回禮。

顧盈然也細細打量眼前的女子，也不過十四、五歲的年紀，綰了個玉女散花髻，只插了支紫色的翡翠梅花簪，再無其他飾物，穿了件杏黃色繡折枝綠萼梅的緞面風毛對襟小襖，丁香色撒花月華裙，杏紅鑲邊石榴紅對襟羽緞斗篷，五官精緻，渾然天成，清淺一笑，如微風拂面。

顧盈然忖道，自家有多少絕色皆不及她，想著剛才自己的姨娘讓人帶的話，心裡不由得有些忐忑。

韓太太見喬錦書進來忙道：「錦兒這邊來。」

喬錦書見了笑著道：「顧姑娘，我先去見了長輩再來和姊妹們敘話，可好？」

顧盈然微微頷首道：「這是自然。」

喬錦書便去了東邊，韓太太和趙太太都是熟識的，便上前見了禮，韓太太又給她引見了丁舉人家的二太太、江縣丞的夫人、慶陽守備大人的夫人，喬錦書一一見禮。

眾人都聽說過喬錦書，今日見了便有些意動的，紛紛向韓太太、趙太太打聽，韓太太見了心裡暗暗著急，忖道，回去與老爺商量了，還是早些去喬家提親的好。

這邊趙家嫡出的二小姐年方八歲的趙惜兒，見了喬錦書高興的道：「錦兒姊姊來了，我好想妳呢。」

因著生意上來往多了，喬家與韓家、趙家也都做了通家之好，女眷之間也多有來往，喬錦書與趙惜兒倒是熟悉的，見趙惜兒喚她便看了那邊微微一笑。

韓太太見了趁勢道：「我們這裡說些家長裡短的，妳小孩子家家聽了悶氣，去和姊妹們玩吧。」

喬錦書便施禮告退了。

顧盈然見喬錦書過來便道：「喬姑娘我給妳引見。」說著牽了一個一身粉紫色衣裙，儀態嫻靜，眉眼含嬌的女子的手道：「這個是我大嫂的妹妹，秦家的五小姐，慕青姑娘。」轉身又扶著一個斯文內斂，面貌清秀的姑娘的肩道：「這個是餘守備家的三小姐，夢珍姑娘。」又指了一個眉目飛揚，臉如秋月的姑娘道：「這個便是江縣丞家的大小姐，喜梅姑娘。」最後攏了趙惜兒道：「這個便不用我介紹了呢！」最後指著趙惜兒旁邊一個眉眼彎彎，甜美可人的小姑娘道：「這個是我的小妹嫣然。」

喬錦書一一見禮，才在趙惜兒旁邊坐下。

那個眉眼含嬌的秦姑娘柔聲道：「聽說喬姑娘極擅茶藝，不知能否讓我們幾個見識一下。」

喬錦書微怔，笑道：「錦兒並不擅此道。」

秦姑娘睨了趙惜兒一眼道：「小孩子家的話原是不能當真的。」

趙惜兒聽了癟了嘴道：「錦兒姊姊泡的竹葉松針茶，我聞著有一股子清香味，我是極喜歡的，我娘也說是極好的。」

秦慕青聽了眼裡閃過一絲不屑。

喬錦書見了，低頭攬了趙惜兒笑道：「惜兒喜歡，錦兒姊姊以後再泡給惜兒喝，還給惜兒做個更漂亮的抱枕可好？」

趙惜兒一聽便高興起來連聲道：「好、好，我想要個兔子的。」

見趙惜兒高興了，喬錦書才抬頭清淺一笑道：「我小時候也是這般，自己喜歡的便覺得是這世上最好的了，誰知大人們並不是這般想法。」

秦慕青聽了心裡有些惱意，臉上卻澀澀的笑著附和。

顧盈然心裡一動，也笑著道：「正是，我家嫣然也是這般，一塊喜歡的糕點便能讓她樂上一天。如今我們雖說長大了，可是聽了錦書的竹葉松針茶也還是讓我心動，不知道錦書能不能讓我們見識見識呢？」

喬錦書暗忖，來之前娘雖叮囑自己要時時仔細，但煮茶待客原是閨閣雅事，且又是惜兒嘴快說起的，想來無事，便微微頷首道：「若是大家喜歡，錦書自是願意。」

那江喜梅聽了便眉飛色舞道：「我聽惜兒說了便意動呢，如今也可嚐嚐。」

餘夢珍不說話，只用手托了臉，笑盈盈的望著。

顧盈然便道：「廚房為了做菜，自是備了選好的松針的，我讓丫鬟去取些來。翠華園後面就有一片竹林，錦書，雖說沒妳家的竹林好，也是不錯的，不如妳陪我去採些，這樣才有趣嘛！」

喬錦書微微頷首。

第十五章　中計

翠華園後的竹林雖說沒有曦園的繁茂，但是稀稀落落的幾株，未化的白雪隱約其間，涼風拂面，倒也心曠神怡，喬錦書見了便有幾分喜歡，指點著穀雨和顧盈然的丫鬟豔紅採摘積雪蓋住的竹葉。

顧盈然看著在林間嬌語輕笑的喬錦書，想著坊間流傳著她救人、施藥的善舉，心裡越發的不安，這樣一個美好善良的女子，就讓她這樣沈入深潭一般不見底的顧府後院嗎？可自己又怎麼違逆得了姨娘呢，又怎麼忍心見二哥失望呢？

罷了，想來她一個商家之女能進了顧府為妾，未嘗不是她的福氣，自己以後多護著她點便是了，想到這兒便也上前一起說笑著。

幾人正嬉戲著，頭上有幾隻鴿子撲索著翅膀飛了過來，嚇了幾人一跳，穀雨和豔紅都忙扶著自己的主子躲閃，哪裡還來得及，見空中星星點點的往下落東西，喬錦書的衣服上早已經斑斑駁駁。顧盈然的頭上都沾上了鴿糞，她脹紅著一張臉看著喬錦書，喬錦書也無措的看著顧盈然，兩人看著彼此的狼狽，都忍不住掩嘴笑了，便有那麼一絲絲的溫馨在二人之間迴蕩著。

顧盈然暗暗嘆了口氣，惱道：「罷了，這鴿子原是為著母親生辰放生用的，不然我非讓人打下來烤了吃才解氣。」說著自己也笑了，又拉了喬錦書道：「此時也沒辦法了，只有到這後面的廂房洗頭、換衣服了。」

喬錦書微怔，想著自己該就這般告辭了去才是。

顧盈然看出喬錦書的遲疑，忙指了自己的頭道：「錦書，妳看我這樣子，如何見人，快走吧。」

喬錦書低頭看看自己的衣服也確實沒法見人，想著自己只要不離開顧盈然想來沒事，便和顧盈然去了後面的廂房。

廂房是裡外兩間，屋裡極是暖和，顧盈然道：「這翠華園家裡都是用來宴客的，這廂房平時沒人，收拾好了備著給客人休息用的。」

喬錦書環視四周，兩間屋子都是一樣的格局，臨窗設炕，擺了架子床和椅子。

顧盈然吩咐豔紅道：「妳去找婆子要了熱水來，再讓菊香去我房裡把我新做的杏黃色宮緞面小襖和棉裙給喬姑娘取來，再另外給我取了藍色的那套來。」

豔紅應著去了。

不一刻豔紅帶著婆子取了熱水進來，豔紅關了門要小丫頭在門口守著，便伺候顧盈然脫了外衣，準備洗頭。

顧盈然看喬錦書還站著，便笑道：「錦書若不好意思，便去裡間脫了外衣，我讓人幫妳把髒污的地方粗粗收拾一下，再給妳帶回家去細細收拾。」

喬錦書見了只著白色中衣準備洗頭的顧盈然，心裡也暗暗好笑，看來自己還是宅鬥的書看多了，倒是想得多了些，便也安心的笑道：「那就麻煩盈然了。」

過了一會兒，縠雨便拿了喬錦書的小襖棉裙出來，豔紅接了過來。

顧盈然看了那套杏黃色的衣服眼裡有些晦澀，朝著豔紅微微頷首，豔紅轉身把衣服遞給小丫鬟吩咐了幾句。

顧瀚揚穿了件黑色刻絲滾邊繡著歲寒三友圖案的狐狸毛披風急匆匆的往曉荷園去，今日是母親的生辰，自己若不快去請個安，只怕母親又要好一頓嘮叨。

落日幾個起落便落在了顧瀚揚身邊，在顧瀚揚耳邊低語幾句，顧瀚揚雙眸射出冷冽的寒光，跟在落日身後，轉瞬便消失了，清風和明月連忙跟上。

喬錦書與縠雨在裡間小聲說著話，聽著外間嘩啦啦的水聲，和顧盈然嬌嗔著要多洗幾遍的抱怨聲，也不由得有些好笑。

眨眼間顧瀚揚卻像風一樣立在了自己跟前，看著自己白色的中衣，喬錦書的心一片冰涼，自己終究還是被算計了，心慌意亂後漸漸安靜下來，坐直了身子靜靜的看著顧瀚揚漠然無語。

顧瀚揚看著明明慌亂害怕卻強自鎮定的喬錦書有些好笑，嘴角微翹，剛想說話，卻聽得不遠處有腳步聲，絕對不是清風他們，便伸手想解下自己的披風給喬錦書，不知怎的心底浮起一絲悸動，手一頓，突然猛的一拉，把喬錦書裹進自己的風衣裡。喬錦書身高只齊顧瀚揚的肩頭，如今被整個裹在披風裡，異常氣憤又憋悶難受，便咬牙掙扎。等好不容易把頭探出披風，卻愣在當場。

顧瀚鴻走進翠華園西廂房的後門，看見那虛掩著的門，心裡無端端的有了幾分緊張和害怕，一想著只要自己進了那門，便可日日陪著那夢中的容顏，又雀躍萬分。急匆匆的閃進門，轉過架子床，當看見屋內大哥冷峻的臉和他懷裡擁著的小人兒時，如驚雷當頭，腦中一片空白，呆怔了半晌，方磕磕巴巴（注）的擠出幾個字。「大……大……大哥。」

話音剛落，外間便傳來盆子和椅子的碰撞聲。

顧瀚揚冰冷的道：「誰?!」

顧盈然有些顫抖的聲音傳來。「大哥，是盈然在洗頭。」

咚！又傳來雙膝跪地的聲音，豔紅害怕得跪地不停求饒道：「大少爺，是奴婢不小心打翻了盆子，大少爺饒命，大少爺饒命。」

「哼。」顧瀚揚輕輕的哼了一聲，外間便鴉雀無聲。

顧瀚鴻看著大哥懷裡那張自己日思夜想的小臉，想著若是自己如往日般賴皮，大哥會不會像往常一樣，冷冷的瞪上自己一眼後，就把那些古籍、刀劍、硯臺扔給了自己呢？

想到這兒，他希冀的去看大哥的臉，與往日一般無二的冷漠，只是眼裡連一絲暖意也沒有，那眼神透著寒意，讓自己的五臟六腑都是冷的。

顧瀚揚看了眼顧瀚鴻灰敗的臉色，心裡有了一絲不安，低頭看看自己懷中木頭般的小丫頭，不由得放緩了語調道：「今日之事你們便權當沒看見吧，等我稟明了爹娘，便會著人去喬家與喬老爺商量的。」

顧瀚鴻只覺得心底空空的，木然道：「是，大哥，弟弟一定閉口不言。」說完便踉踉蹌蹌的走了出去。

顧瀚揚道：「取了喬姑娘的衣服來。」

豔紅急忙捧了兩套衣服過來道：「喬姑娘的衣服有些髒污了，著人粗粗收拾了，暫且不能穿，我家姑娘吩咐取了她新做的杏黃色衣服給喬姑娘，望喬姑娘不要嫌棄。」

顧瀚揚看了那衣服一眼，轉身走了出去，穀雨忙伺候著喬錦書換好衣服。

「喬姑娘，清風求見，我家爺有話吩咐，喬姑娘能否一見？」

喬錦書聽了，看著豔紅，豔紅忙道：「清風是大少爺的貼身小廝。」

喬錦書點點頭，豔紅見了忙道：「清風大哥請進。」

清風垂著頭，雙手捧了一襲披風，正是喬錦書留在翠華園大廳的石榴紅披風，穀雨上前接了，清風仍是垂著頭道：「我家爺吩咐，喬姑娘換了新衣不宜再去翠華園，請喬姑娘隨清風出府，喬家的馬車會在外面恭候。」

喬錦書清冷的道：「如此，有勞了。」說完轉身走到門口，木然看著顧盈然施了個福禮

注：磕磕巴巴，方言，形容口吃，說話費力的樣子。

道：「多謝盈然。」便隨著清風出去了。

喬錦書命令軟轎直接進了疏影閣，張嬤嬤見了忙迎上來施禮道：「姑娘回來了。」

喬錦書微微頷首，張嬤嬤看見喬錦書臉色不好，穀雨亦垂著頭，便不作聲，跟在後面上樓服侍。

進了東次間，張嬤嬤自己扶著喬錦書在炕上坐了，才道：「老奴看姑娘臉色不好，可是哪裡不舒服了？」

喬錦書知道這些事是不能瞞著自己身邊這些最親近的人，便道：「穀雨，妳把事情的前後細細說與張嬤嬤聽，讓張嬤嬤去回了我娘。」

穀雨應了，便把自她們進顧府所有的事情不論鉅細一一說了一遍，張嬤嬤聽了焦急的跌坐在炕上，指了穀雨恨恨的道：「穀雨，妳可知錯了？」

穀雨咚的一下便跪了下去道：「嬤嬤，奴婢知道這次斷無活路的，可是，奴婢還不想死，若是姑娘有了好的去處，奴婢就自己一索子了結了自己，若是為難了，奴婢便要留著這命去陪我家姑娘，用性命去護著我家姑娘。」

喬錦書聽了眼圈一紅道：「嬤嬤把顧府的事去回了我娘，把剛才穀雨的話也一道回了，就說我說的，此刻不想見人，只想穀雨陪著靜一靜。」

張嬤嬤應了，去了留韻館。

喬錦書道：「穀雨，妳去要了熱水伺候我梳洗更衣。」

穀雨伺候著喬錦書梳洗了，換了件白底靛藍雲團花紋的緞面小襖，用一支白玉簪子綰了個家常髮髻。

穀雨看喬錦書滿臉的憂傷，便道：「姑娘，是奴婢沒保護好姑娘，您要難過便打奴婢出氣，只別悶著為難自己。」

喬錦書笑道：「傻穀雨，這計策不是一般人設的，便是我娘去了未必敢說一定躲得過去，怪妳做什麼？咱們下樓去製藥間看看。」

穀雨詫異道：「姑娘不難過了？」

喬錦書搖搖頭道：「二叔的身體一天天衰弱，我哪有時間在這裡傷春悲秋的，有這工夫不如多看上幾頁書，多查些醫藥典籍豈不更好？」說著便下樓去了製藥間。

製藥間的桌上，自己看了一半的書還是攤開放著，墨汁猶未凝固，不過是半日光景，自己猶似爬了千山萬水。

穀雨看著彷彿什麼都未曾發生過一般，一時坐著翻看書籍，一時又去查找藥品的喬錦書，心裡越發的難過，此後，伺候喬錦書也越發的盡心仔細。

院子裡的小丫頭見顧瀚揚進來，都恭謹的蹲身行禮，入畫忙打起軟簾，顧瀚揚看見自己的父親顧謙默正和自己的娘坐在炕上說話，便躬身行禮，在旁邊的椅子上坐了。

顧夫人看了，慈愛的笑道：「你今兒個也累了一天，不早些歇了，又來我這裡做啥？」

顧瀚揚也不隱瞞，直接道：「就這幾日，娘選個日子把喬家的姑娘抬到我院子裡吧。」

顧夫人微蹙了眉頭，剛想說話，顧謙默已經開口道：「你若為著你娘的病，我看很不必，那丫頭是個心地純良的，即便不是我們家的人，也會盡心醫治你娘的。」

顧夫人聽了也贊同的頷首。

顧瀚揚便道：「並不為給娘醫病，只是今日那鴿子污了盈然的頭髮和喬姑娘的衣服，兒子一不小心闖進了喬姑娘更衣的房間。」

顧謙默知道自己這個兒子從來不是個大意的，想來又是有些說法的，左右不過自己兒子屋裡添個人，這些小事他自會處理好的，自己也不必太過擔心，便道：「既如此，你和你娘商量著辦了，只是別太委屈了那丫頭，抬個貴妾吧。我外院還有些書信要處理，等會子再來。」說著起身走了。

「說說到底又是什麼事？」看見顧謙默走了，顧夫人便瞪了顧瀚揚一眼道。

顧瀚揚便說了白日發生在翠華園的事，顧夫人聽了有些厭煩地嘆了口氣道：「查了是誰的手腳嗎？」

「兒子查了，是倚恬園那邊的手腳，我原本也想著只怕是二弟貪新鮮求了他姨娘的，只想壞了他們的事便罷了。可是田姨娘只怕因著喬姑娘給您醫病的緣故，自己也有了這個心，依了她的性格，既起了這個意怕是不肯輕易罷手的。兒子想著只有抬進我的院子才能息了這事。」顧瀚揚道。

顧夫人道：「如今咱們家都到慶陽了，不知道她還鬼迷心竅什麼。」

顧瀚揚道：「她那個個性哪有那麼容易安分的？這些年要不是兒子防範得嚴，不知她要生出些什麼事端。」

顧夫人聽了嘆氣道：「也罷了，她那個性子倒是個直白的，比起惜柔園那位倒是好些，就這樣吧。」

略微思忖了下，顧夫人又道：「雖說是貴妾，到底還是委屈了那丫頭的。」

顧瀚揚不以為然道：「您的兒子哪裡就委屈人家了？她一個商戶人家的女兒，雖說會些醫術，給我做妾還是她高攀了呢。」

「你呀，是見多了好顏色的女子，她們又一個個的上趕著你，便養成了你這個性子。娘但願你日後別碰上個讓你動心的，不然有你的苦吃的。」顧夫人笑著道。

「兒子都二十七歲了，早過了風花雪月的年紀，您就安心吧。」顧瀚揚道。

顧夫人搖搖頭道：「好了，這事我會讓萬嬤嬤去辦，只是我看今兒席間很有些見了喬姑娘意動的，特別是那韓家，好像志在必得，為了免生枝節，你還是先打發人去拜會一下喬家的好。」

顧瀚揚應了後告辭。

喬楠楓送走落日，心裡沈甸甸的，想著這事還是要和吳氏商量一下才是，便往內院來。

到了垂花門看見留韻館的大丫頭湘荷走過來行禮道：「老爺，太太請您去一趟留韻館。」

喬楠楓點點頭。

留韻館東次間吳氏正逗著饅頭、包子玩呢，兩個乳娘都在一邊伺候，看見喬楠楓進來都上前見禮，喬楠楓擺擺手，走上前去看饅頭、包子。

那包子但凡饅頭手裡的東西便伸了手要去搶，饅頭倒不計較，包子要搶便讓他搶走，又拿了別的玩。包子見了便又來搶饅頭手裡的，饅頭便有些不願意了，紅了眼眶看著包子，包子還是淌著口水傻笑著去搶。饅頭卻趁著包子不注意，搶了包子手裡的，包子一見急了，便癟了嘴要哭，吳氏心疼，忙拿了別的去哄包子。

喬楠楓看得哈哈大笑道：「這包子的性子像極了二弟小時候，小時候二弟但凡見了我書房裡的東西，便要收到自己房裡去才是。」

吳氏笑道：「那這饅頭便是像老爺了。」

喬楠楓搖搖頭道：「我看饅頭這一急了便不管不顧的性子像錦兒。」

說得吳氏笑著點頭道：「可不是？正是有些像了錦兒。」

喬楠楓戲謔道：「只不知錦兒像了誰呢？」惹得吳氏嗔怪的瞪了喬楠楓一眼。

喬楠楓呵呵一笑道：「太太，找我何事？」

吳氏便讓乳娘抱了孩子下去睡覺，又屏退了下人方道：「那日錦兒給顧夫人看了病回來，便送了一疋緗色的紫燕穿雲宮緞來我這裡，說是顧夫人送了兩疋，自己留了粉色祥雲的，緗色的給我。當時我心裡有些疑惑，那宮緞即便是在京城也是個稀罕物，平常人家也不能常得到，每年我家也就一疋，嫡母寶貝得什麼似的，這顧大人雖說在咱們慶陽縣是一呼百諾，可家裡怎麼能拿出這上好的宮緞呢？想著京城裡姓顧的高官也不過幾家，到底是在一個地方還是問清楚了好行事，我便寫了書信回去，讓爹幫著打聽一下，這不爹回了信，卻是我最不希望的那家。」

喬楠楓道：「到底是誰家，太太這般為難。」

吳氏遞了信給喬楠楓道：「便是先皇后的娘家，安陽王顧家。」

喬楠楓接了信過來，一目十行的流覽後道：「便是那個跟著開國皇帝從龍，立了無數功勛，封了世襲罔替的鐵帽子王的顧家嗎？」

吳氏微微頷首道：「正是他家，他家出過兩代皇后，幾個貴妃，當今的先皇后正是現在安陽王的長女，咱們縣令顧謙默的同胞妹妹，當今太子便是先皇后嫡出的。他家上下幾代即便是姨娘都大多出自名門貴族之家。」

喬楠楓聽了道：「咱們家錦兒可如何是好，惹上了這等人家。」

吳氏搖搖頭道：「我原本想著若是一般貴族之家，便求了爹爹出面也能多些體面，如今想來只怕是妄想了。」

「顧瀚揚今日派了心腹過來見我，許了錦兒貴妾之位。」喬楠楓道。

「貴妾雖比侍妾好上許多，可終究是妾，那種卑微我怎捨得我的錦兒去受？」吳氏噙了淚道。

「我哪裡又捨得我的錦兒去為妾，我是想她平安順遂一生，這才動了把她許給韓家老二的念頭，可事到如今，錦兒除了嫁顧瀚揚哪裡還有辦法？」喬楠楓皺了眉道。

喬錦書從門外緩步進來道：「爹、娘，錦兒知道，自己這一生除了顧瀚揚再嫁不得別人了。只是錦兒如今只想著能醫治二叔，不論貴妾或侍妾，錦兒都年紀尚小，還未及笄，爹、娘能否幫錦兒拖過一時？」

喬楠楓道：「如今也只能這樣，既然沒法，便先拖了再說。」

柏園，喬楠柏吃力的靠在迎枕上看著柴胡道：「我讓你打聽的事怎樣了？」

柴胡囁嚅著道：「還沒打聽清楚呢。」

喬楠柏眼裡便有了一絲冷意，道：「你長久跟著我，是知道我的脾性的，別的我是做不了了，趕了你出去卻還是行的。」

柴胡是深知喬楠柏脾性的，知道二爺不是嚇他，頓時跪下道：「二爺，不是奴才違逆您，老爺、太太都不讓二爺知道，便是怕二爺傷了身體，二爺若是生氣，豈不是讓姑娘白白操心了嗎？」

喬楠柏道：「我如今就是知道了也做不了什麼，不過白聽聽安心罷了，你何苦要瞞了我呢？」

柴胡猶疑半晌道：「是姑娘去顧府給顧夫人賀壽，好像是顧大少爺想咱們家姑娘做妾，故而姑娘回來時臉色不好。」

喬楠柏點頭道：「老爺和太太怎麼說？」

柴胡道：「老爺、太太自是不願意，正想辦法呢，聽說太太還寫了信回京城學士府求親家老爺。」

喬楠柏道：「嗯，我大哥雖說精明算計卻不是那種出賣家人的人，我嫂子更是待錦兒如珠如寶，自然是捨不得錦兒為妾的。」

又沈默了片刻道：「這事還是蹊蹺，顧瀚揚不像好色之徒，你再去打聽。」

柴胡應了出來，只得又去疏影閣找縠雨商量。

喬錦書聽了縠雨和柴胡的話，沈默半晌道：「這事只怕瞞不住二叔了，我要和娘商量個說法去。」

喬楠楓走進柏園，小寒正伺候著喬楠柏喝粥，喬楠柏揮揮手，小寒便又在喬楠柏的背後靠了個迎枕，讓喬楠柏靠得舒服些，便行禮躬身退下。

喬楠楓在喬楠柏身邊坐下道：「錦兒說，二叔是個古靈精怪的，想瞞他自是不行，讓我來和你說了。」

喬楠柏聽了，便笑著道：「這個丫頭連自己的二叔也打趣，看我不收拾她。」

喬楠楓哂笑道：「我倒看你怎麼捨得。」喬楠柏便笑著不作聲。

喬楠楓道：「那日錦兒去顧府赴宴，那放生的鴿子被驚了，竟是污了顧家大小姐和錦兒的衣服，兩人便到西廂房換衣服，誰知道顧瀚揚喝了酒想歇息，不小心闖了進去，這事也沒人知道，當時，還有顧大小姐在，於錦兒也沒有什麼不利的傳言。

「顧家便派了人來商量，說抬了錦兒去給顧瀚揚做貴妾，你嫂子聽了不捨，便要我拖著，說寫信去求親家老爺，看能不能娶做平妻。顧家不過是個縣令，錦兒的外公還是個四品的學士，你嫂子說這事大約是十分可行的。因著還沒得了準信，也不好聲張，誰知你就蠍蠍螫螫(注)了起來。」

喬楠柏聽了便笑道：「便是平妻也委屈錦兒了，原是顧家理虧，嫁娶禮儀上是一點也不能差了的。」

喬楠楓聽了笑道：「你還不知道你嫂子的嗎？她哪是肯委屈錦兒呢，如此你放心了吧。」

喬楠柏微微頷首道：「還有一個月便是錦兒的生辰了，到時候我這園子的西府海棠開得正好，就在我院子裡給錦兒過生辰吧。」

喬楠楓心裡酸酸的，面上卻笑道：「錦兒那丫頭聽了一定歡喜。」

第十六章　羞花

三月的天，風裡雖還有著絲絲涼意，太陽光已經暖洋洋的漫灑在各個角落了，柏園裡下人們忙忙碌碌，喬楠柏的臉上也喜氣洋洋。

喬楠楓走進柏園，看見喬楠柏長身玉立，左手背在身後，右手執了本書，眼睛卻看著窗外忙碌的下人，嘴角噙了微笑，心裡一暖道：「二弟，今兒個下床了。」

喬楠柏看見喬楠楓進來，忙放下書道：「大哥來了，快炕上坐。」

兄弟二人在臨窗的炕上坐了，小寒奉上茶躬身退下。

喬楠柏端起茶，喬楠楓看見他茶盞裡漂著幾朵菊花，道：「怎麼，錦兒還是不許你喝茶葉嗎？」

喬楠柏笑著搖搖頭道：「剛才袁大夫來給我把了脈，說錦兒的藥很有用，再多喝幾服便能恢復不少呢，說有了精神，下地活動活動不礙事的。」

「你便只聽我師叔的，便不聽我的嗎？我說讓二叔在床上再多養兩天的。」喬錦書嬌俏的笑著走了進來。

看見喬楠楓和喬楠柏，上前行了福禮，在旁邊的椅子坐了。

注：蹶蹶螯螯，形容人婆婆媽媽、過度緊張的樣子。

喬楠柏聽了便佯作抱怨道：「錦兒丫頭，妳如今送來的藥一日倒比一日苦，茶葉也不讓我喝了，每日裡只讓喝些花花草草的，再不讓我下地，二叔還有什麼樂趣呢？妳便是看在我傾囊給妳辦生辰的分上，也不應該管得這麼緊，好歹讓二叔我鬆快一下不是？」

喬錦書聽了，便挑眉看了自己的爹。

喬楠楓見了大笑道：「傻丫頭，妳還擔心妳二叔沒銀子嗎？咱們家的生意都有妳二叔份子的，不要說給妳辦一個生辰，便是再給饅頭、包子辦上十個、八個的也辦不窮他的。」

喬楠柏聽了，故意苦著臉看了柴胡道：「你快去數數我那裝錢的匣子還有多少文，看夠不夠給饅頭、包子辦生辰的。」說得一屋子人都笑了起來。

喬錦書看著自己的二叔今兒個心情好像極好，心裡一動便道：「爹，我看今日天氣極好，不如回了娘把饅頭、包子也接來，今日午膳就擺在柏園吧。」

喬楠楓聽了也高興起來道：「嗯，這個主意好，那快去讓人知會妳娘帶了饅頭、包子過來。」

春日的陽光裡，柏園的歡聲笑語盈滿曦園的每一處。

慈暉園老太太正在午膳，李嬤嬤走了進來。

看見李嬤嬤，老太太便招了手讓她過來，李嬤嬤猶疑片刻，便走過去在老太太耳邊低語幾句。

老太太頓時味同嚼蠟，怏怏的放下筷子，大寒見了忙上前柔聲勸道：「今日廚房做了老太太極愛的松子魚皮卷，老太太再嚐點兒。」

老太太冷冷的瞥了大寒一眼，道：「撤了吧。」

雪紋、冬陽忙上前收拾碗碟，指揮了小丫頭撤走。

老太太撚了佛珠道：「去佛堂吧。」

大寒上前扶了，和李嬤嬤一起伺候著去了西梢間的小佛堂。

李嬤嬤和大寒都知道老太太只有心情極差的時候才來這裡唸佛，都屏聲息氣的站在邊上伺候著，不敢觸了老太太的霉頭。

稍頃，老太太起身在旁邊的太師椅上坐了，沈吟半晌，慢條斯理的道：「我看小寒做二爺的通房也有些年頭了吧。」

大寒忙恭敬的回道：「是，有兩年多了。」

老太太點點頭道：「我估算著也差不多了，幾年來肚子也不見個動靜，二爺身體也不見好，我看還是找個庵堂，讓小寒去給二爺唸幾年藥王經吧。」

大寒聽了面色灰敗，連忙跪下磕頭道：「老太太，小寒這些年也是用心著的，若是小寒去了庵堂，二爺身邊也沒了個貼心的，老太太豈不是更要操心二爺的身體？求老太太再給小寒一次機會，小寒一定會好好伺候的。」

老太太冷冷的哼了聲道：「念在妳從小伺候了我一場的分上，再給妳們一次機會，若是錦兒生辰後，二爺的身體還是如現在一般，小寒還是去庵堂給二爺唸經吧。」

大寒連連磕頭道：「是，老太太。」

看著大寒走出去的身影，李嬤嬤道：「老太太，她……」

老太太冷冷的哼了一聲道：「諒她不敢。」隨即又道：「我原本不願這樣的，只是想著小寶一家人在梅縣吃苦，我心裡便不自在。又沒真害了他兒子，便下這個狠手趕了小寶一家人走，我若不幫小寶出了這口氣，心裡終是不忿。」

大寒出了屋子，想著這些年老太太吩咐自己和小寒辦的事，因不想小寒也和自己一樣整日提心弔膽，她都是瞞著小寒，哄騙小寒做下的。這兩年她發現小寒對二爺情根深種，便有些心軟，乘機做了些手腳，減少了給二爺下藥的分量，也不過是巴望著小寒有個好歸宿，如今老太太只怕起了疑心。

想到這兒，大寒急忙往柏園去。

柏園雖說又添了夏翠、春桃兩個大丫鬟，小寒終究還是二爺的通房，便和立夏一般自己住了一間屋子，也有個剛留頭的小丫鬟二丫伺候著。小寒正拿著支翠玉鑲的銀簪子坐在床上看著，看見大寒進來忙道：「姊姊來了，我正想著妳呢，妳就來了。」

大寒也在床上坐了，笑道：「二爺又賞了妳東西啊。」

小寒溫柔的笑著道：「嗯，我想著姊姊前段時間做了件黃色繡花的小襖，配了這支簪子是極好看的，正想給姊姊送去呢。」

大寒拉了小寒的手道：「姊姊在老太太身邊伺候，老太太極不喜歡伺候的人穿紅著綠的，妹妹在二爺身邊正該收拾得鮮亮些。」
說得小寒紅了臉。
大寒趁勢道：「二爺對妳可好？」
小寒點點頭道：「好的。」
大寒撫了撫小寒溫柔清秀的臉龐道：「二爺身體總是這樣，妳以後可怎麼好？」
小寒聽了眼裡便有了淚，卻還是笑道：「姊姊，二爺在一日，妹妹便盡心伺候一日，真到了那日妹妹便守著，如果真是到了那個分兒上，二爺倒是妹妹一個人的了，妹妹守一輩子也是歡喜的。」
大寒聽了，默了片刻道：「姊姊知道妹妹脾氣雖好，卻是個有主意的，果真這樣，以咱們老爺和二爺的感情必不會虧待妳，若是能過繼個小孩在妳膝下倒也圓滿。」
見小寒低了頭不說話，大寒便道：「怕老太太使喚人，姊姊要回去了。」
小寒這才道：「姊姊，我給妳收著好些東西呢，等哪一日老太太放妳出去了，我再給妳。」
大寒笑著點點頭道：「知道了。」說著起身走了出去，回頭看看小寒映在窗上的影子喃喃道：「妹妹就是守一輩子空房也比當尼姑好，在這個世上姊姊只關心妳一個。」
一大早，穀雨便在喬錦書耳邊嘮叨著，喬錦書矇矓的睜開眼，看著外面還灰濛濛的一片，無力的對著紫蝶道：「紫蝶快拉了她下去吧。」

紫蝶掩了嘴直笑。

穀雨嘟了嘴道：「姑娘，今日是您的生辰，您要沐浴更衣，還要上妝，這時辰已經不早了，再不起要誤了請安的。」

喬錦書掩嘴打了個哈欠道：「紫蝶扶我去沐浴吧，只要離了她便好，讓我的耳朵先安靜一刻。」

紫蝶便笑著扶了喬錦書往後罩房去沐浴，黃梨花木的浴桶，桶裡漂了些桃花花瓣，溫熱的水散發熱氣，狹小的房間裡霧濛濛的。紫蝶伺候喬錦書脫了睡衣，如玉般纖細嬌弱的身體掩進了水中的花瓣裡，喬錦書長長的吁了口氣。

穀雨見喬錦書起床了，便去準備手爐和巾帕。一時，喬錦書穿了件水紅色袖口襟邊繡滿纏枝薔薇的對襟睡衣過來，滿頭秀髮披散著，精緻的五官瓷白粉嫩，穀雨拿了巾帕迎上去擦乾頭髮上的水，再用手爐細細的烘乾。

紫蝶出去端一個甜白瓷的小碗進來道：「姑娘，今兒個小廚房燉了太太前幾日送來的血燕，您嚐嚐看。」

喬錦書挑了點桃花粉在手心暈開，輕輕按壓到臉上定妝，看了看鏡中的自己，滿意的點點頭忖道，看來自己這化裸妝的技術還沒忘記，轉身問道：「怎樣，不錯吧？」

紫蝶點點頭道：「嗯，姑娘這妝極精巧，化了又像沒化，奴婢說不清，但總是極好的。」

穀雨便伺候著換了衣服，頭上綰了個彩雲髻，紅珊瑚的五福步搖，耳邊戴了一對珊瑚墜子，海棠色刻絲妝花的夾襖，鴨黃色繡折枝梅花的月華裙，極是好看。

張嬤嬤剛一進門，看著梳妝完的喬錦書，呆了半晌方道：「老奴剛才晃神了，以為走錯了門，進了哪家神仙府第了。」

穀雨便笑道：「呀，今日真是太陽打西邊出來了，連張嬤嬤也會說好聽的話了。」

張嬤嬤便笑著點了穀雨一指頭。

喬錦書便笑道：「穀雨不許對張嬤嬤無禮，我們走吧，我要先去娘那裡。」

喬楠楓昨日便是歇在留韻館的，正和吳氏在臨窗的炕上商量著今日生辰的事。見喬錦書進來，紫竹忙把墊子放到炕前面，喬錦書上前跪下給喬楠楓夫婦磕頭行大禮，禮畢吳氏忙扶了喬錦書起來。

喬楠楓便拿出個核桃木的雕花盒子，遞給喬錦書道：「打開看看。」

喬錦書聽了便打開盒子，卻見裡面是五個神態各異的小金人，便笑道：「爹，我又不是小孩子，這個還是留著給饅頭、包子玩吧。」

喬楠楓笑著道：「來，丫頭到爹跟前來。」

喬錦書聽了便走到喬楠楓跟前。

喬楠楓拍了拍喬錦書的胳膊道：「傻錦兒，這五個小金人，嬉笑怒罵嗔，是世間眾生相，妳長大了，不要一味的沈浸醫書中，總要明白人間百態，以後的路，爹、娘陪不了妳一輩子，終是要自己走的。這小金人十足純金，方便攜帶，妳要好好收著。」

喬錦書聽了眼圈一紅，知道爹是開始在為自己打算了，便道：「錦兒明白爹的意思，會記住爹的話，好好收著這小金人的。」

吳氏聽了也紅了眼圈道：「錦兒過來，娘也送妳一樣東西。」說著從身邊拿出一個紅色的小玉佛。

喬錦書見了驚訝的道：「娘，是紅翡。」

吳氏訝異的道：「錦兒認識？」

喬錦書微微頷首道：「錦兒喜歡玉，沒事的時候便看了一些書，是以認得。」

吳氏點點頭道：「這個倒像了妳外祖父，妳外祖父也是喜歡玉，遇見了好的總是買了收著，這個玉佛便是妳外祖父送的，現在給了妳吧。」

說著便給喬錦書戴上，又道：「以後好好戴著別離了身。」

喬錦書點頭應了。

妙筆在門口道：「二爺往慈暉園去了。」

喬楠楓便道：「錦兒先去陪妳二叔，我和妳娘隨後就去。」

喬錦書應了，帶著穀雨、紫蝶往慈暉園去。

慈暉園大廳，老太太正與宋姨娘說話，喬仲青在一邊坐著啜茶。

喬錦書進了大廳，看見宋姨娘和喬仲青早已經到了，便笑著頷首。因著今日生辰，喬錦書便給老太太行大禮問安。

老太太道：「起來吧，今天是妳的生辰，這個給妳留著玩吧。」說著李嬤嬤便遞了一個紅色錦緞盒子過來。

喬錦書道謝接了，便遞給穀雨。

喬楠楓和喬楠柏說笑著走了進來，吳氏跟在他們身後，老太太見了道：「楠柏今日精神好像不錯呢。」

喬家兄弟和吳氏上前問了安坐下，喬楠柏溫和笑道：「嗯，託了老太太的福，比往日是好了很多，這便來給老太太請安了。」

宋姨娘和喬仲青又上去見了禮才坐下，喬錦書又一一給喬楠楓、吳氏、喬楠柏行了大禮，喬楠楓還是送了一本醫書，吳氏送了一支梅花樣式的粉瑪瑙銀簪，小巧精緻。宋姨娘、立夏照例送了自己繡的東西。

喬仲青看著一屋子熱鬧的人，心裡有些恍惚，想起那日自己的舅舅宋小寶被爹趕出慶陽縣後爹和自己說的話──「你若以為你祖母是疼你愛你，想幫你得喬家家主的位置你就錯了，她不過是想控制你以得到喬家的一切，最後難免不把喬家變作宋家。別忘記了你終歸姓喬不姓宋。」

想到這兒，喬仲青壓下心裡的萬般念頭，站起身給喬錦書道了喜，然後歡歡喜喜的送了一個顏體的春字道：「姊姊生在春日，仲青希望姊姊像春天般美好。」

喬錦書聽了心裡一動，想起錢嬤嬤和自己說的，趕走宋小寶的翌日，喬楠楓便喊了喬仲青到自己書房說了半天的話，聽說喬仲青出來的時候，面色倉皇，連著幾日坐立不安，想來是喬楠楓敲打了他。忖道，只要他息了那點子念頭，便還是自己的弟弟。

喬錦書便道：「仲青弟弟的字越發的有風骨了，我很喜歡，多謝了。」

喬仲青見喬錦書是真心的喜歡，也高興的道：「姊姊客氣呢。」

喬楠楓見了暗暗點頭，宋姨娘偷偷的覷了老太太一眼，見老太太正盯著自己，心裡有些忐忑。

喬楠柏見大家都送了禮，便道：「錦兒，二叔讓人給妳找了棵綠萼梅，已經讓柴胡帶人種到妳院子裡了。」

喬錦書聽了驚喜的道：「二叔，我好喜歡，謝謝二叔。」

喬楠柏疼愛的道：「妳喜歡便好，若二叔不在了，想二叔時便看看那梅花吧。」說完自己也錯愕了，怎麼說了這話，多年來臥床的敏感，使得自己的心往下一沈。

喬錦書聽了彷彿心跳加劇，心裡也不安起來，面上卻不顯的嗔怪道：「二叔，可是不相信錦兒的醫術嗎？」

喬楠楓看著自己弟弟一剎那的愣怔，也知道弟弟是脫口而出，便道：「妳二叔說錯話，咱們今日全家都去他院子裡鬧他去。」

聽了喬楠楓的話，大家便都笑了，也忘了剛才的事。一時早膳畢，大家喝茶閒話後，便都去了柏園。柏園已經搭了個小小的戲臺子，那西府海棠卻被粉色的細紗罩了。

喬錦書便笑著指了道：「二叔這又是為哪齣？」

喬楠柏笑道：「上午聽戲，等下午妳便知道了。」

一家人就在抄手遊廊下坐了聽戲，雖說請的戲班子也不大，可卻是喬家第一次請戲班子回家，家裡的僕人除了當值的，只要有機會也都蹭了來聽戲，一家人熱熱鬧鬧的。

聽了兩齣戲便是午膳的時辰了，一家人自然又是歡歡喜喜的一起午膳，午膳畢，大家各自回房歇息。

喬錦書看著院子裡新種的綠萼梅樹，回頭看了身後的張嬤嬤道：「嬤嬤找人看著柏園，吃穿都仔細些。」

喬楠楓面色凝重的坐在黑漆書桌後面，看著喬管家道：「盯著柏園的人可有發現什麼異動？」

喬管家搖頭道：「老爺，沒有異常之處。除了姑娘對二爺吃穿用度格外仔細外，只有太太那裡有了好的吃食會送到柏園，老太太從來都只是遣了人問候，沒送過東西，宋姨娘那裡對柏園並不關注。」

喬楠楓微微頷首道：「今日格外仔細些。」喬管家應了。

柴胡走進來躬身作揖道：「二爺，戲班子打發走了，院裡也清理乾淨了，清音班的人都安排妥了。」

喬楠柏微微頷首，看了窗臺上的側柏葉道：「這側柏葉還是你哥哥麥芽那年給我找來的，那時我小，得了病，晚上整夜的咳嗽，他不知哪裡聽說側柏葉聞了可以止咳，便弄了幾盆來，也不知怎的竟真的好些。後來，他和李伯出去辦事竟翻了車，救不了，只來得及帶了句讓你進來伺候我的話，就這樣去了，我便養了這幾盆側柏葉。」

柴胡聽了便有些鼻音道：「奴才哥哥是個有福的，這麼多年了，二爺還是惦記他。」

喬楠柏聲音低沈的道：「你出去吧，我累了，想歇會兒。」

喬錦書帶了穀雨、紫蝶往柏園去，進了門見大家都在，有些不好意思，便戲謔的彎腰作揖道：「小生來遲，請各位大人恕罪。」

看她一身女兒裝扮卻行男子禮甚是好笑，一院子人都笑了。

喬楠柏背著手，疼愛的看著錦兒笑道：「妳個促狹的，來遲了還嘔我們大家，快來坐了。」

喬錦書聞聲轉頭去看喬楠柏，月白色蘭草妝花紗袷衣長衫，金色刻絲碧玉腰帶，腰繫雙鶴騰雲白玉珮，儒雅清俊。

喬錦書乖巧的點頭去吳氏身邊坐了，喬楠柏道：「柴胡，開始吧。」

柴胡躬身領命，支使兩個小丫頭到罩了粉色紗罩的海棠花邊站定，自己走到柏園門口雙手擊掌，不遠處有小廝聽到也雙手擊掌，如此傳遞，掌聲漸遠。就在掌聲漸漸模糊處絲竹聲漸起，婉轉清幽，傳進柏園，海棠花邊的小丫頭聽了絲竹聲，便舉起了粉色紗罩。那盛開的西府海棠便就這樣映入眾人眼簾，明媚動人，楚楚有致，絲竹聲就在此時由悠遠轉入高揚，歡快的絲竹聲縈繞在春日的柏園。

喬錦書那雙清澈的杏眼霧氣迷濛，二叔只怕自己為了顧家的事難過，費盡心力為自己準備這生辰宴。

起身走到喬楠柏跟前蹲身行禮道：「謝謝二叔，錦兒歡喜至極。」

喬楠柏見錦兒雙眼噙淚，便笑道：「歡喜便好，可妳哭什麼呢，難道是怪二叔沒給妳準備吃的？柴胡快上點心。」

他說得喬錦書笑了，嗔怪的叫道：「二叔呀。」

喬楠柏也開懷笑道：「錦兒，妳知道二叔如今沒銀子了，這點心可是直接從妳娘的點心鋪子裡拿來的喔，只管吃，不夠了，我叫喬安再去拿來便是。」說得大家又都笑了。

柴胡指揮著丫鬟們，在各人跟前的小桌上都放了喜歡的點心茶水。

喬楠楓見了望著自己的幼弟，高興的點頭道：「我只道二弟還是個小孩子，今日見他行事心思縝密，處事大方有條理，可見是長大了，只這喜歡作怪的樣子還是像極了小時候，跟拿墨水塗花了我的書桌，便躲在一旁偷笑的樣子一般無二。」

喬楠柏不依的看著吳氏道：「大嫂，我如今都二十幾了，大哥卻只管提我小時候的事，真是極不厚道。」

吳氏聽了也笑道：「是，明日便罰你大哥把你的錢匣子裝滿了，等日後你再照著這個樣子給饅頭、包子也辦個生辰宴，只是不許累著自己，有什麼事，家裡的下人都任你差遣。」

一家人正說著話，一個媳婦子拿了張單子進來道：「清音班的班主說，這個單子上的曲子他們都會，請主子們隨喜好點。」

喬楠柏點點頭，示意媳婦子把單子給老太太。大寒接了過來躬身遞給老太太，老太太接過來掃了一眼笑道：「今日這麼雅致的事情，難為你們不嫌棄還肯帶了我這個老太婆一起玩，我也不懂這些琴呀笛呀的事情，你們瞧著你們喜歡的點，我聽個熱鬧就很喜歡。」大家聽了又笑了起來。

喬楠柏看見喬仲青有些躍躍欲試的樣子，便溫和的道：「仲青，絲竹樂理雖不是必學的事，但可修身養性，有所涉獵才好，你點來試試。」

喬仲青從沒在這麼多人面前露過臉，此時見二叔親切的和自己說話，爹和嫡母又看著自己點頭，心裡自是高興，便站起來接了。

上面寫的曲子自己大多也沒聽過，見有一首竹林微雨，想著自己的爹喜歡竹子，點這首想來是錯不了的，便點了竹林微雨。

絲竹聲起，若微風動，清淺低吟，極是雅致，喬楠楓暗自點頭。

喬錦書和紫蝶低語幾句，紫蝶便悄悄走了出去。

老太太便注意到了這邊，看見喬錦書刻絲妝花夾襖上映著個紅色玉佛，極是豔麗好看，眼神微瞇道：「錦兒這玉佛襯得臉色越發紅潤，極是好看。」

吳氏聽了恭謹的笑道：「正是老太太說的，這紅翡便是小姑娘戴了才好，這是前些日子我寫了問安的信回去，錦兒的外祖父知道錦兒生辰，特意帶了過來的。」

老太太聽了點頭道：「我看著不像是尋常人家的東西，親家老爺送的自是稀罕的。」

喬錦書見紫蝶進來了便道：「今日是錦兒的生辰，錦兒也有一點心意，錦兒給大家吹一曲吧。」說著取了紫蝶手中的紫竹簫便要吹奏。

喬楠柏道：「錦兒，簫聲近了反倒不好聽，要遠些才好。」

喬錦書應道：「是。」

早有丫鬟搬了杌子，放在海棠花邊上，喬錦書便移步過去側身坐了。青蔥般的手舉了那紫竹簫，放在唇邊正欲吹奏。正是——

莫惜海棠胭脂色，斜倚鬢邊亦含羞。

簫聲漸起，若水滴林間，待凝神細聽又漸隱沒，再婉轉輕揚，娓娓低語，如春日百花綻放，又如青鳥和鳴。

中元街上三匹馬疾馳過來，長河道：「落日，好像有簫聲。」

落日的功夫不如長河，便道：「我沒聽到。」

顧瀚揚調轉馬頭往旁邊的小徑馳去，長河、落日互看一眼，揚鞭跟上。

曦園外守門的小廝認得顧瀚揚，便上前行禮，顧瀚揚擺手制止。那簫聲在竹林間輕舞飛揚，長河縱身躍起，消失在院落中，過了片刻落在馬上，悄聲對落日道：「天，此景只應天上有。慶陽竟有這麼好看的女子嗎？」

落日偷偷打量了顧瀚揚，顧瀚揚冷冷的看了長河一眼，疾馳而去。

落日見了，愛莫能助的看著長河搖搖頭道：「那喬家大小姐是爺的女人。」

長河哀嚎一聲，拍馬跟上。

第十七章　病因

喬錦書看著黑漆漆的窗外有些呆怔，穀雨走過來，用一根白玉簪鬆鬆的給她綰了個家常髮髻，輕聲道：「姑娘，就算睡不著也去床上躺著吧，時辰不早了，明日還要早起請安呢。」

「什麼時辰了？」喬錦書問道。

「子時了。」穀雨看了眼座鐘道。

十一點若是在江城正是玩樂的時候吧，這裡卻已經夜深人靜，萬籟俱寂了。喬錦書深深的看了眼窗外道：「嗯，去歇了吧。」

紫蝶滿面倉皇的走進來，低聲道：「姑娘，大事不好了。」

喬錦書道：「紫蝶，大半夜的什麼事這樣驚慌？」

紫蝶忙跪下道：「姑娘，那紅翡的玉佛不見了。」

喬錦書聽了也有些慌亂道：「怎麼才發現呢？」

紫蝶哭著道：「因那玉佛是今日才戴的，檢點首飾時便忘記了，只把早上戴出去的清點了放在首飾盒裡。剛才我給姑娘收拾衣服才想起來，去首飾盒裡看果然沒有。」

穀雨忙道：「姑娘別急，今日咱們沒出去，就算掉了也就在家裡，不會丟的。」

紫蝶搖搖頭道：「這玉佛老太太今日在園子裡說了是極稀罕的，當時聽見的人不少，若有那眼皮子淺的撿了，難免會起了貪心。」

穀雨忙道：「那我此刻去柏園找找，或許是姑娘吹簫的時候被海棠樹的枝葉勾了下來也難說，若落在那裡也許沒人看見呢。」

喬錦書聽了覺得有理，便道：「那我們去柏園找找。」

紫蝶忙道：「姑娘，這深夜去外院若被人看見可是大不好的。」

穀雨也點頭道：「正是，還是奴婢自己去的好。」

喬錦書搖頭道：「妳自己去若被發現更不好，我和妳一起去，若萬一被人撞見，只說我不放心二叔去看他，也可支應過去。」

見她二人還遲疑，喬錦書便道：「我意已決，換了深色衣物這便去，紫蝶留在屋裡守著接應我們。」

喬錦書和穀雨從葡萄架下的角門出了院子，繞道纖絮閣後面的小徑，進了柏園的後門。深夜的柏園格外的安靜，只有風颳著香樟樹葉的沙沙聲，月下的海棠花寂寞妖嬈的開著。

穀雨扶了喬錦書，悄悄潛到海棠花邊上，穀雨掏出火摺子細細的搜尋了下，什麼也沒有，兩人又在院子裡細細的找了一遍，還是沒有任何發現。

喬錦書看了看穿堂那邊喬楠柏的臥室，心裡一動道：「二叔身體不好，一向淺眠，若是還沒睡，我們便問問吧。」穀雨心裡著急，便也點頭應了。

二人過了穿堂來到正房，見守門的小廝已經睡著了，穀雨狠狠的瞪了二人一眼。

喬錦書有些好笑的拉了穀雨一把，二人悄聲推開虛掩的門走進去，走過起居室，來到喬楠柏的臥室前，掀起軟簾便走了進去。昏暗的燭光映在藍色的紗帳上，柴胡靠著腳踏睡著了。

喬錦書發現平日裡擺在二叔起居室窗臺上的側柏葉，現正擺在床邊的五屜桌上，想到二叔最近也不咳嗽，不由得蹙了眉頭走過去。床邊的小几上還是擺著那個日常用的薰香爐，只是那味道不是自己做的安息香味道，卻散發著一股甜甜的香味，格外好聞，不由得湊近了去細聞。

猛然，喬錦書整個人寒毛倒立，渾身發麻，強自鎮定了自己，輕輕掀起藍色的紗帳，看了一眼睡夢中的喬楠柏，喬錦書身體急劇顫抖起來。

穀雨發現喬錦書的異樣，忙扶了喬錦書探頭去看，但見密密麻麻的白色小蟲成一條線從喬楠柏的鼻子爬了進去，喬楠柏臉色蒼白，極不安穩。穀雨見了渾身發軟，靠著喬錦書不停的哆嗦。

穀雨強忍著恐懼順著那蟲子看去，發現那些蟲子是從側柏葉裡爬出來的，成一條線往薰香爐那裡聚集，然後才順著床爬進喬楠柏的身體裡。

喬錦書咬了牙，拿起床邊的帕子便把那些蟲子全部擦掉，穀雨見了，顫抖著端起側柏葉便走了出去，喬錦書拿起旁邊的水便倒在香爐裡。穀雨進來又把香爐端了出去。喬錦書這才軟了身子跌坐在腳踏上，身體猶在輕輕顫篤簌。

穀雨走了進來，看見喬錦書閉了眼，眼淚簌簌的落下，便跪下用袖子輕輕給喬錦書擦眼淚，只是自己的眼睛也模糊了。喬錦書睜開眼，轉身坐在床邊，伸手在喬楠柏胳膊上的一個穴位上使勁按壓。

片刻喬楠柏睜開眼睛，看見喬錦書坐在自己床邊，不信的揉揉眼，剛想說話，喬錦書搖搖頭，喬楠柏便疑惑的看著喬錦書。

喬錦書俯身在喬楠柏耳邊道：「二叔，我找到你的病因了。柴胡可信嗎？」

喬楠柏眼裡閃過一絲驚喜的亮光，點點頭。

喬錦書朝穀雨點點頭。

穀雨伸手朝柴胡的人中掐去，柴胡一下就驚醒了，看見穀雨，嚇得剛想大叫，被穀雨一把捂住了嘴。就聽得喬楠柏道：「柴胡不要出聲。」柴胡點點頭。

喬錦書便把剛才看見的一幕說了一遍，喬楠柏聽了臉色越見蒼白，清秀的雙目噙滿了淚，無聲的滑下，柴胡也趴在喬楠柏身上壓抑的抽泣著。

喬錦書咬了唇啞聲道：「二叔，如今既找到了病因，錦兒便一定要治好你，只是這事現在不宜和任何人說，連我爹也先不說。我要帶你上齊雲山和我師傅，還有師叔一起商量了再下藥。明日你和我爹說，要帶了我一起去齊雲山看我師傅。此刻時間不多，你讓柴胡幫你收拾東西，我也要回去準備一下。」

喬楠柏無聲的點點頭。

穀雨、紫蝶正伺候著喬錦書早膳，房裡沒有一絲聲音，小丫頭們見了，也都放輕了腳步。

妙香在門外道：「姑娘，喬安求見。」

喬錦書聽了道：「知道了，問他什麼事，讓他說吧。」

喬安在門外道：「老爺說，讓姑娘陪著二爺去趟齊雲山。」

「甚好，我也正想去看師傅了。」喬錦書道。

曦園的側門駛出兩輛平頂油車往齊雲山去，到了山腳下，柴胡上山帶了兩個僧人下來抬了喬楠柏上去。

喬錦書打發了馬車回去，自己跟著往山上走去。

上了山，見一品大師坐在菩提樹下的石桌邊看書，喬錦書上前行大禮問安。

一品大師摸摸喬錦書的頭頂道：「徒兒，怎麼了，受委屈了？」

喬錦書抬起頭道：「師傅，我找到二叔的病因了。」

一品大師扶了喬錦書起來道：「這原是好事，妳卻哭什麼，便是有什麼疑難雜症的，還有我和師叔呢。」

喬楠柏在藤椅上欠身施禮道：「大師，恕晚輩禮儀不周了。」

一品大師看到喬楠柏面色蒼白，神色疲憊至極，便上前把了把脈，立時肅然道：「抬進我的禪房裡。」

三人進了禪房，穀雨和柴胡把喬楠柏安置在炕上躺下，便退了出去。

喬錦書正欲和一品大師細說，袁楚闖進來道：「錦兒呀，妳這麼心急火燎的拉我上山何事呀？」

一轉眼看見躺在炕上面色極差的喬楠柏，便有些澀澀的道：「我說那藥不可用吧，你小子就是偏要用，如今又發作了吧。」卻見喬楠柏看著自己笑，便知道自己說錯話了。

喬錦書聽了便詫異的道：「師叔，您給我二叔吃什麼藥了？」

袁楚便吶吶想著怎麼說呢。

一品大師也道：「師弟你看那小子的臉色，可是不大好呢，你還不快說了。」

袁楚聽了才道：「也沒什麼，那小子聽說錦兒要嫁進顧府做平妻，恐錦兒受了委屈不悅，便想給錦兒做個生辰，讓她高興高興，他自己的身體又起不了床，便求我給了他一些提神的藥。」

喬錦書聽了便埋怨的道：「師叔，但凡提神的藥都是耗費自己身體的，我二叔的身體哪裡禁得起呢。他不懂，您也跟著胡鬧。」

一品大師聽了便道：「此刻不是說這些的時候。錦兒妳快說說妳二叔的病因，幾年了老衲是無一點頭緒，也是極想知道的。」
袁楚聽了也驚異的道：「錦兒，妳找出來了，快說快說。」
喬錦書未語先落淚，語聲哽咽的把昨晚所見又說了一遍。
「畜生！畜生！這到底是何人，竟是下了這樣的狠手。」袁楚憤恨的站了起來，連連罵道。
一品大師沈聲問道：「錦兒，妳家到底得罪了苗族的何人？竟是惹得苗族的秘藥在妳家一而再的出現。」
喬錦書回頭看了看喬楠柏，二人相視，皆搖頭。
一品大師見了便道：「看來只有問喬老爺或可知道。」又問袁楚。「師弟，這藥我知之不多，你可知詳情？」
袁楚點頭道：「知道，這種蟲在苗族的山林中極易得，產了卵只要收在乾燥之處便可一直以蟲卵的形式存活，如果將蟲卵放在黃楊葉、蜀檜葉、側柏葉等蟲子喜好的潮濕土壤中，只要幾日便可繁殖出來，但壽命也不過幾天，對人畜皆無害。只是若以血肉之軀飼養才可長成成蟲，成蟲與人爭奪飲食，致人衰弱最終枯竭而亡。」
一品大師道：「可有解救之法？」
袁楚道：「我在外幾十年並不曾聽說有人誤食之事，可見若不刻意為之，並不會成害，且聽錦兒所言，那香料定是蟲子所喜之物，透過引導才爬入那小子體內的，這解救之法，還需斟酌。」

喬錦書聽了忖道——寄生蟲！這就是寄生蟲，要打下來並不難，現代打蟲的法子很多，但對人體都是有些傷害，若是正常人就沒事，可是二叔的身體能否承受得住？

袁楚看見喬錦書一時蹙眉，一時又給喬楠柏把脈，便道：「錦兒是否有法子？」

喬錦書便道：「我昨日思考一夜，有了一個法子，只是怕二叔如今的身體承受不住。」

一品大師聽了便道：「妳寫下來，我和妳師叔給妳斟酌斟酌。」

喬錦書提筆寫方子，一品大師和袁楚看了便連連點頭。

一品大師道：「錦兒這方子極好，只是對如今妳二叔的身體恐危害極大，甚至傷及性命。」

袁楚擔憂的去看喬楠柏，見喬楠柏卻是神色如常，正仔細的聽著他們說話，便有些哭笑不得道：「你小子知不知道你身體裡俱是蟲，性命都朝不保夕，還跟沒事人一樣的。」

喬楠柏笑道：「你若如我一樣臥床十多年，便也能如此。」

袁楚聽了連聲道：「呸呸呸，你小子別胡說八道，惹惱了我，便把那藥煎了給你灌下去。」

「我原本就打算喝的，哪要你灌呢。」喬楠柏哂笑道。

「二叔……」喬錦書憂慮的道。

「錦兒，派人請了妳爹來，我想見見他。」喬楠柏溫和的道。

喬楠楓急匆匆的走進禪房，一品大師見了便對袁楚道：「讓他們一家人敘話，我們師兄弟去喝茶吧。」

二人便到院子裡菩提樹下的石桌邊坐了，小沙彌斟了茶便在一邊伺候著。

袁楚剛端起茶盞，便聽禪房傳來一聲憤怒的吼聲——

「畜生！」

袁楚點點頭道：「還有些血性，只道他要一世精明算計呢。」

喬楠楓雙手握拳，眼裡射出憤恨的怒火。

喬楠柏見了，便伸手握了喬楠楓的手，溫聲道：「大哥，小弟再不願過如行屍走肉般的日子了。」

喬楠楓心疼的看著這個自己一手帶大的幼弟，慢慢平復了心情，低頭不語。過了一盞茶的工夫，方抬起頭堅毅的看著喬錦書道：「錦兒，去給妳二叔煎藥。」

喬錦書雙眼噙淚柔聲道：「二叔，錦兒親手去為二叔煎藥，等二叔病好了，咱們一家人一起賞那綠萼梅。」

喬楠柏聽了微笑頷首。

藥一煎好，喬楠柏接過藥碗，看著面前最親近的兩人道：「你們該知道我是不願過那樣的日子，如今終是有了個結果，該為我歡喜才是。」說著，便端了碗，大口喝了下去。

不過片刻工夫，蒼白的臉上便冒出豆大的汗珠，臉開始脹紅，身子慢慢佝僂了起來，顯見是承受了極大的痛苦。喬楠楓見了躍上炕，把喬楠柏抱在懷裡，柴胡忙抱了喬楠柏的雙腳揉捏，又過了片刻，喬楠柏掙扎著移到炕沿開始嘔吐。

看著盆裡在血絲中蠕動的白花花的蟲子，一屋子人都神情遽變。

一品大師吩咐門外的小沙彌道：「慧空，去準備個火桶。」

喬楠柏好不容易停止嘔吐，安靜了下來，他抽搐著看了屋裡的人一眼，暈厥了過去。

一品大師忙上前把脈，然後凝重的道：「三日後若能醒來便痊癒了，否則只怕不好。」

袁楚順手拿起旁邊的一件僧衣蓋住盆中之物，吩咐柴胡端出去燒了，穀雨上前用熱毛巾幫喬楠柏擦拭乾淨，蓋好被子。

喬楠楓下了炕，看著錦兒肅然道：「我不放心家裡妳娘和弟弟，先回去安排下，晚上便來守著妳二叔，這裡便交給妳了。」

錦兒正色點頭道：「嗯，爹快去看看娘和弟弟，這裡有錦兒呢。」

兩天了，白天是喬錦書守著，晚上喬楠楓便來守著，可是喬楠柏依然未清醒。

喬錦書看著柴胡用參茶潤濕了二叔的嘴唇，有些無措的往外走去，今天已經是第三天了，二叔還是沒有醒來的跡象。喬錦書只覺得自己的內心如油在烹，無意中走到了山下的泉邊，寂靜的山林只有風聲和泉水的淙淙聲，多日的恐懼焦慮使得喬錦書壓抑不住的哭出聲來。

顧瀚揚看著蹲在泉邊哭泣的小女子，想著她平日裡總是雲淡風輕強自鎮定的模樣，心裡想著也不過是個十幾歲的小女孩罷了，便放重腳步走了過去。

喬錦書聽到聲音，忙擦了眼淚起身，看見顧瀚揚便施禮道：「顧大少爺。」

顧瀚揚微微頷首道：「大師和我說了。我問了妳爹，他也不知道妳家和苗族有何恩怨，我已經著人去查了，想來很快便有消息的。」

喬錦書聽了感激的道：「謝謝大少爺。」

那消瘦的小臉只有巴掌般大小，雙眼微紅還噙著眼淚，想著終是自己家人算計了她，心裡有些不忍，顧瀚揚便道：「還有何事我能幫妳？」

「我不想進顧家。」喬錦書脫口而出道。

顧瀚揚聽了雙眼微挑，那張冷漠的臉露出邪魅的笑，道：「小東西，妳我二人之間，妳可有資格說不？」

喬錦書聽了咬唇不語，忖道——是啊，說了又有何益？但還是抬起小臉倔強的道：「說『不』是我的態度，即便無果。」

顧瀚揚冷冷一笑道：「我雖答應妳師傅護妳一生，但日子好不好過，也在妳的態度。」

說完像一陣風般轉瞬離開。

喬錦書望著空空的山林，好像從來都是自己一人站著，心底不由得起了陣陣寒意。

穀雨清脆的聲音傳來——

「姑娘、姑娘，二爺醒了。」

喬錦書如聽梵音，頓時有說不出的喜悅，飛快的往上奔去。

禪房內，喬楠柏靠在柴胡身上虛弱的笑道：「錦兒呀，我睡了兩天，此刻腹中著實的餓，妳不給我吃的，只是哭什麼呀。」

喬錦書聽了忙歡喜的道：「是，穀雨，快把粥端來。」

袁楚剛進門，便聽到喬錦書喚穀雨端粥，便哼了一聲道：「你再不醒來，錦兒丫頭還不知道要浪費多少好藥材。她每日裡只拿了那上好的人參燕窩，煎了藥汁給你煮粥，煮好了便溫著，涼了就倒掉又重煮，真真的暴殄天物。」說得大家都笑了。

晚上喬楠楓來了，也是喜不自勝，一家人又說笑了半天。

喬楠楓方黑了臉道：「方才來之前接到顧家大少爺的信，你看看。」說著從袖袋裡取了封信遞給喬楠柏。

喬楠柏打開信，只有簡短的幾個字——

令堂宋老太太之母宋王氏滇南苗族人

喬楠柏拿信的手微微顫抖，清冷的道：「大哥，這事你且穩著，等我病癒了自己處理可好？」

喬楠楓鄭重的頷首。

吳氏正和錢嬤嬤說著話。「錦兒和楠柏上山也有一個月了，該是快回來了吧……」

話才說完，便見湘荷興沖沖的走進留韻館東次間道：「太太，老爺、二爺和姑娘都回來了。」

吳氏聽了急忙起身往院子裡去，剛走到大廳門口，便看見喬楠楓與喬楠柏攜手而來，喬錦書跟在他們身後。

喬楠柏見吳氏站在門前，忙幾步走過來行禮道：「大嫂，小弟回家了。」

吳氏高興的道：「楠柏可好了？」

喬楠柏笑道：「都好了，錦兒救了小弟。」

吳氏高興的擦了擦眼角的淚道：「那便好，快進屋裡去。」

喬楠柏道：「大嫂，小弟是來請大哥、大嫂和錦兒陪我一起去給老太太請安的。」

吳氏聽了便道：「嗯，這是正理。」

說完一家人便往慈暉園去。

李嬤嬤神色恍惚的走進來道：「老太太，老爺、二爺他們來了。」

老太太面色陰沈的道：「他怎麼樣？」

李嬤嬤道：「健步如飛。」

老太太看著李嬤嬤不安的樣子道：「哼，沒有證據，不孝的罪名他們不敢當。」

李嬤嬤聽了，面色稍緩道：「老奴不怕。」

老太太撚了佛珠坐在大廳，見他們進來便笑吟吟道：「早有下人報了我，我歡喜得什麼似的，楠柏可是痊癒了？」

喬楠柏行禮道：「老太太，錦兒治好了我的病，日後定日日來給老太太請安。」

老太太聽了道：「可不許這樣，你病剛好還要多養養，等好徹底了再說請安的事。」又吩咐李嬤嬤道：「今日是喬家極歡喜的大事，妳去把姨娘和仲青請了來，再吩咐廚房好好的做些楠柏愛吃的菜，今兒個晚膳就擺在慈暉園。」

李嬤嬤應了去了。

老太太又喚了大寒道：「快去把你們老爺前些日子送來的雨前茶泡了來。」

大寒應了，泡了茶端上來，依次奉上。

當她躬身將茶放到喬楠柏身邊的小几上時，喬楠柏貌似不經意的深深望了她一眼。大寒手裡的杯盤發出輕微的響聲，喬楠柏心裡冷冷一笑，不動聲色的端了茶道：「這茶回甘極好。」

喬楠楓道：「你若是喜歡，我明日叫杜衡送些給你，再把墨韻堂西次間收拾了給你做書房。」

喬楠柏聽了忙笑道：「大哥，我又不愛讀書，不用書房。」

喬楠楓道：「且不管你愛不愛讀書，如今你病也好了，家裡的生意便要分擔些，明日便隨我巡視店鋪。」

喬楠柏聽了佯作苦惱的道：「大哥，你也不容我歇息幾天。」

喬楠楓卻不理他，吩咐錢嬤嬤道：「吩咐曦園上下，日後二爺說的話便和我一般，若有不遵的，即刻發賣了。」

老太太聽了一怔。

喬錦書見了忙笑道：「今日家裡人都來了，就只有饅頭、包子沒有來。」

老太太聽了便對喬楠楓道：「這饅頭、包子都多大了，也不正經取個名，只管饅頭、包子的叫著。」

喬楠楓哈哈一笑道：「名字我想了好幾個呢，只是還沒定了。楠柏，擇日不如撞日，我們一人取一個吧。」

「便依大哥的吧。」喬楠柏笑道。

「饅頭就叫仲嵐吧，山風嵐，諧音藍，也算除了仲青的青色外，又添了藍色吧。」喬楠楓道。

「那包子就叫仲赫吧，雙赤赫，勉強也算紅色吧。」喬楠柏沈吟半晌也道。

老太太聽了笑道：「這樣便好，也不用整日裡饅頭、包子的叫。」

喬仲青聽了弟弟們都是和自己一樣，沿用了顏色類的名字，心裡也歡喜，便忙應道：「正是這樣呢！」

喬錦書聽了，眼睛一轉道：「仲青弟弟，不如姊姊也給你取個小名吧。」

喬仲青想起兩個弟弟的小名苦了張臉，慌忙搖頭道：「姊姊不用了，真不用了，仲青很好，不用小名。」

喬楠柏聽了，戲謔的笑道：「錦兒，可見妳取的小名有多嚇人，看咱們仲青嚇得臉色都變了。」

說得一屋子人都笑了起來。

一時晚膳擺好了，眾人心思各異的吃了晚膳便散了。

喬楠柏回了柏園，小寒早得了信，知道二爺如今大好了，特別精心打扮了一番，綰了個傾髻，插了支粉色珠花的簪子，穿了件粉色斜襟繡花袷衣、粉色百褶裙，歡喜異常的迎了上來，道：「二爺回來了，奴婢伺候您梳洗吧。」邊說著，便伺候喬楠柏脫長衫，換了家常的月白色短衫。

梳洗完了，喬楠柏坐在床榻上，靜靜的看著小寒不說話，小寒便有些不自在起來，緋紅著臉道：「二爺，莫不是有什麼吩咐奴婢。」

喬楠柏看了眼小寒還是與往日一般柔情萬千的臉，道：「小寒，我去齊雲山的頭天晚上，妳給我點了什麼薰香，睡得極安穩，比姑娘拿過來的安息香都好。」

小寒見喬楠柏問那香的事，便有些慌亂的道：「二爺，這事是小寒做得不妥，以後不敢了，二爺且饒了小寒吧。」

喬楠柏仍是盯著小寒溫和的道：「妳說仔細了。」

小寒道：「那時奴婢剛伺候二爺，二爺每月裡總有幾天發病，睡得極不安穩，奴婢心裡發愁，便和大寒說起了這事。大寒說老太太有一種香極好，只要熏一點便睡得安穩了，便每月私下給奴婢一些，還教奴婢將側柏葉放到邊上效果更好。這幾年二爺便沒有睡不安穩了。」

喬楠柏點點頭道：「妳下去吧，今晚就讓柴胡給我值夜。」

小寒行禮躬身退下，柴胡看著小寒的背影有些許憐憫，道：「二爺，奴才覺得她或許不知情。」

「嗯，歇息吧。」喬楠柏道。

墨韻堂西次間喬楠柏的書房，大寒跪在青石地板上，看著端坐在黑漆書桌後的二爺，還是一樣的斯文儒雅，卻是那樣的端凝而疏離，再沒有往日的溫和親切，心底猶如朔風颳過。

大寒原是個精明決斷的女子，到了此刻自然明白對實情一無所知的小寒肯定是告訴了喬楠柏薰香和側柏葉的事，猶疑半晌便道出，那薰香和方法來自李嬤嬤，但並未牽扯老太太。

喬楠柏盯著跪在地上與小寒有幾分相似的女子，此刻雖驚懼卻並無悔意，一母同胞性子相去甚遠。說不上恨她，卻絕無憐憫。停了片刻，道：「喬安，你帶兩個小廝請了李嬤嬤來，她是老太太的人，客氣些。」

喬安應了。

李嬤嬤走進書房，看見跪在一邊的大寒便明白了一切，李嬤嬤正如大寒所料，承認自己將薰香給大寒，卻不承認有害二爺的事，且不曾有一點涉及老太太。

坐在另一邊的喬楠楓聽了便道：「二弟，她們都是老太太的人，雖罪不可恕，也該回稟了老太太才是。」

兄弟二人相視，眼中皆精光一閃，隨後帶了李嬤嬤和大寒去了慈暉園。

老太太見兄弟被僕從簇擁著押了李嬤嬤和大寒過來，心裡也知事情不好，但還強笑道：「今日怎麼了？帶了這麼多人來。」

兄弟二人行禮坐了，喬楠柏便淡淡和老太太細說了。

老太太頓時沈了臉，厲聲道：「看來我終究是老了，竟然讓妳們在我眼皮子底下做出這等大逆不道的事，喬家的家規容不得妳們。」

又看著喬楠楓道：「楠楓，若說大寒因著小寒的緣故做出此等事情，卻也有其理由，只是李嬤嬤實在沒有理由做這等事呀。」

喬楠楓明白今日若是不拿到證據，不要說老太太，連李嬤嬤的罪都難定，最終只能拿了大寒小寒做替死鬼。想來這證據大約就在慈暉園內，便道：「老太太說的是。來人，去她二人房間搜查。」

不過一盞茶的工夫，喬安回稟並未搜到任何東西。

老太太嘴角微翹，商量道：「楠楓、楠柏，這分明是大寒、小寒這兩個奴才起了那起子歪念，如今這兩個奴才是死是活都由楠柏處置。李嬤嬤伺候我幾十年，歲數也大了，雖說也有些不是之處，到底沒有證據，這板子什麼的著實受不起，不如就罰她一年月例銀如何？」

喬楠柏冷冷一笑道：「這些不乾淨的東西讓我這堂堂的喬家二爺臥床多年，可見是極厲害的。如今證據什麼的且不說，這些不乾淨的東西是一點子也不能留在曦園了，不然這喬家的主子，豈不是個個都性命堪憂？這其中既然涉及到慈暉園和柏園的奴才，就先在這兩個園子裡細細的搜查了再做道理。」

老太太聽了勃然變色道：「我雖不是你們親生的，也是你們的繼母，你們居然敢搜我的住處，這是大逆不道。」

喬楠楓道：「老太太，我們這也是為您好。」說完斷然揮手道：「喬安帶人搜，不放過一處，只別損了老太太的東西就是。」

老太太見攔不住，便陰沈沈的道：「你是喬家家主，既然要搜，我這老太婆也沒辦法。不過，今日你們搜出證據便罷，不然，明日我可要和你們公堂論理，就怕你們喬氏兄弟擔不起這大不孝的罪名。」

喬楠楓聽了，心裡也兀自沈吟，如今有顧瀚揚在雖不怕告，但這不孝的名聲卻是眾人極為不齒的，今日必得搜出了證據才好。正思忖著，喬安帶了人回來，臉色沈重的看著喬楠楓輕輕搖頭。

老太太見了，得意的冷笑道：「哼，你們明日等著對簿公堂吧。」

喬楠楓兄弟對視一眼，各自沈吟，穀雨走了進來，到柴胡身邊耳語幾句，柴胡急忙轉身進了西梢間的佛堂，抱了老太太最喜愛的那個花瓶出來，擺在大廳中央。

李嬤嬤看見花瓶，身體微不可察的抖了一下，喬楠柏看見李嬤嬤的樣子，便起身走過去細細的看。這花瓶約有兩尺高，下粗上細，舉起來搖了一下，又翻轉了，裡面並沒有任何東西。放到地上想伸手進去，卻發現瓶口過細，男人的手根本伸不進去，便又仔細看了幾眼，用手敲了敲，嘴角露出了一絲笑容道：「柴胡，砸了它。」

老太太聽了尖聲叫道：「這是我母親留給我的念想，你們誰敢動，便先要了我老太婆的命！」

喬楠楓聽了老太太說她母親，心念一動道：「柴胡，砸！」

柴胡聽了，接過小廝遞來的木棒，彷彿恨極了一般咬牙一揮，那瓶子便碎了，碎片中露出兩個牛皮紙包。

李嬤嬤見了叫道：「這都是老奴做的，老奴是宋家的奴才，自然要為宋家打算，這都是為了讓仲青少爺當上喬家的家主，老奴才想出了這個主意。」

喬楠柏看著散在地上的藥包，恨意湧了上來，就是這紙包害得自己過了十多年生不如死的日子，便盯著李嬤嬤狠狠的問道：「妳既說是妳做的，那妳藥從何處來？」

李嬤嬤低了頭，囁嚅著道：「不過是遊方郎中那裡得的。」

「哼，遊方郎中嗎？我所中之毒，一品大師已經斷定是苗人之毒，如今這藥到底是不是苗人之毒，只要請了一品大師來便可一清二楚。」

說著轉身盯著老太太看，過了片刻冷冷的道：「我聽說因著苗人善用蠱毒，朝廷不喜，便劃了滇南西部給他們居住，規定苗人不得進入中原，雖說也沒有明著禁止漢人和苗人通婚，但凡有漢人與苗人婚嫁了的，漢人全家也只能在滇南西部最近的黔西縣居住，不得進入中原。最近我得到消息說，幾十年前，苗人有一王姓女子嫁給了漢人，偷偷潛入中原居住，不知老太太可否知曉呢?!」

老太太聽了頓時面色慘白，人好像一下子老了幾十歲一般，顫巍巍的站起來道：「我老了，管不了這些了，我要去唸經了。」說著佝僂了身子，蹣跚著走進了西梢間的佛堂。

深夜，慈暉園的下人房，微弱的燭光映著李嬤嬤蒼老呆滯的臉，錢嬤嬤帶著兩個婆子端了藥走進來，李嬤嬤見了，眼神收縮不發一語，面色死寂。

錢嬤嬤嘆了口氣道：「我只問妳一件事，麥芽是怎麼死的?」

李嬤嬤聽了陰狠的道：「那小子看見我往側柏葉中放東西便起了疑心，還去查我丈夫和我，我丈夫便把那小子帶出去掐死了。」

錢嬤嬤聽了眼眶濕潤，朝跟來的兩個婆子使了個眼色，兩個婆子便上去將藥灌了下去。

過幾日大家都知道李嬤嬤病了，上吐下瀉，著實病得厲害。沒有僕人病了在主人家養著的理，她丈夫便帶了她往自己的老家去，走出慶陽縣沒多遠便遇了搶匪，聽說兩人都死了，最後被扔在亂葬崗餵了狗。

又過幾日，慶陽都在傳喬家母慈子孝，喬家老太太因為喬楠柏多年的病好了，竟願意從此吃了長齋，青燈古佛的酬謝神明，連她身邊的丫鬟也出了家伺候她。

在喬家祠堂旁邊有兩間屋子，門窗皆封了，只有半人高的小門，可遞東西。

第十八章　出閣（一）

自從喬楠柏幫著管了生意，喬楠楓便輕鬆了許多，也有時間待在書房看書寫字。

這日得了韓毅非送的一方好硯，便急不可待的想試試，杜衡正在一邊伺候著。喬楠楓一邊寫字一邊和杜衡閒話，便看見喬楠柏氣沖沖的闖了進來，也不行禮，自己坐了便道：「杜衡下去。」

喬楠楓見了，忙示意杜衡下去，然後走過去坐在喬楠柏旁邊，溫聲問道：「二弟，從不見你這樣氣惱過，如今倒是為了何事？」

喬楠柏瞪著眼睛道：「你和大嫂便當我小孩一般哄嗎？錦兒明明是嫁到顧家做貴妾，你們卻說什麼平妻！」

喬楠楓聽了，嘆了口氣道：「先前是你病著，告訴你怕你著急，後來家裡有事，也沒找到機會和你說，並不是想瞞著你，這事也是瞞不住的。這貴妾是顧家定的，我們也沒奈何呀。」

喬楠柏沈聲道：「大哥，錦兒是咱們喬家唯一的嫡女，怎能看著她為妾呢？就算顧家是官家又怎樣，如今咱們家的生意附近幾個縣都有，大不了搬到別的地方去住，他們又能奈何。」

「小弟，以咱們喬家如今的財力和你大嫂娘家的勢力，你覺得當真會怕一個縣令嗎？」喬楠楓道。

喬楠柏聽了，便疑惑又氣悶的看著喬楠楓，不發一語。

喬楠楓嘆了口氣道：「當今太子是顧瀚揚的嫡親表哥。」

喬楠柏聽了，當下一愣道：「那個赫赫有名的安陽王顧家。」

喬楠楓微微頷首。書房一片安靜，喬楠柏默然無語，過了片刻抬起頭道：「不管如何，我不能眼見著錦兒為妾。」說著起身衝了出去。

喬楠楓想攔已經來不及，便高聲道：「杜衡，去找了喬管家來。」

顧家外院，清風走進書房道：「爺，喬楠柏求見。」

顧瀚揚有些意外，放下筆道：「請他到偏廳坐，我就過去。」

喬楠柏端了茶打量了一下這間不大的偏廳，一色的檀木桌椅，牆上掛了一幅古色古香的八駿圖，多寶格上也擺放著幾匹形態各異的馬，有翡翠的、白玉的，也有陶瓷的，還有一匹竟是極其罕見的墨玉。就連那插著幾枝繁星花的美人觚，也不是近代之物。

顧瀚揚緩步進來，見喬楠柏自在的坐著喝茶，不由暗暗點頭，走到主位坐下後，道：「據我所知，喬楠柏並不是個喜歡應酬逢迎的，今天所為何事？」

喬楠柏聽了嘴角微翹，放下茶杯道：「顧瀚揚也果然如我所想，那我便直說了，請問令堂之命與您顧大少爺的平妻之位孰更重要呢？」

顧瀚揚聽了，端了茶盞看著喬楠柏默不作聲，喬楠柏也安然坐著看著他。

顧瀚揚看著與自己對視的喬楠柏，嘴角微翹道：「想來你來之前，應是知道了我是誰吧。」

喬楠柏還是溫和的笑道：「正是知道，才覺得我家錦兒的醫術之於你顧大少爺的重要，可是如果錦兒知道，她的二叔死在你顧瀚揚手裡，以錦兒的性子，她的醫術恐怕不會為你所用了吧。」

「算威脅嗎？」顧瀚揚的笑意越發深了。

喬楠柏仍是一貫的溫和道：「不是，在下只是直言相告，十年臥床之苦，對於性命的隨時消失，在下早已接受。」

顧瀚揚瞪著喬楠柏心念急轉，喬楠柏說的是實話，若是在喬楠柏病癒不久的時候，讓喬錦書知道她二叔的死與自己或者顧府哪怕有一絲牽連，她都會恨顧家至深，更別提為娘醫病了。想到此，咬了牙道：「如你所願。」

喬楠柏聽了，那清俊的臉上頓時滿是笑意。

顧瀚揚看著那張舒心的笑臉，想著自己要為這個承諾將付出的代價，冷著臉走近喬楠柏道：「你很疼愛她嗎？」

喬楠柏微笑不語。

「我可以讓你以後都見不到她。」說完背著雙手施施然走出偏廳，聽了後面傳來喬楠柏氣急敗壞的喊著——

「顧瀚揚……」

顧瀚揚忍不住笑了。

清風和明月對視一眼，想著自己這個主子往日不管賺了多少銀子、或者贏了多厲害的對手都鮮少真的開心，今日竟然只為氣到喬楠柏就這麼高興，便有些頭皮發麻。

顧瀚揚放下筆，封了信遞給清風道：「快馬送到安陽王府。」

清風領命退下。

顧瀚揚又道：「即刻給我約秦侯爺見面。」

明月侍立一邊並不回話，只聽空中傳來沈穩的聲音道：「是。」

喬錦書最終也沒有等到綠萼梅開花便嫁進了顧府。

綠樹蔭濃夏日長，喬錦書緩步在二樓抄手遊廊的邊凳上坐了，看著樓下的葡萄架。夏天葡萄樹的葉子長得格外的茂盛，把整個葡萄架遮了個嚴實，炎熱的太陽照在葡萄架上只能透過幾縷金光，葡萄架下星星點點，漂亮極了。小丫頭們在葡萄架下邊收拾邊小聲細語，不時傳來一陣輕笑。

穀雨引著錢嬤嬤笑容滿面的上了樓，後面跟著湘荷、妙筆，錢嬤嬤上來行禮道：「老奴給姑娘道喜了。」

喬錦書淺笑道：「嬤嬤，免禮，裡面坐吧。」說著自己先起身往東次間去。

穀雨扶著喬錦書坐了，紫蝶給錢嬤嬤搬了個杌子，錢嬤嬤滿心歡喜的道：「姑娘，方才顧府來提親了，要聘了姑娘做顧大少爺的平妻呢。」

喬錦書聽了，微蹙了眉，有些疑惑的看著錢嬤嬤。

錢嬤嬤使勁的點頭道：「姑娘沒聽錯，正是聘做平妻。老爺、太太聽了高興得不得了，太太忙著讓人砸了準備好的八個紅木漆箱子，正趕著要給姑娘準備六十四抬嫁妝。

「這平妻雖說是六十四抬嫁妝，六人大轎，不走正大門由東大門進府，但總是鳳冠霞帔正紅嫁衣，每日裡也不用早晚給正室執妾禮請安，那些妾室還要早晚給姑娘請安呢，這是極大的體面了。」錢嬤嬤欣慰的道，又指了湘荷、妙筆道：「現在姑娘可以陪嫁四個大丫鬟了，太太說外面急著買的沒有家裡的好，這不讓我把湘荷、妙筆給您送過來了。」

雖說不論是貴妾還是平妻，只要是顧家，喬錦書都不願意，但想著爹娘二叔一定是極歡喜的，日後自己好歹也可以和娘家光明正大的來往，便也有了幾分喜色道：「那娘也太急了些，等買了人再送來也還行。」

錢嬤嬤聽了，臉色有些不豫道：「這時間趕得緊，太太說讓她們快些過來上手。」

喬錦書聽了便笑道：「既說是平妻，怎麼也有一年的時間，難不成還來不及嗎？」

「顧家說，納采、問名、納吉、納徵、請期一次做完，三個月後便有吉期，迎娶姑娘過門。」錢嬤嬤道。

「嬤嬤可知因何如此？」喬錦書道。

錢嬤嬤囁嚅著道：「老爺使人打聽了，說是顧大少爺現在的正室是和安陽王王妃一樣來自威信侯秦家的，當年迎娶之時便說過不娶平妻，現在顧家失約，秦家只提出讓新人三個月必得進門，顧大人心有愧疚便應了。」

喬錦書忖道，只有妾室才會如此倉促進門，想來那秦家不知因何允了顧瀚揚娶平妻，總是心有不忿，看來這顧瀚揚的正室也不是個簡單的。

本是自己先要占他人臥榻之側，又豈能怪他人讓自己難堪，只是她又怎知自己並不喜歡，便道：「嬤嬤，想來娘那裡定有許多事要忙，疏影閣的事便交代張嬤嬤辦吧！」說完便進了西次間的書房，穀雨跟了進去。

吳氏自己捧了個梨花木的首飾盒進喬錦書臥室的暖閣，看見喬錦書穿了件雨過天青色繡海棠花的睡衣，正站在嫁衣前發呆，便柔聲道：「錦兒。」

喬錦書聞聲轉頭，見自己的娘站在暖閣門口愛憐的看著自己，便道：「娘，過來了。」

吳氏揮手屏退了下人，牽了喬錦書的手在床上坐了，輕輕的扶著喬錦書烏鴉鴉的青絲，愛憐的把她拉到自己懷裡道：「我的錦兒明日起便是大人了，只想到妳尚未及笄，心裡萬分不捨。」

喬錦書鼻子也酸澀澀的，忍了淚笑著安慰道：「娘，女兒不過嫁在慶陽，比那些遠嫁的又不知道好了多少，想見時也不過一盞茶的工夫呢。」

吳氏擦了淚道：「傻丫頭，妳見過哪個出嫁的女子想見娘時便能回家的？切莫說些孩子話，嫁了人，顧府便是妳的家，是妳安身立命的地方，妳要好好的用心去經營。」

喬錦書微微頷首，吳氏拿過那個首飾盒子打開，滿室瑩輝，一盒子各式翡翠寶石的首飾。

「娘，您已經給我準備了滿滿當當六十四抬嫁妝，就比那一百二十八抬也不差什麼呢，又打了各色首飾，如今這些娘自己留著吧。」喬錦書道。

「傻錦兒，這些原是妳外祖父背地裡給了我姨娘的，我出嫁時姨娘全都給了我，我嫁到喬家也用不上，如今給了妳正合用。那顧家聲威赫赫，有了這些傍身總是好些，若是日後有了女兒再傳給她吧。」

這話說得喬錦書紅了臉，低下頭。

吳氏又輕輕拿起那一盒子首飾，指了下面那個極小的夾層道：「這裡有一張一萬兩的銀票，還有三千兩小面額的銀票，另外還有一張彙通銀莊的二萬兩票據，全國各地都可兌換的，三千兩的妳留著打點用，一萬兩以備不時之需，票據便是防身吧。」

又細細的交代了一些家長裡短的瑣事，最後猶疑半晌還是拿出個錦緞包了的小包，打開了遞給喬錦書，又細細的在喬錦書耳邊低語。

喬錦書脹紅了臉忖道——姊比這真的都看過，只是被娘親指導，倒是極難為情的。

翌日一大早，錢嬤嬤便帶了全福夫人韓太太進來。

穀雨忙上前行禮，拿了兩個紅包給韓太太。韓太太接了，給喬錦書道賀。

穀雨和紫蝶忙伺候著喬錦書沐浴，湘荷和妙筆在外間打點著。

一時沐浴完了，穀雨扶了喬錦書在梳妝鏡前坐了，喬錦書看著鏡子裡的自己，心裡亂亂的，不知道想些什麼，一味的任著韓太太給自己梳妝、插戴。穀雨和紫蝶又伺候著換了大紅的嫁衣，收拾停當，韓太太才上前給她描眉裝扮。

裝扮好了，韓太太細細打量著眼前的小姑娘，頭綰七彩同心髻，髮髻正中帶著牡丹富貴的赤金分心，兩側各插一支五福如意金步搖，海棠點翠大紅珊瑚流蘇的金髮箍，大紅的流蘇遮了那張五官精緻的小臉，越發顯得眉如新月，眼似秋水。大紅妝花刻金絲斜襟衣裳，邊緣都繡著鴛鴦石榴圖案，十二幅大紅月華裙，裙上繡了百子百福的圖案，裙邊及地，滾著寸長的金絲綴，端莊嫵媚，富貴榮華。

喬錦書看著韓太太慈愛的眼神，不禁閃過韓文昊那張眉清目秀的臉，眼裡便有些猶疑的看了眼韓太太，又垂目躲閃。

韓太太是經歷了許多的人，不禁也想起自家那個自得了消息便鬱鬱寡歡的小兒子，無聲的嘆了口氣道：「錦兒，伯母自己沒生過女兒，是拿妳當自己的女兒疼的，咱們女兒家上了花轎，便當是重新做人一般，千萬別回頭看，知道嗎？」

喬錦書知道韓太太是真心疼愛自己，想來自己喜歡的雲淡風輕也至今日為止了吧，便鄭重的點頭。

外面一時炮竹聲響，鼓樂喧天，知道是迎親的隊伍到了，韓太太接過穀雨遞來的蘋果，放到喬錦書手裡道；「安心的上花轎吧，今日伯母陪妳過去。」

喬仲青帶了幾個小孩，討了紅包，顧瀚揚穿著大紅禮服，臉色平靜的進了門，給喬楠楓磕了頭，又給喬楠柏行了禮，便要往吳氏屋裡去。

喬錦書在留韻館正廳拜別吳氏，吳氏噙著淚，萬分不捨，怎奈時辰到了，只得親自蓋了蓋頭，扶著走到喬仲青身邊，由喬仲青揹著喬錦書上花轎。

喬楠柏在邊上有些哽咽的強自嬉笑道：「錦兒，妳可要好好的，才不辜負了二叔費盡心思呢。」

喬錦書知道自己這平妻之位，是二叔以自己的性命相脅才得來的，便道：「二叔相信錦兒，即便顧府荊棘滿地，錦兒也要過出花團錦簇。」

喧鬧聲中，喬仲青把喬錦書揹到了轎子裡。轎子搖晃了一下開始往前走，喬錦書知道自己離開了喬家大門，下意識的回頭，在一片紅彤彤處，影影綽綽，那裡有爹、娘、二叔、饅頭、包子還有仲青，眼淚不由自主的簌簌落下。

第十九章　出閣（二）

不知道過了多久，喬錦書聽到有人喊道——

「來了，來了……」

鼓樂夾雜著鞭炮聲中，喬錦書知道到了顧家，忙擦了眼淚，坐直了身子。

轎子停了，有人伸手扶了她下來。

大紅的蓋頭下，她只能看見眼前的方寸之地，一股被牽制的不安深深湧了上來，她只能如木頭般被扶著拜了堂，進了新房。

環珮聲中聽到有女子戲謔的聲音道：「大哥，我們要看小嫂子，快挑了蓋頭，讓我們看看！」接著便有附和的笑聲。

眼前霍然一亮，滿屋被燭火映照得富麗堂皇，珠翠環繞。

耳邊無數的華麗讚美聲，喬錦書抬眼細瞧，卻看見無數審視、探究、懷疑、惋惜的目光。喬錦書追著那惋惜的目光看過去，看見顧盈然正看著自己，見自己看她便轉開了眼，隨即又看到韓太太慈愛的目光，心裡踏實了許多。轉眼看到大紅禮服的顧瀚揚站在旁邊，任人說笑，卻是一副冷峻漠然的神情，下意識的挺直了身子。

便有顧家的全福夫人上來幫她換了雙魚戲蓮葉的大紅繡鞋，喬錦書知道這個叫換新鞋，就新範，意思就是以後要按男家的規矩行事，受婆家的約束。

又有全福夫人扶著她坐了床的西面，顧瀚揚坐了東邊，喝了合巹酒，撒帳，一時喧鬧完了，大家也都散了。

顧瀚揚輕撫著她的肩道：「妳先歇著，我去敬酒了。」

喬錦書聽了心裡一喜，便溫柔的道：「是，大少爺。」

顧瀚揚聽見喬錦書叫他大少爺，又深深看了一眼，轉身走了。

喬錦書揮手屏退下人，只留縠雨和湘荷在屋裡，急忙問道：「張嬷嬷她們呢？」

湘荷道：「張嬷嬷不放心，帶著紫蝶和妙筆收拾帶來的東西呢。」

「姑娘。」縠雨叫了一聲，又停住望著喬錦書。

喬錦書默了一會兒道：「今天先這樣叫著吧，明日看他們怎麼叫，妳們再跟著改口便是。」

縠雨點點頭道：「姑娘，奴婢伺候您沐浴，吃點東西吧。」

喬錦書沐浴完，換了件正紅祥雲暗紋妝花袷衣，正紅繡花鳳尾裙，忖了下，仍是叫縠雨綰了個簡單的同心髻，插了支富貴牡丹的赤金分心，倚著迎枕和縠雨閒話，湘荷又伺候著吃了一小碗白粥。

席間原本沒什麼人敢灌顧瀚揚的酒，不過是敬了一圈就想離開，誰知道被顧瀚鴻拉住又喝了幾杯。走出來後，覺得肚子裡有些餓，便朝清揚園走去，東面的瑞雪閣特別安靜，若不是燈映著窗櫺倒像沒人似的。顧瀚揚停了一下，便往西邊的錦繡閣去。

進了門看見喬錦書雖脫了大禮服，倒沒換上家常服，而是穿了身大紅衫裙，便暗自點頭道：「爺有些餓，拿吃的來。」

喬錦書見顧瀚揚進門便已經起身，見他自稱「爺」，想著自己稱呼他大少爺時他的表情，便隨即改口道：「爺要先用些醒酒湯嗎？」

顧瀚揚聽見喬錦書隨著改了稱謂，嘴角微翹道：「不用，上些吃的。」

喬錦書打點了吃食，又喚了剛才在屋裡的兩個丫鬟進來道：「妳二人叫什麼名字？」

「奴婢纖雲，奴婢弄巧。」二人蹲身回道。

喬錦書聽了頷首道：「妳二人去備熱水伺候爺沐浴。」

顧瀚揚身上還帶著水氣，一件嵌金滾邊斜襟牙白長衫隨意的掛在身上走出浴室，看見喬錦書已經換了件海棠紅的繡花對襟睡衣，坐在炕沿看著窗外發呆，便揮了揮手，穀雨、紫蝶蹲身福禮退了出去。

「看什麼？時辰不早了，明日要早起請安的。」顧瀚揚道。

「是，妾身伺候爺歇息。」喬錦書起身施禮道。

顧瀚揚聽了雙眉微挑，低了頭湊近喬錦書，邪魅的笑了笑。

喬錦書此刻才意識到自己剛才說的話有多曖昧，恨不能咬了自己的舌頭，只低了頭囁嚅著不知該說什麼。

顧瀚揚倒也沒為難她，只不作聲的走到床前，掀起被子兀自躺下睡了。

喬錦書輕手輕腳走到床前，看著裹了被子躺在床裡面的顧瀚揚，想著要和一個只見過兩次的男人躺在一張床上，心裡免不了有些懼怕和忐忑。握了自己胳膊猶疑著，隨即又想到自己現在是嫁給了這個男人，如此這般不是有些做作和多餘嗎？

想著便在另一床被子裡輕輕的躺了下去，耳邊傳來均勻的呼吸聲，這麼快就睡著了嗎？看來今天是累了。嗯，好軟的被子，淡淡的花香，明日要早起的，眼皮也有些重了起來。

迷迷糊糊中，自己被拉進了一個溫暖的懷裡，那隻手在自己的頸項間遊走，勾了手指便挑開了睡衣，喬錦書下意識的掙扎了幾下。

「嗯?!」

喬錦書聽見他不滿意的哼聲，看著那張冷漠的臉，不由得有些懼怕，便強自放軟了身子，雙手握著身下的錦被，任他施為。

那撕裂般的疼自身下傳來，饒是喬錦書兩世為人也沒有忍受過這般疼痛，身上的人卻是一味的不管不顧，便咬了唇強忍著不肯出聲。

不知道過了多久，聽得身邊的人喚了人進來，便扶著穀雨去浴室梳洗乾淨了出來。丫鬟們已經換了新的床被，那人背對著床側臥著睡在裡面，喬錦書便揮退了下人，放下了紗帳。剛想躺下，卻發現枕邊有個錦盒，便打開看了一眼，又重重的合上。聽得聲音，那側身而臥的人，肩微不可見的動了兩下，喬錦書見了，瞪了那人一眼，也側身躺下。

身上還是疼得不舒服，便有些睡不著。喬錦書翻了幾下，就聽身邊的人道：「若是睡不著，爺抱著妳睡如何？」

喬錦書聽了心裡害怕，便閉了眼不敢再動。

天微明，喬錦書聽到屋裡有動靜，看見纖雲、弄巧侍候顧瀚揚起身，看了下座鐘剛卯時初，便要起身。

顧瀚揚道：「還早，妳不必起，我去晨練。妳且再歇會兒，等會子丫鬟們會叫妳。」說著走了出去。

喬錦書合眼養了會兒神，忖道，顧瀚揚已經起身了，自己再躺著終是不好，徒惹閒話，便起身喚人。紫蝶帶了妙筆捧了巾帕進來，彎腰扶起喬錦書，又在耳邊低聲道：「穀雨姊姊和湘荷昨日值夜，今日讓她們多歇會子，奴婢帶了妙筆伺候您。」

喬錦書微微頷首。

轉身先吩咐纖雲、弄巧給顧瀚揚備好熱水，自己方進去梳洗。

剛出來見顧瀚揚已經沐浴完了，正換衣服，一件藍緞妝花祥雲彩紋長衫，袖口襟邊都用棗紅刻絲錦緞滾了邊，同色的嵌藍寶石的腰帶，穩重肅穆又見喜慶。喬錦書見了呆愣了片刻，隨即垂了眼腹誹，這臭男人怎麼這麼好看。

萬嬤嬤和關嬤嬤帶了人進來，給顧瀚揚和喬錦書見了禮道：「奴才們奉命給大少爺和小大少奶奶鋪床來了。」說著便帶人進了內室，一時萬嬤嬤捧了那錦盒滿臉喜歡的道：「奴才恭喜大少爺，恭喜小大少奶奶。」

顧瀚揚點點頭，喬錦書看見那錦盒紅了臉，垂了頭有些不自在，便有那全福嬤嬤上來伺候著開了臉，梳了個婦人的髮髻。又有一個全福嬤嬤捧了一個錦盒，在顧瀚揚跟前跪下道：「請大少爺給小大少奶奶插戴成禮。」

顧瀚揚便取了那榴開百子的赤金碧玉步搖插在喬錦書頭上，萬嬤嬤見了越發眉開眼笑，闔嬤嬤鋪好床帶了人出來，萬嬤嬤見了便道：「奴才們要趕著去給老爺夫人報喜，便不打擾大少爺和小大少奶奶早膳了。」說著領了人告退。

紫蝶捧了套大紅竹葉暗紋的禮服，喬錦書見了便拿眼看了顧瀚揚道：「昨日穿了一天正紅，今日換套妃紅的吧。」

顧瀚揚見了道：「很不必，妳便不喜也要穿滿這三天。」

早膳畢，下人們便簇擁著二人往曉荷園顧夫人的院子去。

顧老爺和顧夫人在大廳主位坐了，田姨娘站在顧夫人身後伺候，顧老爺身後站了個二十幾歲的女子，一身紫色衣裙，五官柔美，楚楚可憐，想必是顧嫣然的生母唐姨娘了。

見二人進來，丫鬟們早放好了墊子，二人跪下敬茶，顧老爺滿意的點點頭接了茶，在盤子裡放了塊極少見的七香山硯臺。

顧夫人愛憐的看了梳著婦人髮髻的喬錦書道：「揚兒，錦兒尚未及笄，你比她大了許多，平日裡要謙讓些。」

顧瀚揚應了，顧夫人才接了茶，拿了個質地極好的玉鐲道：「這個鐲子原本是一對的，雪兒進門時，我給了她一個，如今這個便給妳吧。」

喬錦書道謝接了。

顧瀚揚起身在右側首位坐了，喬錦書緩步向左側首位走去，那位子上坐了個二十出頭年紀的女子，臉色蒼白，五官妍美，一身大紅刻絲妝花禮服，穩重端方，知道這便是顧瀚揚的正室，威信侯府的嫡出小姐秦暮雪了，平妻見正室並不需大禮參拜，喬錦書便捧了茶上前彎腰行禮道：「敬姊姊茶。」

秦暮雪看著眼前的女子，眉目如畫，巧笑倩兮，那身大紅禮服格外刺眼，微笑著接了茶道：「妹妹免禮，近日姊姊無事抄錄了兩卷女戒，想來妹妹在家多習醫術，大約沒有時間看這些的，如今就送妹妹一份，空閒了多看看吧，還有這赤金項圈妹妹留著玩吧。」

喬錦書笑著接了道謝，便在顧瀚揚身邊的位子坐下。

顧瀚揚聽了，看了秦暮雪一眼，秦暮雪垂了眼裝作沒看見。

顧瀚揚沈吟了片刻道：「如今清揚園裡有了兩位大少奶奶，什麼小大少奶奶的，我聽著不成體統，以後便稱呼雪大少奶奶，和錦大少奶奶吧。」

下人們齊聲應了。

秦暮雪眼神一冷，面上還是微笑著頷首道：「如此甚好。」

顧瀚鴻看著自己日思夜想的人兒，強忍著心酸，站了起來行禮。

喬錦書起身回禮，剛想說話，便聽到一聲爽朗的笑聲道：「我早聽嫣然妹妹說，小嫂子長得像畫裡的仙女一樣，昨日晚上倒沒看仔細，如今果然不假。」

喬錦書看見一女子，十八、九歲，柳眉星目，嫵媚豔麗，向自己行禮，知道這是顧瀚鴻的正室梁如蘭，也欠身回禮。一時顧盈然、顧嫣然都上來見禮，喬錦書也一一送了禮物。

顧夫人便招手讓喬錦書過來，拉了手道：「你們小輩的屋裡人你們自己去見，這兩個是妳爹的姨娘，妳也見見吧。」

喬錦書忙上前施禮，兩位姨娘慌忙側身避開，又彎腰行禮。

回到錦繡閣，喬錦書端起茶盞啜了一口，輕輕的吁了口氣，看著張嬤嬤道：「嬤嬤，院子裡的事是怎樣的，打聽清楚了嗎？」

張嬤嬤笑道：「夫人住曉荷園，田姨娘住倚恬園，唐姨娘住惜柔園。二少爺的住處叫飛鴻園，也和咱們這邊一般，二少奶奶和姨奶奶們分閣住了。」

「咱們這清揚園東面的瑞雪閣，是雪大少奶奶住著的，咱們住了錦繡閣。西面的漣漪軒裡，正屋住的是貴妾遲姨娘，遲家是咱們啟源朝最有名的珠寶商人，遲姨娘是遲家的嫡出大小姐；東廂房住的是魏姨娘，兵部魏大人家的庶女；西廂房住的是許姨娘，是自小服侍咱們大少爺的。」

喬錦書聽了笑道：「可難為嬤嬤了，這半天的時間便打聽得清清楚楚。」

張嬤嬤嘆了口氣道：「大少奶奶，這些都是明面上的，隨便找個積年的奴才問問都能知道。可是老奴聽了心裡就有些揪著，這密密麻麻的像張網，大少奶奶往後為難的地方恐怕多了。」

「嬤嬤，哪裡就有什麼為難的了？如今咱們且守好咱們這個錦繡閣，關了門只管安安靜靜的過咱們的小日子就行。」喬錦書笑道。

主僕們正說笑著，小丫鬟翠玉在外稟報：「盧嬤嬤來了。」

盧嬤嬤是清揚園的管事嬤嬤，顧瀚揚的乳娘，深得顧瀚揚的敬重和信任。

喬錦書聽了便道：「請嬤嬤進來。」

湘荷忙打起了喜鵲登梅的棗紅色軟簾。

一個年近五十，面色沈穩，不苟言笑的嬤嬤走了進來，上前給喬錦書行了個福禮。

喬錦書端坐受禮，微微欠身道：「嬤嬤免禮，妙筆給嬤嬤搬個杌子。」

盧嬤嬤躬身辭謝道：「老奴還有事，不敢領坐。」又指了身後捧著個紅漆盤子的小丫鬟，接著道：「這是今日早起大少爺吩咐的，說錦大少奶奶年紀小，身子弱還需多多調養，囑老奴煎了這藥伺候著。」

喬錦書如花般的唇瓣微微上翹，蔥白的手指撫過那粉彩瓷碗，輕輕端起喝了道：「這藥甚苦。」

盧嬤嬤見喬錦書並未遲疑，便有了幾分歡喜，躬身行禮告退。

「穀雨吩咐下去，姨娘們和閣裡的下人都明日見吧。今日起得早些，有些累了，現在去歇息會兒，張嬤嬤陪我進去吧。」喬錦書有些懶散的道。

進了裡間暖閣，張嬤嬤擔憂的望著喬錦書，喬錦書清淺一笑道：「嬤嬤擔心些什麼，不過是一碗避子藥罷了。」

「依大少奶奶的年紀喝上兩年原是極好的，只是，這藥若是用得不好，也是極傷身體的，不如咱們自己備著吧。」張嬤嬤凝神半晌道。

「既是大少爺吩咐的，又是他的人煎的，想來他有考量的，咱們倒不必畫蛇添足。叫嬤嬤進來不過是想囑咐嬤嬤一句，這事不用告訴穀雨她們，免生事端。」喬錦書低眉道。

張嬤嬤恭謹的應了。

桃紅興沖沖的進了瑞雪閣，也不叫小丫頭，自己打起軟簾便進了秦暮雪起居的東次間。

秦暮雪正倚在美人榻上看書，見了道：「什麼事？妳這般高興。」

桃紅行了個福禮道：「咱們在錦繡閣的人來報，盧嬤嬤送藥過去了。」

秦暮雪聽了，眉眼處帶了深深的笑意，放下書起身，有些不屑道：「我道怎樣的呢，也不過如此。」

「是，如今這滿清揚園可只有咱們瑞雪閣從沒有送過藥呢，想來爺對大少奶奶還是極愛重的。」桃紅欣喜道。

「表哥平日雖言語少，心裡總還是念著青梅竹馬的情分的，只是我這身體不爭氣罷了，打小就是藥養著的。」秦暮雪幽幽的道。

桃紅上前扶了秦暮雪到炕上坐了道：「那陳大夫是極有些名聲的，我看大少奶奶最近精神好了許多，想來總會好的。」

秦暮雪聽了也歡喜起來，道：「表哥極喜歡荷蕊蓮子粥，妳下去自己看著好好的煮了。」

桃紅應了退下。

顧瀚揚聽著管事們回話，想到那小東西疼得臉色慘白，仍倔強的咬了唇不肯求饒的樣子，就有些走神。

自己念著她尚未及笄，原也不打算這麼早要了她的，但她要是不過了這關，在府裡的日子肯定不好過，便想快些做完了事，誰知那小東西倒擰手擰腳的。誰到了自己床上不是柔順著奉承，自己一時上火只怕最後有些重了，想到這兒嗓子便有些發緊。

清風見顧瀚揚蹙眉，想到這幾日爺的腿疾犯了，只怕是疼得厲害，便道：「爺，可是疼得很了，要不要請了陳大夫來看看？」

「如今錦繡閣現住著位大夫呢，哪還用外面請呢？」明月嬉笑道。

清風便瞪了明月一眼。

顧瀚揚倒不以為意的道：「去錦繡閣。」

進了錦繡閣，丫鬟們在院子裡灑掃，見到顧瀚揚都蹲身行禮。

顧瀚揚進了屋，沒看見喬錦書，只有紫蝶和妙筆在外間做著針線，便道：「妳們大少奶奶呢？」

紫蝶、妙筆忙放下針線，蹲身行禮道：「大少奶奶有些累，在屋裡歇了。」

顧瀚揚轉身進了裡間暖閣，見喬錦書粉撲撲的一張臉枕在海棠花的枕頭上睡得正香，想著自己忙了大半天，又掛念著她，她倒好睡，便走了過去重重的往床邊一坐。

喬錦書本就是淺眠的，旁邊有了動靜便馬上醒了，睡眼矇矓中見是顧瀚揚，便軟了聲音嘟囔道：「爺，那藥真苦。」

顧瀚揚聽了忖道，想來這小東西知道是什麼藥的，如此抱怨便是不喜了，便冷著臉道：「不願喝？」

喬錦書聽了一個愣怔，知道自己觸了顧瀚揚的逆鱗，心裡不由得苦笑，恨自己這起床時說話便不經大腦的毛病，便柔聲道：「爺，錦兒就是覺得藥苦罷了。」

說著看見顧瀚揚蹙了眉，左腿抽動了兩下。

多年大夫養成了習慣，促使喬錦書立即起身蹲下去看顧瀚揚的左腿，觸手有些涼，輕壓腳踝，顧瀚揚便抽了一下，知道是有些疼了。

看著顧瀚揚那張如雕刻般冷峻的臉心裡就有些怕，便小心翼翼的道：「爺累了一天，妾身有個藥方泡了腳鬆快些，可好？」

顧瀚揚點頭。
喬錦書自己取了藥，吩咐穀雨煎煮，又吩咐妙筆去煮茶。
妙筆奉上茶，顧瀚揚見用的是青花茶盞倒也清新，便端了起來，見不是自己素日喜歡的雲霧茶，便蹙了眉道：「盧嬤嬤沒送茶葉來嗎？」
喬錦書見了忙柔聲道：「爺，那腳若寒涼，寒氣便易從腳入了身體，極是不好，如今這個可祛寒氣，一會子雲霧茶就泡好了。」
顧瀚揚見紫蝶又捧了茶進來，喬錦書又殷勤伺候，臉色便緩了些，喝了茶。
穀雨端了盆熱氣騰騰的水進來，喬錦書讓她放在炕前便蹲下去試水溫，那水極燙，燙得喬錦書忙雙手抓了自己的耳朵抽氣。
顧瀚揚看了有些好笑，便道：「試水溫妳叫丫鬟便是，自己動手做什麼，可是燙了？」
喬錦書搖頭道：「她們哪裡知道這藥需要哪種溫度正好，便得我自己試了才行。我吩咐過穀雨，涼了一會兒的，不是剛開的，不礙事。」
過來片刻又蹲下試了才道：「爺，現在正好，水有些燙，您要忍著才好。」
穀雨蹲下去幫顧瀚揚掀起長衫，挽了褲腿，顧瀚揚便把腳放了進去。
那水還是極燙的，見顧瀚揚放進去連眉頭都不皺一下，喬錦書便瞪大眼看著他忖道，莫非這人沒有痛感神經。
顧瀚揚見了心裡好笑，這些許的溫度自己哪會放在眼裡，只垂了眼裝作沒看見。

喬錦書心裡腹誹，果然皮厚。

見顧瀚揚額前已微有薄汗，便吩咐穀雨幫顧瀚揚擦了腳，平放在炕上，自己上了炕，細細的幫顧瀚揚按摩起腳底來。

不過一盞茶的工夫，喬錦書已經臉色緋紅，額頭上也冒出細微的汗珠，顧瀚揚見了便道：「妳讓丫鬟們按吧。」

喬錦書聽了頭都不抬，手裡還是在不停的按著道：「沒有正經學過穴位按摩的人是不能在患者身上動手的，那樣對患者是極不負責的。」

顧瀚揚聽了心裡一動，見那小東西緋紅著一張臉，只是低頭認真的按摩著，對周遭的事物全不在意，嘴裡只是下意識的回答自己，心裡不由得覺得暖暖的。

也不知怎的，便放軟了聲調解釋道：「那藥是妳師傅的方子，喝了不傷身體的。」

喬錦書詫異的抬頭，難得的見到顧瀚揚臉上些許的柔和，心裡不知怎的也有些歡喜，想著天長日久的，兩人之間還是儘量別留些刺的好，便也笑道：「爺，錦兒小時得過一場大病，喝了許多藥，從此便極怕苦。再說錦兒尚未及笄，那藥喝著對錦兒也是極好的。」

顧瀚揚聽了便默不作聲。

一時晚膳畢，喝了茶，顧瀚揚便起身去自己內院的書房養拙齋，走到門口又吩咐張嬤嬤道：「給爺留門。」

張嬤嬤歡喜的應了。等顧瀚揚走了，忙著進來稟了喬錦書。

喬錦書聽了心裡有些忐忑。

想著明日便是三朝回門了，心裡又歡喜異常，拉著穀雨她們準備回家的東西。

喬錦書沐浴完，顧瀚揚還沒來，看著院裡被燈籠映照得影影綽綽的樹，心裡有些害怕，便道：「嬤嬤，我睏，先去睡了。」

張嬤嬤便笑著勸道：「大少奶奶，如今不是在家裡的時候了，妳別任性，大少爺既說了留門，妳便要等著才是，哪裡能自己先睡了呢？」

喬錦書聽了也不理，不管不顧的道：「我明日還要回家，我先睡了。」說著便往裡間去。

顧瀚揚出了養拙齋，九月的晚上已經有了微微的涼意，左腿卻還是暖呼呼的，想著那小東西認真按摩的樣子，嘴角微翹，往錦繡閣去。

走到瑞雪閣和錦繡閣的岔路口，秦暮雪身邊的通房丫頭桃紅等在那兒，便道：「怎麼了，妳家大少奶奶不好了嗎？」

桃紅笑著蹲身行禮道：「大少爺，是我家大少奶奶煮了荷蕊蓮子粥，要奴婢候著看大少爺往哪個園子去，好送了過去。」

顧瀚揚微微頷首，便進了瑞雪閣裡間臥室。見秦暮雪仍是一貫的牙白繡滿地蘭花的睡衣，手裡拿了本書斜臥在美人榻上看書，燭光映著倒比白日多了些嫵媚，見顧瀚揚前來，便起身嬌聲道：「表哥。」

「嗯，我來看看妳，近日精神看著不錯，就別勞神費力了，只管好好養著。」顧瀚揚道。

秦暮雪起身偎過去，依著顧瀚揚的臂膀道：「雪兒不過是擔心錦兒妹妹新來，不知道表哥口味，過幾日等錦兒妹妹熟悉便好了。」

顧瀚揚嗯了一聲道：「那妳便早些歇下，我走了。」

秦暮雪看著顧瀚揚離去的背影，暗自哂笑道：「喬錦書這還是新婚，爺身上便帶著我的蘭花香味，我倒要看妳如何自處。」

桃紅在一旁殷勤的笑道：「大少奶奶，這蘭花香可是咱們威信侯府的府醫用了幾十種藥材和極品蘭花共同調製出來的，滿清揚園沒有一個不知道，且沒有個一、兩日是不散的。」

秦暮雪有些得意的笑道：「這蘭花香還是出嫁時祖父特意命人去尋了方子，令府醫調製了給我用，香味清淡幽遠極是特別，卻也存放不易。這麼多年了，祖父總是半年便命人送最新的蘭花香來，可見祖父終是極疼我的。」

桃紅忙笑道：「那自然是因為大少奶奶不論相貌才學都是極為出眾，才得了侯爺的寵愛呀。」

第二十章 回門

聞著自己身上清幽的蘭花香，顧瀚揚蹙了眉，眼裡閃過一絲涼薄。

進了錦繡閣，見張嬤嬤帶了值夜的丫鬟在等著，便道：「妳們大少奶奶呢？」

張嬤嬤幾個有些緊張的蹲身行禮道：「大少奶奶有些累，便先睡了。」

顧瀚揚道：「叫纖雲、弄巧進來伺候沐浴。」

出了浴室，顧瀚揚轉進裡間，看見床上的被子動了一下，便往床邊走去道：「聽見爺進來還不起身伺候，只管躺著做什麼？」

喬錦書聽見便吶吶的坐起來道：「爺。」

見她侷促的樣子，顧瀚揚也不點破她，只道：「睡吧，明日還要回門，不可起晚了。」

沐浴後清新的味道夾雜著暖暖的氣息傳過來，讓人格外安心，喬錦書聞著便有些昏昏欲睡，側了身朝向那暖暖的氣息，嘴裡軟語道：「爺，錦兒睡了。」

顧瀚揚聞聲，側目而視，見那小東西已經朝著自己這邊睡著了，方才那話估計連她自己都不知道說了些什麼，閉了眼安然入睡。

早晨，紫蝶正伺候著喬錦書梳洗，妙筆進來道：「大少爺、錦大少奶奶，三位姨娘在外面等著請安。」

喬錦書方想起自己昨日吩咐穀雨的事，便看著顧瀚揚笑道：「昨日她們原本就要來請安的，是我有些累，便讓她們今日來。」

顧瀚揚微微頷首道：「時辰還早，妳換好衣服，我們就出去吧。」

聽見顧瀚揚要陪自己一起去，喬錦書心裡便有了幾分歡喜，笑著行禮道：「是。」

二人在錦繡閣正廳坐了，喬錦書便讓紫蝶傳了三位姨娘進來。

看著三人魚貫而入，前面一位明眸善睞，嘴唇微豐，丰姿綽約；中間一位眉清目秀，淡雅宜人；走在最後面的低眉順眼，初看毫不起眼，再看卻發現如路邊的野花，清新自然。

遲姨娘走在最前面進了錦繡閣大廳，看見坐在大少爺身邊的錦大少奶奶，精緻的眉眼，渾然天成，只覺美得讓人挪不開眼，心中暗嘆，這大約就是低頭間的溫柔便足以傾國傾城吧！恭謹的上前蹲身行禮道：「妾遲氏給大少爺、錦大少奶奶請安。」

中間那位亦上來道：「婢妾魏氏給大少爺、錦大少奶奶請安。」

最後面的那位還是低眉順眼的上前行禮道：「婢妾許氏給大少爺、錦大少奶奶請安。」

喬錦書看著三人，知道最前面的便是貴妾遲氏了，後面的兩位則是侍妾魏氏和侍妾許氏，笑著側身看了顧瀚揚一眼，見他微微點頭，便道：「三位姨娘免禮。」

「我新來初到倒沒有什麼要說的，只是這清揚園是大少爺休憩之所，希望這裡簡單、安靜，讓大少爺在外奔波勞累之餘可以好好休息。」喬錦書微笑道。

三人聽了俱是一怔，暗忖道——這新來的錦大少奶奶雖說年紀小，倒不可小覷。

喬錦書說完朝紫蝶點點頭，紫蝶便捧了三個錦盒遞給三人。

「只是些小東西，三位姨娘留著玩吧。」喬錦書笑道。

三人俱道謝了告退。

喬錦書緊跟在顧瀚揚身後去了曉荷園請安，顧夫人笑著道：「今日早早的，妳二叔就陪著妳弟弟一起來接了，快些去吧，別失禮了才是。」

二人忙應了出門上車。

喬錦書看見一身緗色雙鶴起舞勾蓮暗紋長衫的喬楠柏和喬仲青，不覺笑得眉眼彎彎。

喬楠柏長身玉立，背著手有些戲謔的道：「錦兒幾日不見，倒不知道叫人了呢！」說著卻拿眼睃那顧瀚揚。

喬錦書見了哪裡不知道自己二叔的意圖，不由得內心好笑，自己的二叔比顧瀚揚還小四、五歲呢，便彎腰施禮道：「二叔。」又招呼道：「仲青弟弟。」

顧瀚揚哪裡不知道這喬楠柏是故意討這口頭便宜罷了，現如今是三朝回門的好日子，又是在自家的門口，兩家的下人都看著呢，少不得要讓他如意了，便瞪了喬楠柏一眼，咬牙拱手道：「二叔。」

喬楠柏見他一個字一個字往外迸，知道他是不舒爽極了，便格外開心道：「姪婿不必多禮，我大哥大嫂等了多時，快上車吧。」

等上了車，顧瀚揚坐在喬錦書身邊搖頭道：「妳這個二叔不是個省心的。」

喬錦書也忍俊不禁的笑了，道：「我爹日常總說二叔小時候是個極淘氣的，可是後來二叔一直病著，我倒沒見過，但二叔卻是極疼我的。」

顧瀚揚看著車簾認真道：「爺知道。」

想著當初若不是二叔拿了自己的性命相脅，自己哪有如今的地位尊嚴，喬錦書眼眶就有些泛紅。

「咳。」輕輕假咳了一聲，顧瀚揚道：「妳如今可別哭紅了眼，不然妳那不省心的二叔以為我欺負了妳，不知道又有什麼千奇百怪的主意等著爺呢。」

說得喬錦書噗哧一聲笑了出來。

一行人到了曦園門前下了車，見喬管家帶了乳娘抱著饅頭、包子在門口迎著呢，看見他們忙見了禮。

喬錦書見了道：「天氣雖說不冷，可這風裡卻有些涼意了，讓弟弟們在這裡站著，豈不是容易著涼？」

喬管家躬身鄭重道：「老爺、太太說了，他們再小也是姑奶奶的弟弟，按禮必得到這裡接他們的長姊。」

喬錦書心裡一暖，喬管家引了眾人去了墨韻堂見喬楠楓。

喬楠楓正在墨韻堂正廳和韓家二少爺韓文昊說話，顧瀚揚攜喬錦書上前給喬楠楓行大禮參拜，一家人坐了寒暄。

喬楠楓道：「妳韓伯父知道妳今日回門，特地打發文昊過來幫忙。」因為慶陽原來就有凡是嫁了的女兒回門，有那通家之好的會派了子女來充作兄弟姊妹的習慣，大家也不以為意。

一時喬錦書心裡急著要去留韻館見吳氏，喬仲青見了忙道：「我陪著姊姊去吧。」韓文昊頓了一下也道：「那我也送錦兒妹妹到垂花門。」

三人起身告辭。

顧瀚揚深深的看了三人的背影，低頭沈思片刻，便又和喬楠楓、喬楠柏說一些慶陽生意場上的事，那喬楠柏雖說是初涉生意場，但說起來倒頗有見地。顧瀚揚也暗自點頭忖道，錦兒這二叔雖說有時沒個正形，卻是個重情義有見識的，倒比喬楠楓更上一層，在錦兒的弟弟未長成之時，喬家只怕都要依靠他了。

九月的曦園，綠草青青，滿園芳華。

喬錦書走在石子甬道上，下人們跟在身後，喬仲青和韓文昊走在她身邊，喬仲青指了院子裡和喬錦書說著什麼，韓文昊在旁邊也不時插上一、兩句，三人說笑著。微風輕拂，陣陣草葉味道中夾雜著若有若無的花香，下人們三三兩兩在園中穿梭忙碌著。

想著如今家裡的日子一天比一天好，再沒有背後的陰損算計，二叔病也好了，弟弟們頑皮可愛，喬錦書不由得滿心歡喜。又想起自己卻又不能和家人過這簡單快樂的日子，要在顧家小心謹慎，步步為營，一時又難過起來。

韓文昊看著喬錦書一時歡喜一時難過，心裡也忽高忽低，嘴裡有一搭沒一搭和喬仲青說些學堂的事。到了垂花門前，喬仲青便在前面引路，韓文昊止步和喬錦書道別。

看著喬錦書轉身要走，韓文昊終是鼓起勇氣道：「錦兒妹妹，現在弟弟們還小，我們兩家既是通家之好，若有個為難的事只管讓人帶信到韓家，我和哥哥雖不成器總還是有些用的。」

看著眼前還是一樣斯文清秀的臉，眼裡卻分明訴說著情深難捨，喬錦書心一沈，原以為韓文昊也不過是和自己一樣存了些好感，動過些小兒女之思罷了，誰知他卻是情誼深長。如今自己已經嫁了，這樣的念頭總是害人害己的，萬萬不能讓韓文昊存了這樣的念想。

遂抬起那雙清澈無波的眼睛，看著韓文昊道：「錦兒昨日看書，看到一句話深以為然。」

韓文昊聽了，深深凝視著喬錦書道：「什麼好句子，讓錦兒妹妹如此念念不忘？」

「如果牽掛亦會成為負累，不如相忘於江湖。」喬錦書靜靜的道。

看著芙蓉花開處，那一身嫣紅的女子軟語輕聲，卻如暮鼓晨鐘，韓文昊猛然驚醒，遂垂了眼，忍著滿心難捨，深情道：「錦兒，文昊懂了，以後絕不會這般魯莽。」

顧瀚揚遠遠看著垂花門外，芙蓉花邊站著的那兩個年齡相仿的身影，覺得極是礙眼，便走上前道：「錦兒，這裡風涼，有什麼話等下吃飯的時候再說吧，此刻不宜讓娘久等。」

看著突然出現的顧瀚揚，不知怎的，喬錦書就是覺得有些心虛，紅了臉道：「是，爺，這就去了。」

留韻館的丫鬟，看見喬錦書過來，都忙不迭的迎上來，一個轉身進了屋裡，片刻工夫就見吳氏帶了錢嬤嬤、春分急步下了臺階，迎到了院子裡。喬錦書忙上前行禮，穀雨等也蹲身給吳氏行禮。

吳氏牽了喬錦書的手，細細打量道：「錦兒，可回來了。」

錢嬤嬤也在旁邊高興的道：「太太這一早上便坐臥不寧的，那吃的糕點都換了幾盤了。」

喬錦書歡喜的任由吳氏牽著自己的手，去了留韻館的東次間。吳氏把喬錦書拉在自己身邊坐了，看著自己從小嬌養的女兒，已經梳了婦人頭卻還是滿臉稚氣的樣子，心裡酸酸的，眼淚不由自主就落了下來。

「娘，您看見錦兒便哭，不是錦兒不在的這幾天爹欺負娘了吧，若這樣，錦兒等下就找爹論理去。」喬錦書故意笑道。

吳氏被喬錦書嘔得笑了，點了一指道：「妳這孩子都是大人了，說話還是這麼著三不著兩的（注），真是像妳二叔。」

注：著三不著兩，行事或說話思慮不周，輕重失宜。

見說起二叔，喬錦書便把方才喬楠柏嘔著顧瀚揚喊二叔的事說了，一屋子人又都笑了。

乳娘也把饅頭、包子放到炕上，看著已經會爬會站的弟弟，錦兒歡喜得不得了，抱了他們便親。饅頭倒還乖巧，只是任著喬錦書親，包子卻也學著去親喬錦書的臉，塗了喬錦書一臉的口水，自己還呵呵傻笑。

把喬錦書樂得不得了，忙喊著穀雨把自己帶來的小玩意兒拿出來。自己拿了一個項圈先遞給饅頭玩，正準備拿了另一個給包子，就聽見包子在旁邊牽著自己的衣襟，含混不清的說著：「包包，要。」

喬錦書驚異的道：「弟弟們會說話了呀！」

包子的乳娘道：「正是呢，三少爺可聰明了，凡是他想要的東西，便指了說，包包要，再沒有人捨得不拿給他的。」

吳氏也高興的笑道：「正是那日送妳走了，我和妳爹說起妳正難過呢，誰知他們倆像知道什麼一樣，饅頭突然扯了我的衣服喊娘，包子也跟著學。再叫他們喊爹，又都抱著妳爹喊爹，把妳爹歡喜得什麼似的，這才好些了。」

喬錦書想著，自己離了家，爹娘一定是難過的，特別是娘不知道怎樣的難捨呢，如今有了弟弟承歡膝下，倒安慰許多。

一時下人回稟午膳好了，一家人便去纖絮閣吃飯。男女隔著屏風分開坐了，自然又是歡歡喜喜。

席間，喬錦書看見宋姨娘好像安分了許多，穿衣也沒有那麼張揚，眉宇間添幾分柔順，心裡暗道，如果這樣娘也省事許多。

吃了飯又回了留韻館，吳氏讓乳娘把饅頭、包子放在炕上，只留了錢嬤嬤和張嬤嬤伺候，其他人都退了下去。這才拉了喬錦書細細的問，喬錦書垂著頭都悄悄的和自己的娘說了。

吳氏又仔仔細細的問了張嬤嬤，聽得顧老爺顧夫人都喜愛喬錦書，那錦繡閣，無論擺設還是下人，和正室住的瑞雪閣都是一樣的，心裡極是歡喜。

一時說著又有些傷感，喬錦書忙打岔去逗饅頭、包子玩。饅頭拿了那項圈自己在一邊玩著，包子卻不安分的去搶饅頭手裡的，饅頭極不願的側了身不給，包子連爬幾步蹭過去又要搶。饅頭便有些不耐的鬆了手，那隻手卻不知道什麼時候搶了包子手裡的那個項圈。包子露出幾個小牙齒正高興的看著自己手裡搶來的項圈樂呢，卻猛然發現那隻手裡的不知道什麼時候到了饅頭手裡，便咧咧嘴要哭。饅頭卻蹙起小眉毛，用腳去踢包子的小腳，包子也奇怪，癟癟嘴不哭了，去玩自己手裡的。

看得喬錦書目瞪口呆，拉了吳氏道：「我家饅頭真有個性，這包子怎麼看怎麼像二叔呢！」

吳氏也笑著道：「若只得他們兩個便是打鬧不休，若是有了外人，兩個人又好得什麼似的。那日韓太太來訪，還有丁舉人家的兒媳婦也帶了自己的兒子寶兒來串門子。三個小孩都在炕上爬著玩，一時包子又去搶饅頭手裡的東西，饅頭看著我們說話，可能也沒在意，只當是包子搶他的東西，便不耐煩的鬆了手。誰知道卻是寶兒搶了的，包子見了急得呀呀的叫著，要從寶兒手裡搶回來。寶兒原比他們大些，包子搶不過，饅頭便爬過去，三兩下就搶了過來，遞給包子。我只當包子這下該高興了，誰知道，包子連自己的玩具都塞給饅頭玩，自己卻攔在饅頭身前瞪著寶兒。看得一屋子的大人都和妳一樣傻了眼，道，這兩個孩子怎麼這麼可愛呢。」

一家人正說說笑笑的，極是快樂。穀雨進來稟道：「太太、姑奶奶，姑爺讓人進來說，時辰到了，要回去了。」

忍了一天的淚潸然落下，喬錦書依偎著吳氏萬般不捨。

吳氏此時卻忍著淚，幫喬錦書整了整裝道：「錦兒，嫁了人不比在家裡，要孝敬公婆，柔順夫君，切不可任性。」

喬錦書隨意的點頭應了，誰知吳氏卻推開喬錦書，正色的看著她道：「錦兒，娘說的這八個字妳要刻在心裡，這樣妳的日子才會好過些，知道嗎？」

看著娘鄭重的神色，喬錦書也認真的點頭道：「娘，錦兒會記住娘的話的。」

吳氏便牽了她的手往門口走去，乳娘也抱著饅頭、包子去送，包子看著姊姊哭，也癟了嘴看著。喬錦書擦了淚，正轉身卻見饅頭拉著自己的配飾不肯鬆手，喬錦書怎麼也捨不得掰開那小手，便解了那配飾放到乳娘手裡，轉身離了留韻館。

上了車，看見顧瀚揚不在，便問道：「大少爺呢？」

轂雨和紫蝶因顧瀚揚不在都陪著坐了，見喬錦書問轂雨，便道：「大少爺在前面騎馬呢。」

喬錦書微微頷首，又想起饅頭拉了自己不肯鬆手的可愛樣子，那眼淚就簌簌落下，轂雨、紫蝶又在一旁勸慰。眼看著快到顧府了，喬錦書還是滿臉淚痕，紫蝶便倒了一杯水放到喬錦書手裡道：「大少奶奶，說話就到了，您還是喝口水定定神吧。若是讓夫人看見您這樣子，想來是極不好的，就是奴僕們看見了，也免不了要落話柄的。」

喬錦書聽了深以為然，忙擦了淚道：「紫蝶說的極是，以後凡有我沒想到的，妳們便要像今天這樣提醒了我才是。」

轂雨、紫蝶忙點頭應了。

下了車，喬錦書便往顧夫人的曉荷園去請安，又把吳氏帶來的回禮送了，顧夫人笑呵呵的收了，問起回門的事，喬錦書便揀了些歡快的說了。又說起饅頭、包子的趣事，逗得顧夫人呵呵直笑，滿臉豔羨，留了喬錦書在曉荷園晚膳，又派了人去請顧瀚揚。

去的人來回稟：「大少爺去了瑞雪閣。」

喬錦書聽了倒並不甚在意。

顧夫人見喬錦書臉上沒有一絲不豫，暗自點頭。

晚膳擺好了，喬錦書便要站在邊上伺候顧夫人用膳，顧夫人拉了喬錦書的手道：「那些姨娘我都沒讓她們立規矩，妳快坐了陪我吃飯便是。」

喬錦書聽了便坐下，細細的觀察著顧夫人愛吃的菜，便替她挾了。顧夫人見喬錦書真心的孝順自己，便又喜歡了幾分。

回了錦繡閣，張嬷嬷早領著人收拾好了。

湘荷上了茶便在一邊伺候著，屋子裡一時分外安靜。

自那日上了花轎，便是忙忙碌碌的總沒個空閒，此刻安靜了下來，打量著這間佈置精巧，富麗華貴的屋子，喬錦書心裡有些茫然，一時間竟不知道該如何是好。

看著窗外遠處，亭臺樓閣影影綽綽，別人屋舍前的燈光透過樹木花草，星星點點，喬錦書覺得自己此刻一定要做些什麼才好，可是自己除了會醫術倒真沒有什麼愛好，猛然想起自己以前學過打中國結，這個在這裡倒是正好合用了。

便喚了穀雨找些絲線來說要打絡子，穀雨便去找了各色絲線來，道：「大少奶奶要打什麼絡子，吩咐奴婢就是了，哪裡就要自己動手了？」

喬錦書接了穀雨手裡的絲線過來，邊挑選邊道：「我這絡子可不是妳們平時用來裝東西的那種。我看見箱子裡有一塊巴掌大的『禧』字玉珮，上下都有小孔，妳去給我找了出來。」

紫蝶和湘荷她們聽說要打和平日不一樣的絡子，都圍了過來。等穀雨找了那玉珮出來，喬錦書細看，是一塊白玉珮，成色算不得好，中間有些淺綠的雜色，便挑了些綠色和淺黃色的絲線，細細的開始結絡子。

黃、綠色的兩色絲線在那蔥管般的手指間翻飛，一會兒便有了些形狀，看得四個丫鬟都很新奇的拿了絲線也邊看邊學。湘荷是個反應極快的，便道：「嗯，大少奶奶這個極好，裝飾紗帳、軟簾、牆壁、迎枕都好，等咱們學會了，做的都掛起來才好看。」

「要都像湘荷說的，那我這屋子倒不像住的了。」喬錦書笑道。

湘荷納悶的問：「那倒像什麼呀？」

「像那賣絡子的鋪子呀，滿屋的絡子。」喬錦書忍著笑道。

說得一屋子人都笑了，湘荷也跟著笑。

張嬤嬤在邊上看了笑作一堆的幾個人，自己也高興起來。剛才自己看見大少奶奶發呆，正擔心若是今日大少爺不來，大少奶奶可該如何自處呢，現在看著玩得高興的喬錦書便放心了。大少爺總會要去別的房裡的，只要大少奶奶自己能開心了便好，心裡想著又出去準備了些水果、糕點放在炕桌上。

幾個人說說笑笑的，那絡子便打好了。潤白的玉珮，被黃綠色萬字圖案的菱形結圍在中間，精巧新穎，極是好看。

紫蝶是個手巧的，看了便道：「這個絡子若換了細線打了，鑲在耳墜珠花上，也是極好看的。等我先給大少奶奶的珠花上配一個，若是好看了，再給妳們一人打一個。」

喬錦書聽了，便佯作生氣的道：「怎麼原來我的東西竟是給紫蝶姑娘試手的嗎？還要試好了才給她們一人一個。」

紫蝶知道喬錦書只要她們大規矩上不錯，是不在這些小事上計較的，便也配合著故作害怕的道：「大少奶奶饒了奴婢這回吧，原是奴婢說錯了，是拿了她們的珠花先一人一個，試好了再給大少奶奶打。」

說得喬錦書自己先撐不住笑了。湘荷是個開朗的性子，已經笑倒了，道：「我竟不知紫蝶是個這麼促狹的！」眾人聽了更是笑個不住。

顧瀚揚在外面便聽到屋裡的笑聲，也不叫人便自己打了簾子走進來。看見燭光映著喬錦書燦然的笑臉，比白日裡更添了三分嫵媚，不知怎的想起今日在喬家垂花門外見到的那一幕，心裡就有些氣悶，便道：「爺要沐浴。」

看見顧瀚揚進來，喬錦書便起身行禮，聽見說要沐浴，忙著讓人準備了，又看著顧瀚揚進了浴室，這才讓湘荷掛好了那玉珮絡子。想著顧瀚揚晚上喜歡喝茶，又吩咐穀雨泡了壺菊花枸杞茶，自己才去沐浴。

喬錦書走進裡間，看見顧瀚揚坐在臨窗的炕桌前看書，有些愣怔不知要說些什麼，復又想了下，便過去把蠟燭剪亮了些。正想去端了茶過來，誰知被顧瀚揚一把抱住，放到自己腿上坐了。

喬錦書一時慌亂，便在顧瀚揚懷裡掙扎起來。

「哼。」顧瀚揚悶哼了一聲。

喬錦書也覺察身下有異，便強忍著慌亂不敢再動。

顧瀚揚低了頭，湊近喬錦書耳邊低聲道：「錦兒，今日和韓文昊在垂花門外說些什麼，告訴爺可好？」

喬錦書聽了，心知他是對今日垂花門外自己和韓文昊說話的事有了芥蒂。這樣的事不要說自己和韓文昊實在沒有什麼，便是有過私交，此刻也是斷不能說的，便道：「韓二少爺不過客氣一句，問問錦兒可好罷了。」

見喬錦書這般答話，顧瀚揚便邪魅的笑著，伸手邊去解喬錦書睡衣的扣子，邊漫不經心的問道：「錦兒可是不願和爺說呢？」

喬錦書實在是不習慣被人這般對待，便慌亂的壓了那作怪的手，咬牙道：「爺，實是沒有說什麼，不過是問好罷了。」

喬錦書雖是使勁壓住了顧瀚揚的手，他卻好像沒怎麼用力般，三兩下便脫了那睡衣的上衣。此刻纖細的身體只著一件肚兜，淺黃色鴛鴦戲水的肚兜襯得那柔軟的身體白皙無瑕。

顧瀚揚眯了眼，唇部輕輕掃過那白皙無一物的背部，嘴裡依然問著：「錦兒可想起來了？」

喬錦書雖然早已慌亂無措，腦中卻還有一絲清明，知道此刻自己是絕不能說的，不然顧瀚揚肯定不會放過自己。

只是她雖猜到了結果，卻低估了顧瀚揚這個腹黑。
背後陣陣的酥麻讓喬錦書身體微微輕顫了一下，但仍是道：「爺，真沒說什麼呀。」
顧瀚揚用腳踢開炕桌，轉身把喬錦書壓在了身下，沈聲道：「錦兒此刻若是想不起來，等下就是想起來了，求著要告訴爺的時候，只怕爺也不會依了妳呢。」
也不知怎麼了，喬錦書看著眼前邪魅冷峻的臉，心裡無端端的害怕，慌亂道：「爺，爺，錦兒真沒說什麼，真的沒有什麼。」
顧瀚揚再不說話，探手便扯了那褻褲。
不過片刻間那細碎的呻吟便盈滿了整個屋子，看著身下觸手如玉，柔若無骨的嬌軀，顧瀚揚再也忍不得，大力的動作起來。
也不知道過了多久，也不知兩人怎麼到了床上，天色將明，就聽見那紗帳中傳出低低的抽泣聲，哀哀的求饒聲。
喬錦書不知道顧瀚揚這麼能折騰人，無論自己怎麼求了他，他都不肯放過自己。此刻實在無法了，便抽泣著從頭至尾都細細的說了，最後哽咽著連「如果牽掛亦會成為負累，不如相忘於江湖」都說了出來。
顧瀚揚聽了，方笑著拍拍自己身下盈滿淚痕的小臉，道：「乖，爺知道錦兒乖了，不折騰妳了，讓爺好好疼妳。」說著便又動了起來。
又不知過了多久，紗帳裡才安靜了。

喬錦書不知道自己什麼時候睡著的，迷迷糊糊的就聽到耳邊有人道：「小東西，記得妳自己說的要忘記韓文昊的話喔。」

「又不是真的有多喜歡他，哪裡會一直記得，真吵。」喬錦書迷糊的隨口應著，說完頓時清明了起來。睜開眼便看見顧瀚揚得意的笑臉，想起這廝昨晚上的狠勁，現在又趁自己迷糊套自己的話，心裡那個恨呀，再也顧不得什麼，咬了牙便道：「顧瀚揚，算你狠！」

顧瀚揚不以為忤，反而大笑著走了出去。

喬錦書莫可奈何，又在心裡腹誹了千百遍。「腹黑。你這個死腹黑。」

穀雨走進來輕聲道：「大少爺說去養拙齋早膳，讓大少奶奶多睡會兒，不用起身去給夫人請安了。」

第二十一章　訓僕

聽得外間有人小聲說話，喬錦書睜眼看外面天色已經大亮，想來不早了，便喚人進來。

出了裡間，喬錦書便興沖沖的去看自己昨晚編的那個玉珮絡子，誰知那掛絡子的地方卻是空蕩蕩的。轉身看見湘荷，問道：「我的絡子呢？」

湘荷道：「大少爺說好，便取走了，好像說掛在他的書房更合適些。」

喬錦書聽了剛想說什麼，又掩了聲，坐在炕沿生悶氣。

轂雨端了早膳進來看見，又不好問，便拿眼去看湘荷。湘荷指了指牆上掛玉珮絡子的地方，轂雨明白了，便笑道：「大少奶奶，今日有您最愛吃的涼拌竹筍呢，我看著是辣得極開胃。」

早膳完了，還是覺得氣不順。喬錦書也不叫人，自己賭氣又找了快薑黃色的玉珮出來，比昨日的又大了許多。自己端詳了半天，想著編個蝴蝶結應該不錯，於是鼓著嘴在一邊編著。

紫蝶見了，忍著笑在一邊伺候著，不時問上幾句。轂雨泡了茶進來，邊走邊嘀咕著——

「什麼蘭花香，我怎麼沒聞到呀？」

喬錦書聽見轂雨嘀咕，停了手問道：「妳自己嘀咕些什麼呢？」

穀雨道：「奴婢剛才出去泡茶，聽見院子裡的小丫鬟說什麼咱們閣裡有蘭花香的味道，奴婢不知道什麼是蘭花香，也沒聞到什麼香味呀。」

喬錦書也有些莫名其妙，看了紫蝶道：「妳知道嗎？」

紫蝶搖搖頭道：「奴婢不知道。」

正說著張嬤嬤進來了，喬錦書又問張嬤嬤，張嬤嬤臉一沈，想起前天顧瀚揚回來的時候，身上是帶著一股極好聞的味道，估摸著就是這話了，便道：「都是些不省心的。」便說起那晚上自己聞到味道，和纖雲、弄巧伺候大少爺沐浴的事。

喬錦書聽了也不說話，只顧低頭打絡子，過了片刻才吩咐道：「去叫了纖雲、弄巧來。」

一會兒紫蝶帶了纖雲、弄巧進來，二人上前蹲身施禮。

喬錦書也不叫起，只顧打著手裡的絡子，等打完絡子又來回看了幾遍，方道：「前天晚上是妳們伺候爺沐浴的嗎？」

纖雲想著沐浴這事，是大少奶奶吩咐了自己和弄巧做的，今日怎麼問起這事？雖說疑惑，但還是答道：「是奴婢和弄巧伺候的。」

「那我問妳們，那日大少爺換下的衣服怎麼處理的？」

「大少爺說那衣服破了，讓奴婢們扔了。奴婢看了一下，見長衫的下襬處有一個口子，便扔了。」纖雲答道。

「那妳們可聞到那衣服上有什麼味道？」喬錦書問道。

若是到此時纖雲、弄巧還不知道喬錦書問的是什麼，她們就真該被打發了。弄巧也不用喬錦書細問便都直接說了。「衣服上有一股蘭花香的味道，這蘭花香極是難得，整個家裡只有雪大少奶奶用著，聽說雪大少奶奶也不是日日用著的。」

喬錦書聽到這兒，才露了一絲笑容道：「知道了，妳們先下去吧。」

「張嬤嬤，我本想著過個十天半月，等熟悉她們各人的性子些，再把咱們屋子裡整理下，看來她們倒是比我急呢。既這樣，那就今日吧，去把咱們屋裡的人都叫到院子裡去，等我吩咐吧。」喬錦書道。

想到自己娘親每每遇到事總是越發的安靜，便微笑著道：「穀雨，我看咱們院子裡錦葵開得極好，去泡壺茶，妳們陪我賞花去。」

下人們得了張嬤嬤的吩咐，都三三兩兩的往院子裡來。看見自己閣裡的大少奶奶正被幾個大丫鬟伺候著賞花，便都躡手躡腳的在旁邊站著不敢吱聲。

看著差不多了，喬錦書在椅子上坐了，又端了茶盞低頭品茶，等張嬤嬤在自己耳邊低聲說了什麼，方放下茶盞道：「今日招了妳們來並沒有別的事，不過是認識一下。等會兒張嬤嬤按照名冊點名，點到誰，便站出來，自己說下名字，管著什麼事，來錦繡閣前在哪裡當差。」

大家齊聲應了，聽到自己的名字便站出來一一的細說。

喬錦書聽完便道：「如今我也沒有什麼新的規矩，一切都依了府裡的規矩來，只說兩件事，一是從今日起，妳們每日要做的事都會排好了貼在牆上，不識字的找識字的問了，或者問穀雨、紫蝶、纖雲、弄巧、湘荷、妙筆她們六個。既然事情分到人了，誰的事沒做完便找誰，該怎麼罰按府裡的規矩來。二是，不許搬弄是非，背後議論主子，凡犯了這一條的，我就不罰了，妳們原來是哪處當差的就退回那處，這樣的下人，我錦繡閣一個不留。」

眾人聽了心裡無不忐忑，如今這事都分到人，有個錯可就沒處推了，只能格外小心的做事了，還有些原本就是進來當棋子的，若退回去沒了用處，哪還有好結果呢。

喬錦書看了神態各異的眾人一眼，便吩咐散了。

這錦繡閣自從喬錦書嫁進來的那天便被各處盯著的，如今有了動靜，各處自然都得了信兒的。

曉荷園裡萬嬤嬤欣慰的和顧夫人說著錦繡閣的事，顧夫人聽了看著不遠處十里荷塘，微風動，蓮葉款款輕擺，想起當年自己與當時的安陽王世子顧謙默相識於荷花池邊，從此情根深種。

顧謙默向自己的母親安陽王妃要求娶自己為妻，安陽王妃對自己的長子與甯平侯家嫡女的感情也是知道的，如今見自己的兒子求娶便應了，只道要先娶秦家嫡長女秦舞蜜，再迎甯平侯嫡女為平妻，顧謙默不願，定要娶自己心愛的女子為正室，安陽王妃不許。

顧謙默便在自己母親的院子裡跪了一夜，在兒子和姪女之間，安陽王妃終究還是疼兒子一些的，便同意娶甯平侯府的嫡女為正室，但一個月後必須再娶秦舞蜜為平妻。誰知道顧謙默不願委屈自己心愛的女子，便道自己只娶一妻，其他女子若要進府只能為妾。

安陽王妃堅決不同意，怎能讓秦家嫡女為妾呢？執意要顧謙默娶平妻，否則不同意甯平侯陶家之女進門。正不可解之際，這事便傳到了秦家，秦舞蜜也是心高灑脫之人，便託人帶信給顧謙默，既不能比肩，不如彼此珍重，不久就和一直求娶的肖丞相嫡子訂親。

這事雖說就此了結，但安陽王妃和顧謙默母子間總是因著自己生了嫌隙，自己過門一年，安陽王妃便以自己無出為由，為顧謙默抬了與秦家有姻親關係的田氏女進門為貴妾，好在顧謙默堅持自己才能生下嫡長子。

兩年後，顧謙默的弟弟顧謙安又娶了秦家旁支的嫡女秦袖西為妻，安陽王妃才算解了心結，與顧謙默又緩和了許多，可終是不喜自己。那顧謙安的妻子是一個極會逢迎之人，便得了安陽王妃的歡心，才有了後面許多紛爭，以至於自己懷第二胎五個月時，中毒引起流產到現在毒素也沒清除，從此也沒有再生養過。為了這身體裡的毒，瀚揚尋訪了多少名醫都沒辦法清除，若不是遇到了錦兒，只怕自己的性命也不過在幾年之間了。

到底是誰下的毒，自己也不想深究了，想來不過是秦家的人，查了只會讓老爺左右為難。想到這兒，重重的嘆了口氣。

萬嬤嬤看見顧夫人臉色不好，知道她又想起了以前的那些事情，便道：「夫人身子總不能好，都是操心太過了，如今有了錦大少奶奶調理身子，自己也要少操心些才是正經的。」

顧夫人看著自己的乳娘道：「嬤嬤，我的瀚揚自小吃了太多苦，受了太多委屈，都是因我這個做娘的緣故。如今都快三十了，別看清揚園滿院子的人，卻連個真正貼心的都沒有，好不容易來了個品行良善、性子簡單的，可若是他自己不打開心結，終還是不成的。」

這頭顧瀚揚聽了清風回稟喬錦書給錦繡閣的奴才們立規矩的話，只垂了眼道：「去告訴盧嬤嬤，只要錦大少奶奶不出格，便由她折騰去，另外買兩盒上好的蜜錢送去錦繡閣。」

瑞雪閣西次間，秦暮雪安坐在綠綺琴前，手指輕攏，曲調憂傷，依依情深。

綠柳端了藥進來，微微搖頭道：「大少奶奶吃藥的時間到了，您且歇會子吧。」說著放下藥碗，扶著秦暮雪在窗前的羅漢椅上坐了。

秦暮雪放下藥碗，柔聲道：「我一年也不知道要喝掉多少這些勞什子，真是厭煩得緊。」

綠柳邊遞過糖漬果子邊道：「若是大少奶奶能少彈奏些憂傷的曲子，只怕就能少喝些也未可知的。」

「妳這丫頭，嘴實在碎得很，我總要把妳嫁了出去才落得安靜的。」秦暮雪佯怒的道。

「您只管嫁就是，奴婢反正還是要進來做管事嬤嬤的，您也只好日夜看著奴婢這讓您厭煩的臉。」綠柳笑道。

秦暮雪真被自己的貼身丫鬟氣笑了，便道：「好了，綠柳姑奶奶，算我怕了妳，妳去收了那琴吧。」

綠柳邊收拾琴邊笑道：「奴婢哪裡就有那麼大的膽子氣大少奶奶呀，不過是怕您喝了藥胃裡不舒服，逗您笑罷了。」

放好了琴，走過來撚了絹帕欲言又止。綠柳自小伺候自己，秦暮雪哪裡還不知道她的性子，便道：「妳要是有話就說，不要在我面前像個陀螺一樣轉來轉去的，妳不得安寧，我也心煩。」

說得綠柳噗哧一聲笑了出來，過了一會兒正色道：「大少奶奶，奴婢這話都想說幾年了。您既嫁了大少爺，又是您打小就期盼的良人，那就把心思都放到大少爺身上吧。至於侯府嘛，俗話說嫁出去的女兒潑出去的水，到底只算是您的娘家，再有什麼事都讓老侯爺和世子爺去操心，您就別為難自己了。」

秦暮雪看著這個對自己忠心耿耿的丫鬟，嘆了口氣道：「妳說的我哪裡不知道呢？只是我既是秦家的女兒，哪裡分得出彼此。」

綠柳聽了無言，默了片刻道：「這幾日您接了老侯爺的信也沒歇好，這會子去歇歇吧。」

喬錦書正坐在炕上寫著顧夫人的藥方，穀雨拿了個錦盒進來道：「這是大少爺身邊的明月送來的。」

「打開我看看。」喬錦書放下筆道。

穀雨便打開盒子遞了過去，原來是一盒芳玫齋的蜜餞。喬錦書拈了一個放進嘴裡嚐了嚐道：「太甜了，我不喜歡，妳拿去和她們幾個分了吧。」

「這芳玫齋的蜜餞味道與別處的不一樣，極難得的。大少奶奶最近吃的補藥我看著極苦，奴婢收著，大少奶奶吃藥的時候甜嘴也好。分了做什麼？我們可不少吃的。」穀雨笑道。

喬錦書聽了心裡微動，便點點頭。

湘荷打了軟簾進來道：「大少奶奶，大姑娘身邊的豔紅來了。」

喬錦書知道是顧盈然的丫鬟，便道：「讓她進來吧。」

豔紅自那日後再沒見過喬錦書，進了屋見喬錦書端坐在炕上，身上並無奢華之物，臉色粉潤，神態安詳，在那絕世容顏外又添了幾分風華，忙蹲身行禮道：「奴婢見過錦大少奶奶。」

喬錦書叫了起，她便起身遞過一個木製彩繪的盒子道：「我們姑娘新得了兩盒宮製的彩霞胭脂，顏色極好，讓奴婢給錦大少奶奶送了一盒過來。」

看著那描得極精巧的纏枝芙蓉的木盒，喬錦書抬手打開，不過片刻間屋子裡便有一股子若有若無的茉莉香味，淡雅得很。

喬錦書順手闔了盒子道：「我從不用胭脂水粉的，替我謝謝妳家姑娘的好意，這胭脂也是極難得的，她自己留著用吧。」

豔紅愕然，剛才看著喬錦書好像還很喜歡的樣子，怎麼突然就不要了呢？但還是收了盒子躬身退下。

豔紅回了喜盈居，便把方才在錦繡閣的事說了，原以為自家姑娘一定很生氣的，誰知道自家姑娘聽了居然笑逐顏開，豔紅不解的退了出來，一頭霧水。

顧盈然看著那盒子自言自語道：「我覺得妳是個朋友，果然妳也是這麼想的，若不是朋友怎會生我的氣呢？妳既當我是朋友，只要我在顧府一日總會護著妳些的。」

想著又喚道：「豔紅，進來。」

豔紅掀了銀紅色的軟簾進來道：「姑娘有什麼吩咐？」

「妳去讓咱們小廚房做一盤油炸鴿子送到錦繡閣去，就說這個菜叫……」招手叫豔紅過去耳語了幾句。

豔紅不解的道：「姑娘，今日錦大少奶奶是極生氣的，您就是要道歉也等幾日呀，此時去不是白碰一鼻子灰嗎？奴婢可怕得緊。」

顧盈然擺擺手道：「讓妳去妳就去，哪那麼多廢話呀！姑娘我保管妳這次去不但不會挨罵，還會得了賞錢的。」

豔紅不信的看著自家姑娘，不知怎的覺得今日的姑娘有些傻氣，但還是做好了菜餚送到錦繡閣去。

一路上心裡直打鼓，想著那日的事自己也摻和了的。算了，最多挨板子罷了，也不算冤，一邊想著就到了錦繡閣。

喬錦書看著跪在地上惴惴不安的豔紅和擺在自己面前的油炸鴿子，咬了唇忍笑。

豔紅跪在地上，看不大清喬錦書的臉色，但還是鼓起勇氣道：「我家姑娘說這個菜的菜名叫負荊請罪。」

噗哧一聲，喬錦書沒忍住，笑出聲來。看著跪在地上臉色不好的豔紅，道：「起來吧，妳來回的跑，辛苦了。妙筆，拿個荷包給她。」

豔紅頓時傻了，呆呆的接了荷包道謝，躬身告退。剛想出門，就聽身後曼聲細語道：「回去告訴妳家姑娘，油炸鴿子雖好吃，但油膩之物不可多吃，淺嚐即止便好。」

一路走，快到喜盈居時豔紅才回過神，想來自家姑娘還是個聰明的，自己果然得了賞，便快步回去，把剛才的事又和姑娘一一細說了。誰知姑娘聽了反而沒了笑容，低低的自語道：「是啊，立場不同，只能淺嚐即止。」

豔紅一頭霧水的出了門，也自言自語道：「我要去拜拜神，姑娘莫不是碰到了什麼不乾淨的東西。」

顧瀚揚進了門，見喬錦書滿臉笑容，用手舉著個油炸的什麼啃得津津有味，便道：「什麼好東西？吃得這麼歡喜。」

看見顧瀚揚進來，喬錦書便準備起身。顧瀚揚搖搖手道：「坐著吧，別弄一身的油。」

喬錦書便坐著，邊吃邊道：「是盈然送來的油炸鴿子。」

顧瀚揚聽了，揮手屏退屋裡伺候的人，盯著喬錦書問道：「不怪盈然嗎？」

喬錦書垂了眼，默不作聲，又過了片刻，抬起小臉指著鴿子道：「盈然說這個叫負荊請罪。」

想起一品大師曾說過，這小東西對醫術有一種癡念，自己也發現她對患者不論身分地位都有悲憫之心，對家人有一種執著得近乎於貪戀的感情，對她身邊的人也很護短。就連織雲、弄巧在自己身邊伺候了幾年，到錦繡閣不過幾天的時間，自己問她們話時，雖不敢隱瞞，但也有些吞吞吐吐的，自己逼了半天，弄巧才說，在錦大少奶奶身邊，奴婢們覺得溫暖，不自覺的想維護她。

想到這兒，顧瀚揚又默了片刻，方沈聲道：「盈然是個極重感情的。」

喬錦書聽了便笑道：「妾身已經告訴盈然了，油炸鴿子太油膩，淺嚐即止。」

顧瀚揚看著那笑得得意的臉，心裡暗自搖頭，算了，讓她摔了才會記得，自己吩咐盧嬤嬤多看著些，總不叫她吃了大虧便是，不然一品大師那兒就交代不過去了。

一時傳了晚膳，飯後顧瀚揚照例去了養拙齋，晚上又宿在了錦繡閣。

漣漪軒正屋遲姨娘正低頭看著帳本，也許是看的時間久了，眼睛有些痠，放下筆揉了揉那雙極具魅惑的雙瞳。

旁邊伺候的彩鳳見了，道：「姨娘別看了吧，咱們的鋪子每月裡賺得不少了，加上老爺貼補的，您實在不用這麼辛苦的。」

遲姨娘放下筆，苦笑道：「賺的多，每個月花出去的也不少啊，那些園子裡哪個是能少了的，我們遲家不過是生意人家，哪個是惹得的？爹如今年紀大了，心也越來越大，總想著皇商的位置，斷不會管我有多難。」

正說著彩霞端了燕窩進來道：「這是今日太太打發人送來的血燕，我看著都是極品的，您快嚐嚐。」

遲姨娘接了那燕窩，眼淚便落了下來，自己自十三歲被爹送給了顧瀚揚，便再也沒見過自己的娘了。家裡有許多的姨娘，大哥又是個粗心的，幸好嫂子厚道又孝順，娘的日子才好過許多。

彩鳳知道姨娘想起了自己的娘，便瞪了彩霞一眼，彩霞也後悔自己說錯了話，便急著插話，脫口道：「爺今日又歇在錦繡閣了。」

彩鳳無力的看著彩霞，翻了個白眼。彩霞也正悔失言，滿臉糾結。遲姨娘看著兩人眉來眼去的，便道：「罷了，妳倆太過小心了，這點子事都經不了，這日子還長久呢。我今日累了，早些歇了吧。」

顧瀚揚一動，喬錦書便醒了，也要起身伺候。想著自己晚上的孟浪，便道：「爺是習慣晨練的，今日要給娘請安，等爺回來早膳了一起去吧，妳再歇會兒。」

喬錦書渾身痠軟，實在懶怠，便點點頭又躺下了。

過了不久，聽見穀雨在自己耳邊輕喚，便嘟囔道：「好累，不想起。」

穀雨聽了自是心疼，但是沒法，便輕聲道：「大少奶奶，爺晨練回屋了，此刻正沐浴呢，您得起身了。」

穀雨伺候著梳洗了，喬錦書想著今日是要去給夫人請安的日子，便穿了件鵝黃繡竹葉梅花圓領的袷衣，青灰色撒花百褶裙，又綰了個祥雲髻。想著昨日戴的那支蜜蠟簪子正配今天的衣服，便讓穀雨又插戴了。

出了裡間，顧瀚揚也換好了衣服，看見喬錦書頭上的簪子，便蹙了眉道：「妳昨日好像也是戴的這簪子吧。」

「嗯，我看它配我今天的衣服正好。」喬錦書不以為意的點頭道。

顧瀚揚打量了一下，微微頷首，再沒有說話。

送藥來的盧嬤嬤聽了心裡一動，自己奶大的這位爺是從不在女人穿戴上留心的，今兒個倒是奇怪了。

喬錦書喝了藥，便蹙了眉，忙接過穀雨手裡的蜜餞含了才鬆了口氣，可見是極怕那味道的。顧瀚揚見了覺得有些好笑，便對穀雨道：「若是妳家大少奶奶的蜜餞吃完了，妳便告訴清風去買來就是。」

穀雨歡喜的蹲身應了。

兩人早膳完了，便去給顧夫人請安。臨出門時，顧瀚揚又取了那薑黃色的玉珮絡子，喬錦書便有些不依的道：「爺已經拿走一個了，這個是錦兒才打的。」

顧瀚揚一本正經的道：「那個爹看見了喜歡，便拿到他書房去了。如今爺的書房沒有了，再說這個顏色放在這裡也不配，妳要是喜歡，爺送妳兩盒玉珮，妳再打便是。」說完也不管喬錦書，便先出了門。

湘荷看著喬錦書一副欺善怕惡的樣子，咬了唇忍笑。

喬錦書見了，瞪了她一眼，道：「想笑只管笑就是，忍得那麼辛苦做甚？」

這一說，連張嬤嬤也撐不住的笑了，便簇擁著喬錦書跟在顧瀚揚後面往曉荷園行去。

第二十二章　財迷

秦暮雪想著爺爺來信，讓自己打聽太子妃是否有孕的事。早早的便起了身，帶了丫鬟往曉荷園去，顧謙默和顧夫人已經在大廳喝茶了。

秦暮雪上前蹲身行禮，便在左首首位坐了。下人上了茶便退下。

顧謙默端了茶啜了一口，看了顧夫人一眼，顧夫人笑著微微頷首，顧謙默便不再說話。

秦暮雪只顧看著發呆，忘記了說話，顧夫人便溫和的道：「雪兒可是不喜歡這雲霧茶？」

看著自己公婆之間流動的心有靈犀之態，秦暮雪羨慕不已，一時間不覺有些呆怔。

秦暮雪恍然自己走神了，有些澀然道：「娘，這雲霧茶茶香獨特，回甘極好，雪兒自是喜歡的，聽說雲霧茶產自棲霞山頂，每年產量極為有限。」

「嗯，棲霞山頂長年雲霧繚繞，比咱們齊雲山更甚，且一年四季都是低溫，那茶自有一股冷冽的香味，比之梅花又有不同，瀚揚極喜歡，每年總是想辦法得一些。」顧夫人道。

「是，雪兒在家時也聽爺爺說過，說這雲霧茶每年最多就是十幾斤，都是做了貢品的，想來總是太子心疼爺，賞了下來的。如今咱們家遠離了京城，只不知道太子爺和太子妃可都還好？」秦暮雪試探著道。

聽了這話，顧夫人微笑不語，顧謙默端了茶盞只顧喝茶，屋子裡頓時安靜得連掉一根針都聽得見。秦暮雪不由得滿臉尷尬，不知道該說些什麼。

顧瀚揚攜了喬錦書進來，看屋裡三人皆緘默不語，也不以為怪，倒是喬錦書多看了秦暮雪幾眼。顧夫人看著喬錦書眼波流轉，清澈無邪，心裡歡喜。

待二人坐下，便吩咐下人上茶。話音剛落，又笑道：「你們錦大少奶奶是不喜茶的，把我新收的菊花用才製好的那套專門泡菊花茶的茶具，給她泡上一盞。」

喬錦書聽了喜歡，忙道：「泡兩盞。」下人應了下去。

一時茶泡好了，白底描著黃色菊花的粉彩茶盞，淡黃色茶湯裡漂著幾朵小小的菊花，清新悅目，好看極了。喬錦書指著另一盞道：「這個送給夫人去。」

顧瀚揚聽了，斜睨了喬錦書一眼道：「別胡鬧，娘早上習慣喝雲霧茶的。」

顧夫人心裡明白，掩嘴微笑不語，喬錦書卻斂了笑容認真的道：「錦兒沒有胡鬧，娘現在喝著藥呢，這茶是不能喝的。」

顧瀚揚聽了有些尷尬，便瞪了喬錦書一眼。喬錦書也知道自己剛才說話太直接，讓顧瀚揚有些下不了臺，便紅了臉垂著頭不語。

顧夫人見了便道：「這倒怪不得錦兒，原是我的不是了，錦兒早已經叮囑我服藥期間不可喝茶，萬嬤嬤便天天盯得緊，哪裡還有茶喝呢。今日見了新來的雲霧茶，萬嬤嬤又不在，一時意動便嚐了個鮮。誰知竟忘了今日是請安的日子，又被錦兒看到了，可見這人是一時都不能做壞事的。」說得大家笑了起來。

喬錦書便笑道：「這偶爾喝個一杯半盞的原也不礙事，是錦兒有些矯枉過正了。」

秦暮雪聽了，眼裡閃過一絲輕視，端起茶啜了一口，笑道：「依妹妹這麼說，我如今也吃著藥呢，自然也是不能喝茶的了。」

喬錦書暗道——這茶解藥性幾千年後是人人都知道的道理，但我現在要說了且沒人信呢！便微笑道：「這原也不能一概而論的，聽大夫的囑咐就好，若陳大夫沒說自然是可以喝的。只是我用的藥裡有一味藥與茶葉有些相沖，便讓娘忌茶罷了。」

秦暮雪聽了也不作聲，只是笑著盯著喬錦書，喬錦書不迴避，也安靜的打量著秦暮雪。她今天穿了件淡藍色印花斜襟袷衣，白底繡蘭花月華裙，倒真是姿態清雅如空谷幽蘭，便笑道：「姊姊今日這身打扮倒真有芳蘭之姿。」

秦暮雪聽了莞爾一笑，她一向自視甚高，以蘭花自比，聽喬錦書這麼說，倒是覺得理所當然，便笑道：「妹妹別介意，我沒有不信妹妹的意思，不過聽了妹妹的話，若那不知道的人還以為是積年的大夫呢。」

喬錦書聽了不以為意，笑道：「我沒來咱們家之前，我娘家的娘也是這麼說我的，說我一說到醫術總是一副老學究的樣子，極不討喜……」說著偷偷瞟了顧瀚揚一眼，顧瀚揚見了有些想笑，便端了茶杯遮了嘴角的笑意。喬錦書接著道：「如今倒叫姊姊見笑了。」

秦暮雪真有一種一拳打在棉花上的無力感。

顧謙默聽了卻極為歡喜。

顧瀚揚看了看牆上掛著的薑黃色玉珮絡子道：「清風，去庫房取幾疋顏色清亮的宮緞和甲字形大小上等珠寶、乙字形大小上等珠寶各一盒送到錦繡閣去。」

清風聽了，看了顧瀚揚一眼，忙低頭應了。顧瀚揚看了清風的表情，猶豫了片刻，道：「還是取兩盒乙字形大小最上等的吧。」

出了外書房，清風詫異不已，那甲字形大小的珠寶從來只送曉荷園，就是那乙字形大小上等珠寶，這麼多年除了曉荷園也只有瑞雪閣得了兩次，一次是雪大少奶奶二十歲生日，一次是病得性命垂危好不容易好了，爺為了安慰送去的。

如今錦繡閣一送便是甲字形大小上等、乙字形大小上等各一盒，雖說後來改了乙字形大小，想來也是為了保護錦繡閣的主子。看來自己要提醒明月他們，以後錦繡閣的事要多當心，別觸了爺的逆鱗還不自知。

錦繡閣裡喬錦書正拿了梅花、松針、竹葉，想調出和雲霧茶相似的味道，試了幾次都不太像，正一籌莫展，湘荷道：「大少爺身邊的清風來了。」

喬錦書放下手裡的東西，道：「讓他進來吧。」

清風進門便聞到一股和雲霧茶有些相似的味道，細細打量了這間起居室，和府中其他的院子並沒有太大的區別，一樣的臨窗設炕，屋子中間是一張黑漆圓桌，旁邊擺了幾個花架，屋裡的顏色與其他的地方卻有不同。

炕上鋪的是鴨毛黃的棉氈，嫩綠色迎枕，連炕桌上也鋪了塊黃色纏枝碎花桌布，黑漆圓桌上也搭著同色的桌布。屋裡花架上擺了幾個透明的琉璃花瓶，盛了水，水裡放了些好看的鵝卵石，供著長青的綠蘿，那綠蘿沿著花架蜿蜒而下，讓這間屋子添了幾分生氣。

與瑞雪閣用琴棋書畫擺設出的高貴典雅相比，這裡雖無一絲奢華之氣，卻讓人忍不住想流連其中。

清風上前躬身行禮道：「爺讓我給錦大少奶奶送了些宮緞和珠寶來。」說著一揮手，便有小廝捧了東西進來，清風上前打開珠寶盒子給喬錦書看。

看著那各色璀璨的珠寶，喬錦書頓時笑彎了眼，好像一個餓了三天的人看見饅頭一樣，也不要穀雨扶，便自己撲了過去。穀雨看著自己主子財迷得這麼明顯的樣子，忍不住想挖個坑把自己埋了，自己沒有這麼丟人的主子好不好？

喬錦書卻不管這麼多，拿了根海棠花樣的油黃暖玉銀簪子問穀雨道：「妳說我要是將這些當了，能買一個比曦園小些的園子種滿梅花嗎？」

穀雨聽了頓時風中凌亂，低頭無語。

清風見了喬錦書那直白的樣子，心裡早笑翻了，但面上仍是一本正經的樣子，此刻見穀雨低頭不說話，便認真的回答喬錦書，道：「錦大少奶奶您要買的園子，依奴才看，只要當上兩、三樣這盒子裡的首飾便可以了。」

喬錦書兩眼清亮的看著清風，道：「真的嗎？」

「是。可是錦大少奶奶，奴才只怕不要說咱們慶陽縣，便是整個啟源朝也沒有當鋪會收這些首飾的。」清風仍是一本正經的道。

「為什麼，難道這些都是假的嗎？」喬錦書小聲嘀咕道。

清風覺得自己腸子要打結了，但還是忍著道：「都是真的。就是上面有安陽王府和咱們爺自己的一些小記號，當鋪收了怕有麻煩，應該是都不敢收的。」

喬錦書頓時偃旗息鼓，垮了那張精緻的小臉，道：「那就是說我只能每日裡換著往自己頭上插唄。」

清風道：「是。」

喬錦書便坐在炕沿上有些哀怨的看著珠寶，道：「穀雨，去拿兩個紫色的荷包給清風，另外拿幾個綠色的給他們分了。」

清風道了謝，告辭了出來。待走到那無人處，便蹲下來大笑不止，等笑夠了方起身往外書房覆命。

聽著清風的話，顧瀚揚的臉色變幻莫測，直恨不得立時抓了那小東西，照著屁股上幾巴掌，只是這罪魁禍首現不在手邊，自己且抓不到呢，這氣憋著委實不舒服。看了眼旁邊咬著唇忍笑，身體都微微發顫的明月一眼，道：「你若想笑時便笑，別憋出病來，爺沒銀子給你糟蹋。」

明月到底是不敢當著顧瀚揚的面笑，便順手拉清風跑出門，蹲在門口便大笑不止，清風雖也笑得合不攏嘴，卻沒有出聲，明月卻不管這麼多，笑得連喊肚子疼。

「清風，你今日去庫房的時候，可發現庫房裡有積灰？」顧瀚揚走到窗邊涼涼的問道。

清風有時實在摸不透自己這主子變幻莫測的思維，便還是正色道：「雖不厚，也是有些的。」

顧瀚揚點點頭道：「既如此，明月，你三日內把庫房的積灰都擦乾淨了。」

明月聽見，頓時哀嚎一聲。清理那庫房三天，自己就是不吃不喝不睡也擦不完的呀，忙求道：「爺，奴才錯了，奴才錯了，奴才再不敢笑了。」

「是爺叫你笑的，你哪裡錯了？三天包括今天。」顧瀚揚面無表情的道。

明月還沒說話，就聽銀杏樹上傳來笑聲道：「明月，我要是你就趕快去擦，你再囉嗦，沒準兒咱們爺會讓你去清掃十里荷塘裡荷葉上的灰呢！」

明月一聽，頭皮發麻，自己這抽風的爺，沒準兒真會，爬起來便往庫房跑去。

顧瀚揚挑眉，看了銀杏樹一眼道：「長河這主意不錯，等你做錯了事時，爺便罰你清掃十里荷塘的荷葉上的灰。」

樹上頓時安靜了，連葉子都不動了，長河給了自己一巴掌，直恨自己剛才為什麼要多嘴，自己最近這段時間都要打起精神些才好，不然那十里荷塘的灰可不是好清掃的。

喬錦書見那些珠寶只能戴，不能換成銀子，便沒了興趣，讓穀雨收了。自己又去調那竹葉松針茶，那味道還是不一樣。托了腮看著院子外發呆，聽見門外紫蝶吩咐小丫頭：「這套新茶盞是夫人才給的，妳們要小心收好，別磕壞了。」

「穀雨，去給我找些菊花來。」喬錦書聽了紫蝶的話笑道。

喬錦書嚐了下杯子裡的茶湯，微瞇著眼，嘆了口氣道：「就是這個味道了，雖不十分像，倒也差不大遠。」

紫蝶看著炕桌上七、八個杯子道：「大少奶奶，您這又是什麼新玩意兒？」

「夫人吃藥不能喝雲霧茶，我看她好像是極喜歡的，便試著調了個相似的，雖不能代替，也可以解饞的。」喬錦書道。「收了吧，我明日送去。」

湘荷進來道：「大少奶奶，曉荷園的入畫來了。」

入畫進門，蹲身施禮道：「大少奶奶，我們園子的廚房今日得了幾條極好的鮒魚，夫人說您是愛吃魚的，打發奴婢來請您呢。」

喬錦書微微頷首。「我知道了，辛苦妳跑一趟。妙筆，拿個荷包給入畫。」

入畫道謝，躬身退下。

喬錦書想起今日盒子裡有一套梅花簪，自己極喜歡，便道：「紫蝶，取那套淺金的衣服。」

穀雨、紫蝶伺候著換了衣服，喬錦書便點了紫蝶和妙筆，道：「我知道妳們倆是不愛吃魚的，今日廚房還有妙筆愛吃的香酥鴨，等我的例飯來了，妳們和張嬤嬤在家好好吃，我便帶著穀雨和湘荷去。」

紫蝶和妙筆聽了喜不自禁，忙蹲身道謝了。

妙筆看著喬錦書的背影紅了眼圈，紫蝶見了忙道：「這是怎麼了，剛才還好好的呢，莫不是想吃魚了？」

妙筆啐了她一口道：「別說我不愛吃魚，便是愛吃，哪裡就這麼眼皮子淺了？我只是覺得咱們主子對咱們真是好，咱們做奴才的伺候好了原是應當應分的，她卻是打心底對咱們好的，往後我也要用了心伺候才是。」

張嬤嬤正好進來，聽到妙筆的話，道：「妳倒是個有心的，只是且別哭了，要不等下大少奶奶回來，只以為我和紫蝶搶了妳的香酥鴨呢，倒讓我們擔不是。」

說得妙筆撐不住笑了，三人便準備了吃飯。

丫鬟們打起軟簾，喬錦書走了進來，見顧瀚揚也在，忙上前給顧夫人和顧瀚揚見禮。顧夫人看喬錦書換了衣服，上身穿了件淺金桃紅二色撒花袷衣，下面是桃紅鳳尾裙，頭上綰著個巧燕髻，插了一支粉白梅花簪，襯得臉越發的瑩白如玉，心裡歡喜，便招手讓喬錦書過來，拉了她在自己身邊坐了，道：「我就喜歡妳們打扮得清爽喜氣的樣子，看了都讓人高興。」

萬嬤嬤在旁邊聽了，便知道顧夫人不喜雪大少奶奶整日裡端著清高的樣子。顧夫人原本不是小心眼的，也不會因著和安陽王妃關係不好就遷怒雪大少奶奶，只是那雪大少奶奶成日裡一副不食人間煙火的樣子，著實讓人親近不起來。如今這錦大少奶奶倒是個好性子的，心地好，也孝順，日子長了，夫人也有個說話的伴。

一時下人擺好了飯菜，便來請，一家人去了西次間吃飯，顧夫人道：「你爹今日外院有事不回來吃，雪兒是個不愛吃魚的，也沒請她，咱們三人倒是安安靜靜的吃頓飯。」

喬錦書知道顧夫人的性子，也不囉嗦，在顧夫人右邊坐了。那鰣魚極新鮮，做了道紅燒的，還做了道清湯的。喬錦書挾了那清湯的嚐了嚐，再換了筷子挑那肚腹間細嫩的肉挾了給顧夫人，顧夫人嚐了點頭道：「錦兒是個細心的，只和我吃過了一次飯，便記得我的口味。」

喬錦書歪著頭笑道：「些許小事，哪裡就當得娘誇了。」

離得近了，顧夫人看到喬錦書頭上那支梅花簪做得精巧，便道：「錦兒這支簪子做工不錯，是遲家鳳彩樓的吧？」

「這是今日爺給的，錦兒也極喜歡。」喬錦書笑道。

顧瀚揚聽了，邊伸筷子去挾魚邊涼涼的道：「喜歡便好，只別當成假的當了就是。」

喬錦書一時沒想到顧瀚揚知道了，便呆怔的看著顧瀚揚沒說話，穀雨卻在旁邊紅了臉低了頭，湘荷便掩嘴直笑。

顧夫人聽了，看著各人表情都有些奇怪，便指了湘荷笑道：「可是有什麼典故？說給我聽聽。」

湘荷不敢說話，拿眼睛睃著喬錦書，喬錦書見了，便嘟了嘴道：「看我做什麼？我看妳也是個喜歡說話的，夫人問妳，妳便照實說了。」

湘荷原是個嘴巴俐落的，又得了喬錦書的話，便把下午的事一一細說了。

顧夫人聽了，便撐不住笑了。顧瀚揚原本就有氣，聽了湘荷一說，心裡越發惱，瞪了某人一眼，忖道，今晚這巴掌一定要拍實了才好。

喬錦書看著顧瀚揚陰晴不定的瞪著自己，心裡就有些不好的預感，便不自覺的往顧夫人身邊縮了一下。

顧夫人見了，安慰的拍拍喬錦書道：「不怕啊，瀚揚不過面冷罷了，他那庫房裡還有不少好東西呢，等哪日咱們讓清風開了鎖，咱們進去細細的挑。」

顧瀚揚聽了，面無表情的看著自己跟前的菜道：「我倒是沒見過有哪個做娘的，偏著兒媳婦去刮兒子私房的。」

說得顧夫人和喬錦書都笑了起來，萬嬤嬤在旁邊見了，更是紅了眼圈。自己這個大少爺多少日子再沒見他說笑過，如今肯說笑了，可知是好了許多的，便高興的笑道：「真真難得，咱們大少爺竟是會說笑話逗夫人開心了。」

顧瀚揚看了萬嬤嬤道：「哪裡就說笑話了？不過是句實話她們就笑得歡，我竟不知道原因。」

一屋的人聽了這話都哄堂大笑，說說笑笑間，一頓飯顧夫人倒多吃了些。

等到泡茶的時候，喬錦書又教了細語松竹茶的泡法，顧夫人嚐了連說像，越發的歡喜。

等兩人告辭了出來，顧瀚揚倒不緊不慢的隨著喬錦書往錦繡閣來，喬錦書有些奇怪的道：「爺，今日不去養拙齋嗎？」

顧瀚揚蹙了眉道：「今日腿疾犯了，妳給我看看。」

喬錦書微微頷首，二人進了屋，喬錦書便喚穀雨伺候顧瀚揚脫了鞋，自己探手去摸，觸手一片冰涼，便有些責怪的道：「爺今日勞累過度了，錦兒說過這腿萬不可過度勞累的。」

想著今日和長河來回幾千里奔波，為了掩人耳目，硬生生在天黑前回了顧府，這腿疼得不像自己的了，此刻又不能和這小東西說，便不搭理她。

見顧瀚揚不作聲，喬錦書也沒奈何，便吩咐穀雨煮藥湯，又在藥裡添了些東西。剛泡好腳出來，那腳還有些溫熱，不過片刻工夫又是一片冰涼。喬錦書不知怎的竟是有些心疼，取了銀針道：「爺穩著些，錦兒給你扎兩針。」

喬錦書取了針，又埋頭認真的按摩，覺得手裡的肌膚慢慢的溫熱起來，才吁了口氣，手裡還是不停的按壓著。

看著昏黃的燈下，那專心按摩的小東西，額頭上都是細細密密的汗珠，顧瀚揚覺得這屋子也變得溫暖起來，或者就這樣過一輩子也不錯。

等腳終於緩了過來，喬錦書方停了手道：「爺也出了汗，我喚人伺候爺沐浴吧！」

顧瀚揚頷首道：「妳自己也沐浴吧，一頭的汗，著涼了可不好。」

喬錦書沐浴完，換了身青白色底金色錦緞滾邊的睡衣，緩步進了裡間，見顧瀚揚斜倚在床頭看書，自己便到梳妝鏡前坐下梳頭。看見梳妝盒裡新添進去的幾樣首飾自己都極喜歡，有一對紫燕的耳環做得精巧極了，拈了出來細細玩賞，忍不住回頭道：「爺，這對紫燕的耳環做得真是精巧。」

顧瀚揚放下書，看著喬錦書舉了對耳環笑著看向自己這邊，暗自道，自己本來忘了這事了，這小東西自己作死，就怪不得爺下狠手了。面上猶自不動聲色的道：「什麼東西？拿來爺看看。」

喬錦書不疑有他，走到顧瀚揚身邊。顧瀚揚伸手便抓了那小東西反按在腿上，抬手就扯了那青白色的睡褲。那粉色的褻褲裹了圓潤小巧的臀，就這麼生生的晃在眼前，顧瀚揚原是有些下不去手，想起自己白白被清風和明月笑了一頓，心裡還是不爽，抬手便是幾下打在那粉嫩玉緻的地方。

喬錦書還不明白怎麼回事，屁股上就挨了幾下，心裡也急了，便道：「爺，錦兒是大人了，你不能打錦兒的屁股。」

顧瀚揚聽了有些好笑，手裡又拍了幾下道：「誰讓妳要當爺給的東西，還道是假的，白白讓爺被人笑話。」

喬錦書此刻才明白為什麼挨打，也顧不得什麼，慌忙扭來扭去道：「爺，錦兒不過隨便說說，沒當真的。爺，錦兒下次不敢了，疼，疼呢。」

聽著身下小東西帶著哭泣的求饒聲，顧瀚揚便停了手。雖說自己實在沒用力，那白生生的小臀也泛了紅，又聽得小東西喊疼，便有些心疼。喬錦書扭得厲害，顧瀚揚便有些心癢，抬手放下紗帳，抱著小東西便滾到了床上。

桃紅有些怏怏的進了瑞雪閣，快到門前方換了笑臉，打起軟簾進屋道：「大少奶奶，打聽清楚了，爺今日在曉荷園晚膳後，便一起去了錦繡閣沒出來，連養拙齋也沒去。此刻大約是歇了，錦繡閣熄燈了。」

秦暮雪聽了，哀怨的看了錦繡閣的方向一眼，輕聲道：「罷了，我知道了，妳去歇著吧，今日讓綠柳值夜吧。」

看著桃紅出去了，秦暮雪纖細的雙手托著那張清麗的臉，眼淚無聲的落了下來。綠柳見了忙勸道：「大少奶奶，爺心裡還是愛重您的，不過是貪新鮮罷了。」

「唉，我又何嘗不知表哥心裡也是愛我的，雖說做了表哥的正室就該有正室的胸襟，只是每每看見這滿園子的女人，我心裡就疼。」秦暮雪柔聲道。

「您不看別的，就看爺為了您，每日裡往各房送藥的這份情意，就不該難過。」綠柳道。

聽了這話，秦暮雪眼裡就有幾分喜色，道：「嗯，便是在錦繡閣歇得再多又怎樣？只要盧嬤嬤日日送藥，便只當她替我伺候表哥罷了。」

躊躇半晌，又與綠柳商量道：「為防萬一，我想求表哥停了桃紅的藥，總不能真為了我這身體，讓表哥三十無後吧。」

綠柳聽了，一時替桃紅高興，又想起桃紅是個心思活絡的，又為自己主子犯愁，不覺帶了些愁容。

秦暮雪拉了綠柳的手道：「我知道妳的心思，妳們倆是從小伺候我的，只要桃紅不生了外心，我總會抬了她當姨娘，給她一生榮華的。」

綠柳聽了，心裡安穩了許多，想著自己有空了，總要提點桃紅些才是。

二人閒話了會兒便歇了。

第二十三章 心語

落日一身風塵的走進顧瀚揚的外書房，清風見了，忙搖頭迎上去道：「爺這幾日都沒歇好，這會子好不容易睡下，要不急，就等會兒回吧。」

落日忖著也不是十分緊急的事，就道：「也好，我先換件衣服再過來見爺。」

正準備離開，就聽見屋裡傳來顧瀚揚的聲音。「落日進來。」

清風聽見，苦笑了一下，讓落日進去。

落日單膝跪地，抱拳道：「主子，凌煙源的事都查清了，不過是附近村民誤闖，並不是有人故意試探。」

凌煙源是藏匿於一處深山中的村寨，那裡駐紮著朝廷的一支暗軍，這支暗軍自本朝開國以來都是由顧家掌握的，知道這支暗軍存在的人並不多，除了皇帝和太子，便只有顧家家主和承繼家主之位的人。顧瀚揚隨父母遠離京城來到慶陽縣後，安陽王認為顧瀚揚有了秦玉關邊塞的歷練，且歷經磨難始終堅韌的品性更適合做這支暗軍的主子，便把這支隊伍交給了他，而現在能調動這支暗軍的正是持有凌煙令的顧瀚揚。

這支暗軍非到朝廷緊要關頭是不允許調動的，這支暗軍裡還有一支死士隊伍，平日裡多做些刺探、暗殺、隱身保護的事情。

顧瀚揚不但手裡握著這支暗軍，並且掌握著本朝泰半的通商口岸，商鋪酒樓遍及全國，可以說他才是現在安陽王府的實際掌權人。

顧瀚揚聽了落日的話，沈思半晌道：「在源外五里依五行八卦種上柳樹，再將風眼的人數增加一倍，等我設計好了，你親自帶人去種。」

「是，奴才遵命。」落日道。

看著自落日走後就沒有離開過几案的主子，清風小心翼翼的上前道：「爺，已經亥時了，您好歹吃點東西再忙吧。」

顧瀚揚又仔仔細細的把手裡的圖紙審核了一遍，確定再無錯漏便放下筆，按了按眉骨，把圖紙遞給清風，道：「平日裡我倒沒發現你這麼多話，你先去收好，再給我傳些吃的進來。」

不一刻明月帶著小廝把吃的準備好了，顧瀚揚倒真沒覺得餓，便隨意喝了碗粥，吃了一個銀絲卷，便放下筷子道：「回清揚園吧。」

深秋的晚上，喧譁了一天的顧府漸漸安靜，肅穆的外院燭火漸次熄滅，一切無聲無息的融於夜色中。

秋風捲起絲絲寒意，拍打著顧瀚揚銀灰色的披風，清風和明月跟在後面，進了垂花門。各園子燈火下都影影綽綽，隱約間還有輕聲細語，下人們穿梭忙碌，看著錦繡閣窗子上映出的幾個模糊身影，顧瀚揚蹙眉止步。

適才想著這幾日裡發生的一些事情，不知不覺又走到了錦繡閣附近，不到一個月的時間竟是有了這樣的習慣嗎？顧瀚揚轉身朝瑞雪閣走去。

瑞雪閣的下人這些日子個個都小心謹慎，生怕一個不小心觸了自家主子的霉頭。秦暮雪一身牙白色刻絲蘭花睡衣，斜靠在羅漢椅的銀紅迎枕上，眼淚就像斷了線的珠子般往下落。桃紅和綠柳一個捧了茶盞，一個拿了帕子，跪坐在羅漢椅旁的墊子上在勸著。

綠柳無聲的嘆了口氣，這幾日自己總是要勸了一盞茶的工夫，才能哄了大少奶奶去睡，看來今日又是這樣了。正煩惱著，就聽外面小丫頭的聲音道：「大少爺來了。」

綠柳忙朝桃紅使了個眼色，桃紅放下茶盞便迎了出去。秦暮雪一聽顧瀚揚來了，忙接過綠柳手裡的帕子擦了腮邊的淚，綠柳忙道：「大少奶奶，大少爺最不喜歡人哭哭啼啼的，奴婢用粉幫您將淚痕蓋住。」說著扶著秦暮雪在梳妝鏡前坐了。

顧瀚揚進門，便看見秦暮雪因用粉掩飾淚痕，倒顯得有些白裡透粉的臉，便道：「幾日沒見，妳氣色倒是見好，想來陳大夫的藥還是有效的，妳要好好的吃。」

二人又閒聊了幾句，秦暮雪幾次欲言又止，顧瀚揚也不作聲。秦暮雪見自己暗示這麼明顯，顧瀚揚也不出聲詢問，心裡不免難過。想到自己這個表哥一直都是這樣的性子，也就忍了沒再說，兩人梳洗了安寢。

大約過了半個時辰，便聽到屋裡要熱水。綠柳和桃紅便送了熱水進去伺候了，等伺候二人各自梳洗了，方退了出來。

秦暮雪柔情款款的偎在顧瀚揚身邊，道：「雪兒有件事不知當不當說？」

顧瀚揚側目看了身邊的人一眼，道：「雪兒若想好了，便說來聽聽。」

「表哥，雪兒身體雖說一日日見好，但也總不見有孕，不能因著雪兒讓表哥年過三十猶膝下空虛吧。因此雪兒想，不如停了桃紅的避子藥可好？」秦暮雪有些羞澀的道。

顧瀚揚默了片刻道：「如今爹娘也不曾責怪咱們，我看不如過兩年吧，到時各院子一起停了便是。」

秦暮雪聽了，只覺得內心好像被什麼重擊了一般，半天沒緩過神來。看了顧瀚揚閉了眼面無表情的樣子，囁嚅了半晌還是道：「那便聽表哥的吧，只是雪兒最近甚想娘親，也不知道京城的親人可好？」

顧瀚揚見她不再提避子藥的事，便也和緩了些許，道：「妳若惦記，便修書回去，我找人幫妳快馬送到京城。」

「多謝表哥。難道表哥就不想嗎？就算不想別人，太子爺和表哥好得像親兄弟一樣也不牽掛嗎？雪兒可聽說太子妃好像有了身孕呢。」秦暮雪柔聲道。

顧瀚揚坐起身道：「爺突然想起有件急事要馬上處理，妳自己好好歇了，不必等我，我忙完便歇在養拙齋了。」

看見顧瀚揚要走，秦暮雪慌了神，只想抱住他不讓他走。可是從小養成的清高驕傲的性子，讓她實在做不出這樣的事，只咬了唇，看著顧瀚揚自己穿衣走了出去。

桃紅和綠柳看見顧瀚揚突然走出去，忙起身進裡屋，見自己的主子又倚在枕頭上垂淚。綠柳嘆了口氣，想著該說的自己都說了，說來自己不過是個奴婢，有些話說多了無益，便道：「桃紅妳去外間吧，我陪大少奶奶在屋裡歇了。」說著把自己的鋪蓋鋪在床腳榻上，又安慰了許久，方漸漸的睏了。

漣漪軒一間昏暗的屋子裡，一女子坐在臨窗的炕上望著窗櫺，眼神有些呆怔，一個穿著比甲的丫鬟悄悄掩了進來，道：「姨娘，咱們爺去了養拙齋。」

那身影微微冷笑道：「我便知道瑞雪閣是不中用的，只那錦繡閣卻不能小覷，居然留了爺這許多天，總要讓她忙上些才好。」

旁邊的丫鬟聽了，垂了眼道：「是。」

那身影自己下了炕，道：「今兒個有些乏，睡了吧。」說著往床邊走去，月光下那身影拉得長長的。

天還灰濛濛的，穀雨便把和自己一個房間的湘荷拉了起來。湘荷睡眼矇矓，瞇著眼道：「穀雨姊姊，今兒個早上是紫蝶和妙筆當值，這天還黑著，起這麼早做什麼？」

「妳不是說要學煮梅花粥嗎？我等會兒就去，晚了我可不等妳。」穀雨利索的邊打理自己邊道。

湘荷一聽揉揉眼，一骨碌就爬了起來穿衣，二人打了個映花燈籠便往小廚房去。

穀雨拿出昨晚已經泡好了的梅花道：「這是我昨晚用去年梅花上的雪水泡好的，這梅花粥說起來極簡單，做起來卻是極費神的，若妳不看一次，我縱是說一千遍妳也不會。」

說著便洗了手，把泡梅花的水倒在另一個小碗裡盛了，抓了幾小把粳米洗了幾遍，泡在泡過梅花的水裡面，再把泡開的梅花夾出來。那梅花不過小指甲蓋大小，小心翼翼的把梅花的花托摘下來，邊道：「那梅花自是有股子冷香，可那花托卻是極苦的，難以入口。」

湘荷見了覺得極簡單，便學著穀雨去摘花托，誰知連摘幾個，那花都被扯壞了。穀雨便笑著教了幾遍，湘荷方漸漸上手，等二人好不容易摘完了，天色已微明。

穀雨便道：「湘荷妳去把那泡好的粳米水倒了，那水有花托的味，不能用的。」湘荷依言做了，細聞發現那米都有了股香味，正想和穀雨說，卻見穀雨不知道從哪兒取了個青瓷瓦甕出來，又小心翼翼的往砂鍋裡倒了大半鍋水，方讓湘荷把米放進去，道：「這水一定要一次加夠，再加味道就不好了。」

又燒了火，在旁邊坐了，道：「現在沒事了，只要別離了人，等上一刻便順著攪動一次就好。等粥將好，再加入梅花，滾三滾便好。」

湘荷坐了，道：「穀雨姊姊，原來真是極費事的，妳今日怎麼想起來做了？」穀雨看了她一眼，搖搖頭沒說話。

湘荷也是個極聰明的，想了想便道：「我覺得咱們大少奶奶是個極通透的，這事必是想得明白的。」

「有些事就算是想得再明白，難道就會不難過嗎？」穀雨低聲道。

喬錦書覺得自己彷彿置身梅林中，梅花點點，幽香陣陣，喜得忙伸手去摘，誰知卻撲了個空。睜開眼哪裡有什麼梅花，只有穀雨歪了頭看著自己笑，湘荷捧了個紅漆托盤站在一邊笑睨著自己，聞著那清香的味道，喬錦書騰地坐了起來，道：「梅花粥?!好穀雨，妳今日怎麼肯煮梅花粥了？」

「還不是昨日湘荷繡了錦緞荷包給奴婢，又央了奴婢半日，被她磨得沒法了，大少奶奶便有口福了唄。」穀雨邊伺候喬錦書更衣邊道。

打小和穀雨一同長大，哪有個不知道她的？不過看昨日顧瀚揚去瑞雪閣，怕自己不豫罷了，喬錦書覺得自己心裡暖暖的。

挖了一小勺粥送進嘴裡，淡淡清香，沁人心脾，喬錦書笑得瞇著眼道：「好吃，穀雨的手藝越發好了。」

「穀雨有多的嗎？」喬錦書邊吃邊道。

「這東西費神得很，哪裡能只管了您的嘴呢？奴婢已經用青竹食盒溫好了，只等您過目了便送到曉荷園去。」穀雨笑道。

妙筆捧了那青竹食盒上前，喬錦書觸手生溫，知道穀雨一定放了保溫的東西，便不打開，只對妙筆道：「快送去曉荷園。」

紫蝶聽了忙道：「還是湘荷去送吧。」

「這卻是為何，難道妙筆倒不知道路了？」湘荷問道。

「夫人見了定會歡喜，問些梅花粥的事，妳今日做了自然比妙筆知道得仔細，回答起來豈不是要好些？到時說得夫人高興了一定會打賞的，得了賞，也不要別的，今日晚上給我們做個消寒會（注）便好。」紫蝶認真道。

湘荷聽了，便去追打紫蝶道：「我就知道妳個促狹的再沒好話的，看我不撕妳。」紫蝶忙著告饒。

湘荷便住了手，接了食盒笑道：「等著晚上請妳們消寒，只沒紫蝶的。」

喬錦書看見縠雨眼下青紫一片，想來昨夜是沒睡好的，便道：「如今我沒事了，等下帶了紫蝶和妙筆出去走走解悶，妳再去睡會子吧，等湘荷回來也讓她睡去，晚上我們再玩。」

縠雨蹙眉，尚未開口，弄巧在邊上道：「讓奴婢伺候大少奶奶出去吧，奴婢和纖雲都是府裡的家生子，又在大少爺身邊伺候了幾年，在這府裡再不會迷路的，縠雨放心去睡吧。」

紫蝶又回裡屋取了件粉紫的披風給喬錦書穿上。

出了清揚園，自青石子甬道蜿蜒前行，兩旁植滿梧桐，微風過處如竊竊私語，喬錦書深深吸了口氣，道：「還是出來走走好，這空氣都好像是甜的。」

弄巧聽了便笑道：「奴婢再沒聽過空氣是有味道的，不過錦大少奶奶這麼一說，又倒好像是一般，真是奇怪。」

幾人說笑著就到了荷塘，深秋的荷塘是寂靜的，荷花早已躲進荷塘深處，荷葉也是依稀闌珊，唯有荷莖凌風獨立。

弄巧指了不遠處的一處亭子道：「那裡是荷心亭，有路過去，大少奶奶若是累了，可以去那裡休息片刻。」

一條實木甬道直通荷心亭，那是一座小巧的八角亭，亭頂八角捲翹，八根紅木雕花圓柱支撐，每邊都有邊凳，中間設了石桌石椅。

紫蝶指使跟來的小丫鬟把亭子收拾乾淨，鋪上帶來的墊子，然後帶人退出亭子外。喬錦書倚欄而坐，看著波瀾不興的水面，心裡有些慌亂無措，不知道自己為什麼如此不安。手裡握著洞簫輕輕摩挲著，腦中不由自主的閃過顧瀚揚的樣子，或冷峻，或溫柔，或魅惑，一時間心越發的亂了，不知該如何是好，下意識的舉了簫，輕吹奏起前世最喜歡的〈憶故人〉。簫聲婉轉纏綿，如泣如訴，清淺的蕩漾在水面，漸行漸遠……

顧瀚鴻又是一夜醉生夢死，上午才回府，進了垂花門，想著還是要先去給顧夫人請安才是，便繞著荷塘往曉荷園去。剛走近便聽到荷塘深處傳來悠揚清韻的簫聲，好奇的隨著聲音往荷塘邊探去。

注：舊俗入冬後，親朋相聚，宴飲作樂，謂之「消寒會」。

竟然是她！遠處的荷心亭中一抹纖細的粉紫色身影，側影依稀。風輕起，捲起披風，露出牙白色的折枝梅花裙。簫聲傾訴低語，道盡心中無助，顧瀚鴻心中五味雜陳，看得呆了。

顧瀚揚看著顧瀚鴻痛苦的凝視著荷塘深處，冷冽的道：「那是你嫂子。」

顧瀚鴻早知道身邊有人，只是捨不得移開眼睛。此刻聽到是顧瀚揚的聲音，便轉頭垂目道：「大哥，那日小弟便知了，你且放心，便是為了她好，小弟亦不會有任何越雷池之舉。」說完轉身離開。

顧瀚揚並沒有理會離開的顧瀚鴻，只隨著簫聲不由自主的走進荷心亭。離得近了，那精緻的小臉，滿臉無助，清澈的雙眼，此刻霧氣濛濛，顧瀚揚的心便像汪了一池水般，只想將那人擁入懷中輕憐密愛。

這念頭才起，那傷殘了的腳卻抽痛起來，顧瀚揚腳底一滯，停步不前。眼前閃過三歲時被人推入水中大病一場，卻落個終身殘疾的悲哀，忍受痛苦學文習武被算計，最後差點走火入魔喪命的恐懼，等到自己有所成就時，又被算計喝下軟骨散，爹娘為了自己離開京城的屈辱，還有自己的母親被下毒，至今毒仍未清除，這一件件一樁樁哪一次不是與自己有著千絲萬縷連繫的女人所為？這世上的女人除了母親和乳娘，又何曾有值得自己信任的？

想到這兒，那恨意便如潮水般漫天蓋地，似乎要將自己淹沒，剛才心裡才湧動的那絲絲愛意，漸漸冷卻了下來。顧瀚揚冷了臉，轉身欲離去。

喬錦書停了簫，輕聲喚道：「爺。」

聽著喬錦書那清婉的聲音，顧瀚揚終是狠不下心，想起方才她簫聲中流露出的無助，便停了腳，背對著喬錦書道：「妳且安心，爺就是看一品大師的面子，這一生亦不會虧待妳。」說完轉身離開。

看著顧瀚揚遠去的背影，喬錦書輕聲道：「便是看師傅的面子才對我好的嗎？」想著方才吹簫時腦中閃過的那句話——情不知所起，一往而深。原來不知道什麼時候開始，這個人已經漸漸的被自己放在了心裡，所以才會因為他去了瑞雪閣而不安無措，也好，總比不知道自己的心思要好些。

喬錦書想著，不由得定了定神，道：「我有些累了，回去吧。」

紫蝶聽了忙道：「那弄巧伺候著，大少奶奶慢些走，我先去帶個轎子過來。」

喬錦書微微頷首，紫蝶便走了。

這裡弄巧等人伺候著慢慢往湖岸走去，一路上喬錦書偶爾和弄巧說笑幾句，弄巧看著喬錦書沒事，心裡也鬆了口氣，陪著說笑。

等幾人到了岸邊，看見紫蝶已經帶了軟轎等在那裡，喬錦書便笑道：「妳倒快。」

紫蝶見了，蹲身行禮道：「倒也不是奴婢快，原是大少爺吩咐了她們來接的。」

喬錦書聽了便笑道：「我方才和弄巧說笑了會子，此刻精神竟好了許多，妳打賞了讓她們回去覆命，妳們便是再陪我走會子吧。」

紫蝶領命。

回了錦繡閣，便見到穀雨和湘荷在興沖沖的準備晚上的消寒會，又吩咐妙筆取了些銀子湊趣。

張嬤嬤見喬錦書面色平和，也鬆了口氣，上來回道：「方才盧嬤嬤使人來說，要歲尾了，到了歲數的丫鬟們都要放出去一批，看咱們閣裡有沒有。」

喬錦書聽了，沈默片刻道：「咱們清揚園這日常的事到底誰管，我竟是有些糊塗呢。」

張嬤嬤笑道：「別說大少奶奶糊塗，奴婢日日要回事，也是最近才琢磨透了，想來雪大少奶奶身子弱，咱們園子裡的日常事務竟是盧嬤嬤拿主意的。」

喬錦書聽了微微頷首道：「我身邊的算上纖雲和弄巧，最大的就是穀雨，也不過十七，都沒到呢，不知粗使裡有嗎？」

「方才老奴已經查了，只有灑掃上有個叫新桐的十九了，若是要打發也可的。」張嬤嬤道。

喬錦書聽了便道：「打發了吧，讓盧嬤嬤再挑個老實的就行。」

張嬤嬤便應了下去。

——未完，待續，請看文創風247《藥香襲人》下

藥香襲人

降服城府深的腹黑男，妳可得有一顆七巧玲瓏心……

綿柔裡藏著犀利與深情／維西樂樂

上　二十一世紀的中醫師穿越成了架空時代的小姑娘，
　　這喬家雖然不是名門高府，卻要鬥繼祖母，救親叔叔，鬥姨娘，
　　幫娘親生小弟弟，還要幫爹爹賺大錢。
　　不過她再聰穎，還是遭人算計，
　　嫁了個冷酷、武功高強的腹黑大男人顧瀚揚當平妻，
　　她嫁的這位爺，可得打起十二分精神好好伺候呢！

下　當初她是不得不嫁，他呢可有可無地娶了。
　　如今，她不想他待她的只是因為應諾了師傅，
　　她希望他眸子裡的冷酷淡漠可以添上溫暖，
　　他待她的周全維護是出自於對她的喜愛……
　　過往那些傷害他、教他變得如此冷情寡愛的因，
　　可以在她的全心付出、溫柔呵疼下轉變成彼此真心相屬的果。
　　就算扯入朝廷權力鬥爭，甚而得拿命去搏，她也甘心相隨……

如果可以，人家不嫁！
不得不嫁，人家不做小妾！
來生再約，人家不做平妻！
你可是答應了喔，老爺！人家可不許你賴！

文創風 244-245

聞香

女人專屬的迷人香味，為她引了蝶，也招了蜂……

文創風 049-051

《小宅門》作者最新力作

字裡微苦微甜 斂藏情思萬千／陶蘇

淪為棄婦，她靠著製造香水翻身致富，
反是樹大招風，惹人眼紅，
難不成要過好日子，還是得找個人來靠？

李安然是感懷養育之恩才守在程府，誰料到頭來竟得一紙休書，
甚至幾要被人逼上絕路，幸好，天仍有眼——
護國侯雲臻負傷路過，拯救了她，為報恩她幫忙包紮傷口，
但他竟大剌剌欣賞起她外洩春光，還問她是否故意？
看這侯爺相貌堂堂、威儀棣棣，原來不過是個登徒子！
以為兩人不會再見，無奈卻斬不斷這孽緣，
只是沒想到她和他性子不合，八字居然也相剋?!
一次遭人推打，一次腳踝脫臼，一次胳膊瘀青又掉入河裡，
她真是每見必傷，都說紅顏禍水，看來他雲侯絕對更勝紅顏！
但……次次落難，次次都被他所救，他究竟是災星還是救星呀……

誘嫁小田妻

農村居，大不易，現代女的小農求生記！

田園靜好，良緣如歌／花開常在

人道是魂穿、身穿、胎穿，凡穿越女角皆身懷金手指，
出外總有發家致富的兩把刷子，還不忘攜手如意郎君……
可穿越成七歲農村娃的田箏卻趕不上這等際遇，
眼看日子只能得過且過，數著米粒下鍋圖個溫飽，
沒想到，後世風行的手工皂，竟成了她在古代的開源良機！
好不容易以香皂生意熬過苦日子，孰不知這財富竟引來禍事；
幸好她和青梅竹馬魏琅急中生智，方逃出人口販子的毒手，
而這一路共患難的經歷，讓兩小無猜的喜歡似乎也有不同了……
時光荏苒，當年舉家遷京的魏琅再次返村，
如今搖身一變成了高富帥！
且不說這「士別三日，刮目相看」的男大十八變，
前程似錦的他會對她這鄉下姑娘情有獨鍾就已不尋常，
更讓人詫異的是，自己的心還不受控制，
對這昔日以欺她為樂的鄰家男孩動了情……

為加油 和貓寶貝 狗寶貝

廝守終生(一定要終生喔！)的幸福機會

對人來說，貓寶貝狗寶貝只是生活的一部分，
但妳(你)對牠們來說，卻是生活的全部，領養前請一定要考慮清楚——

▲ 誠徵幸福的露露

性　　別：女生
品　　種：米克斯
年　　紀：約3-5歲，成貓
個　　性：溫柔乖巧，沈穩
健康狀況：生過小貓，已結紮且打過預防針，
　　　　　疑似腹膜炎病毒帶原
目前住所：新北市新莊區

本期資料來源：輔仁大學Doggy Club關懷流浪動物志工團

第242期推薦寵物情人

『露露』的故事：

今年四月，我們社團在學校附近的社區遇見露露，當時的牠已經大腹便便。或許是因為流浪生活培養出的警覺性，再加上即將為人母的關係，使得露露很有戒心，總是向我們哈氣，或當我們要靠近牠時就伸爪子打人。

之後過了一週，露露順利生下四隻可愛的貓寶寶。我們更用心餵食露露，讓牠這個新手媽媽有充足體力照顧自己的小貝比，而露露似乎終於感受到我們的善意，並且知道要為了寶寶好，慢慢開始接受我們的親近。

沒想到，在小貓咪們四個月時，其中兩隻寶寶卻感染了腹膜炎，到天堂當了小天使。我們因此懷疑露露是病毒帶原者。醫師說有這個可能性，但因為現在沒有精準檢查的儀器，所以未發病去做檢查也驗不出結果來，且露露健康狀況一直良好，但以防萬一，我們還是暫時先將牠隔離開來。

有段時間，失去寶寶的露露顯得有些消沈，幸好，現在的牠已經逐漸恢復沈穩的氣質，不再哈氣或打人。牠常常臥在自己的小窩，偶爾才讓人摸摸，即使牠不大親人，但你一和牠互動，牠就會溫柔地給予回應。特別當你結束一天的雜事回到家後，看到露露溫柔守候的身影，都會感覺一身勞累彷彿都被牠治癒了。

露露適合只想養一隻貓的家庭，若你仔細考慮過後，能接受露露的情況，並願意**真心承諾**給牠幸福的話，歡迎來電0932775211(劉同學)，或來信toro4418@yahoo.com.tw，並於信件標題註明「我要認養露露」。謝謝。

認養資格：

1. 認養者須年滿20歲，有獨立經濟能力，並獲得家人與同住室友的同意。
2. 非學生情侶或單獨在外租屋的學生，須提出絕不棄養的保證。
3. 須同意絕育，須同意施打晶片，並簽認養切結書。
4. 須同意送養人日後之追蹤探訪。
5. 認養者需有自信對牠們不離不棄，愛護牠們一輩子。若因故無法續養，認養者不得任意將認養動物轉讓他人，必須先通知送養人，並與之討論。

來信請說明：

a. 個人基本資料：姓名、性別、年齡、家庭狀況、職業與經濟來源等。
b. 想認養「露露」的理由。
c. 過去養寵物的經驗，及簡介一下您的飼養環境。
d. 若未來有當兵、結婚、懷孕、畢業、出國或搬家等計劃，將如何安置「露露」？

藥香襲人 上

國家圖書館出版品預行編目資料

藥香襲人 / 維西樂樂著. --
初版. -- 臺北市 : 狗屋, 2014.12
冊 ; 公分. --（文創風）
ISBN 978-986-328-387-4（上冊：平裝）. --

857.7　　103022412

著作者	維西樂樂
編輯	王佳薇
校對	黃薇霓　馮佳美
發行所	狗屋出版社有限公司
地址	台北市104中山區龍江路71巷15號1樓
電話	02-2776-5889～0
發行字號	局版台業字845號
法律顧問	蕭雄淋律師
總經銷	知遠文化事業有限公司
電話	02-2664-8800
初版	103年12月
國際書碼	ISBN-13　978-986-328-387-4
原著書名	**《药香书女》**，由北京晉江原創網絡科技有限公司授權出版

定價250元

狗屋劃撥帳號：19001626

網址：love.doghouse.com.tw　E-mail：love@doghouse.com.tw